niche
42

Anteprima nazionale.
Nove visioni del nostro futuro invisibile
a cura di Giorgio Vasta

© minimum fax, 2009
Tutti i diritti riservati

Edizioni minimum fax
piazzale di Ponte Milvio, 28 – 00191 Roma
tel. 06.3336545 / 06.3336553 – fax 06.3336385
info@minimumfax.com
www.minimumfax.com

I edizione: maggio 2009
ISBN 978-88-7521-222-3

Composizione tipografica:
Sabon (Jan Tschichold, 1967) per gli interni
Rotis (Otl Aicher, 1988-89) per la copertina

Anteprima nazionale

Nove visioni del nostro futuro invisibile

a cura di
Giorgio Vasta

Questo libro è realizzato con il contributo del Circolo dei Lettori di Torino in collaborazione con il Comitato Italia 150, ed è un primo passo verso le celebrazioni per il centocinquantesimo anniversario dell'unità nazionale.

Il Circolo dei Lettori, nato nell'ottobre 2006 come iniziativa dell'Assessorato alla Cultura della Regione Piemonte, è il primo circolo italiano esclusivamente dedicato alla valorizzazione dell'esperienza della lettura attraverso reading, presentazioni e gruppi di discussione.

Il Comitato Italia 150, nato nel 2007, è incaricato di organizzare i festeggiamenti per i centocinquant'anni dell'unità d'Italia a Torino e in Piemonte. L'obiettivo di Esperienza Italia, titolo della manifestazione del 2011, è costruire un evento che rifletta su passato, presente e futuro del nostro Paese.

Partendo dall'idea che la letteratura è un'azione civile, il Circolo dei Lettori e Italia 150 hanno voluto sostenere il progetto di questa antologia.

www.circololettori.it   www.italia150.it

L'ITALIA È TRATTA DA UNA STORIA VERA
di Giorgio Vasta

Le immaginazioni sono forme. Sono gli strumenti ai quali affidiamo il compito di decifrare, e contemporaneamente di escogitare, quello che accade. Sono il nutrimento delle narrazioni. Se volessimo provare a supporre una fisiologia dell'immaginazione, un suo modo adatto (che è diverso da esatto) di operare, potremmo pensare alla coagulazione del sangue. Nel momento in cui nel nostro corpo si produce un trauma, in coincidenza del vaso sanguigno danneggiato il sangue coagula immediatamente; quando questo non accade si verifica un'emorragia. Quando le immaginazioni non coagulano in linguaggio e il linguaggio non si organizza in storie, c'è soltanto un flusso mobile e caotico, una strutturale impossibilità di forma, e dunque il venir meno di un'opportunità di comprensione.

In un tempo nel quale il presente è il vero regime sotto il quale è dato vivere – un presente pressante e pervasivo, dotato di un'estensione che appare illimitata, nonché di una specie di appetito famelico, un presente che mangia se stesso e che ininterrottamente si riproduce e replica se stesso – la nostra capacità, nostra di *noi italiani*, di immaginare il futuro sembra essere del tutto compromessa. Questo, di fatto, è il nostro trauma. Nella grammatica cognitiva nazionale c'è un meccanismo che si è rotto: il presente si espande in ogni direzione e l'immaginazione del futuro gira a vuoto. E il futuro al quale mi riferisco non è soltanto quello sociale – le forme della convivenza e del lavoro – o quello storico-politico: il futuro che (non) ho in mente è anche e forse soprattutto quello individuale, esistenziale; a essere in discussione è la capacità di ognuno di scagliare in avanti la percezione della propria vita (o almeno di farlo senza cercare rifugio in quel sorriso di imbarazzo che nasce dalla consapevolezza che immaginare il futuro è oggi un'azione talmente grottesca da risultare ridicola).

Dunque sul tessuto della nostra esperienza si moltiplicano i punti di rottura, si procede per continue abrasioni e lacerazioni, si innesca il flusso emorragico e scompare la produzione di forme dell'immaginazione.

Provare a fare immaginazioni di quanto accadrà tra venti o trent'anni, concentrarsi sulla percezione dell'Italia prossima ventura, diventa così un'esperienza vertiginosa. Se cerchiamo rassicurazione negli strumenti ai quali canonicamente si affida il compito di «leggere» il futuro – dalla sociologia alla politologia, dalla storiografia alla statistica – ci rendiamo conto che questi strumenti sono in buona parte spuntati, in grado al limite di fissare una serie di parametri quantitativi senza riuscire però a percepire, del tempo cieco che ci sta davanti, lo *Stimmung*, l'atmosfera morale, l'esperienza condivisa delle cose. La percezione del tempo futuro non coagula e dunque restiamo chiusi nella prateria del presente, come bestie al pascolo (come vitelli smarriti, si dovrebbe dire, se consideriamo che secondo la leggenda *Italia* deriva da *Vitulia*, termine che identifica il territorio attraverso il quale Eracle si mette in cerca di un *vitulus*, ovvero di un capo di bestiame sfuggito alla mandria che stava trasportando in Grecia), serenamente accettando la contingenza e la nostra autoespulsione dalla storia. Perché il discrimine, credo, è questo: non è la storia a essersi liberata di noi (la storia non è finita e non finisce); siamo noi a esserci liberati della storia.

Il 4 novembre 2008, giorno delle ultime elezioni presidenziali americane, il candidato repubblicano John McCain, appresa la vittoria dell'avversario democratico Barack Obama, congedandosi pubblicamente dai suoi sostenitori conclude il suo discorso con un'affermazione di grande suggestione storico-mitica: «Noi non ci nascondiamo dalla storia: noi facciamo la storia».

Personalmente, a una frase come questa reagisco con curiosità. Da una parte avverto un certo sospetto nei confronti del côté retorico di quell'espressione (riconoscendo la funzionalità dell'anafora «noi», il movimento dichiarativo e ascendente della proposizione), dall'altra mi rendo conto che mi scuote, o meglio che mi piace farmi scuotere dalla sua intenzione immaginifica.

È una frase intensa, mi dico rendendomi conto di quanta Italia parla attraverso me, dunque è ingenua. O meglio è vulnerabile. In ogni caso è una frase nella quale coagula un'immaginazione del futuro. E forse a mettermi in difficoltà è proprio questo.

Qualche settimana dopo quel 4 novembre, in un'intervista rilasciata in occasione dell'uscita italiana di *The Millionaire*, il regista britannico Danny Boyle dichiara che la televisione, e in particolare i quiz e i reality show, hanno modificato il legame tra le persone e lo spettacolo: la gente non si limita più a guardare la televisione, la gente *fa* la televisione. Le due affermazioni, quella di McCain e quella di Boyle, sono emblematiche di un fenomeno che, se pure può essere considerato tendenzialmente planetario, in Italia sembra realizzarsi con una perentorietà dalla quale si resta sopraffatti.

In entrambe le dichiarazioni ricorre il verbo *fare*. A mutare è il complemento oggetto: fare *la storia*, fare *la televisione*. Nello slittamento tra quei due complementi oggetto – che di fatto si configurano come due prospettive sulle cose – si può osservare una metamorfosi traumatica (o che perlomeno, in linea teorica, dovrebbe essere tale), vale a dire la fine dell'ambizione e del diritto a essere soggetti storici, organici a un divenire e in grado, questo divenire, di disegnarlo, di influenzarlo. A questa ambizione e a questo diritto si sono sostituiti altri impulsi: la scena della storia ha lasciato spazio a quella dello spettacolo (e Debord aveva già capito tutto, tranne, forse, le proporzioni e la pervasività di questo mutamento); il bisogno di fare permane come un connotato intrinsecamente umano ma adesso individua come suo contesto privilegiato, o meglio come suo contesto esclusivo, quello di un'inquadratura televisiva. Farsi inquadrare è diventata una prassi identitaria.

Nel punto in cui questa deriva dalla storia allo spettacolo si compie, l'idea e la pratica della soggettività storica ne escono talmente ridicolizzate da apparire come forme di modernariato ideologico, punti di riferimento ormai scaduti e dunque anacronistici. La rivendicazione orgogliosa di appartenenza e di partecipazione a una storia condivisa, a una storia *da fare*, con la quale si chiude il discorso di McCain, si propone come un residuale tentativo di arginare la metamorfosi in atto, se non del tutto avvenuta. E sembra al contempo circoscrivere un contesto, quello nordamericano, in questo momento sensibile alla possibilità di un ritorno a una vita pubblica concreta. In Italia intanto si sorride di imbarazzo.

Nel 1921, nel *Codice della vita italiana*, Giuseppe Prezzolini concludeva la sua riflessione sul nostro paese con queste parole: «L'Italia è una speranza storica che si va facendo realtà» (ancora una frase con il *fare* in evidenza). Quasi novant'anni dopo, questa speranza sembra non essere approdata a nessuna realtà, perlomeno a nessuna realtà sopportabile. L'Italia è una cosa che esiste alla periferia del tempo, un paese che si mette fuori dal tempo, un paese che si autoemargina scegliendo con sempre maggiore compiacimento di estradarsi in quella *no man's land* culturale che in realtà si sta trasformando nella terra di tutti.

A due anni dal centocinquantesimo anniversario di una labilissima unità nazionale, e nonostante una sorta di marketing dell'identità italiana prevalentemente impegnato a riproporre le nostre solite figurazioni stereotipate, l'impressione è quella di trovarsi al cospetto, o meglio all'interno, di un territorio esanime che oggi più che mai esprime la propria tendenza alla frammentazione tribale (nella maggior parte dei casi in rapporto agli stili di consumo), al volatilizzarsi dell'esperienza, alla sostituzione dell'idea di comunità con quella di *community* (gli italiani sono censibili tramite le diverse identità di gruppo suggerite dai diversi gestori telefonici: a ogni gruppo uno specifico codice linguistico e un immaginario di riferimento), alla surrogazione della pratica del voto con quella del televoto (sta cambiando il primo significato del termine *votare*: al posto della cabina elettorale il confessionale del *Grande Fratello*; il cittadino è diventato utente, è diventato pubblico), alla complicità verso il basso che conduce all'intiepidimento dell'idea di legalità, a una riforma del concetto di giustizia secondo senso comune che progressivamente slitta fino alle sedi legislative, alla frantumazione e personalizzazione di quelli che dovrebbero essere interessi condivisi (l'eterna italianissima prospettiva condominiale che scompone il mondo in millesimi), e ancora allo sdoganamento orgoglioso di tutto ciò che è vile (ed è evidente che la figura pubblica in grado di incarnare il ruolo del Grande Sdoganatore delle miserie nazionali, colui il quale è riuscito a dare corso legale al sistema di paradossi del quale è intrisa la nostra idea di Italia, è stato ed è, su tutti, Silvio Berlusconi).

C'è un'Italiona di rappresentanza – una specie di Dottor Balanzone fintocolto e presuntuoso, magniloquente e moralista (ma di un moralismo semplificato e servile, più gastrico che viscerale, incapace di confrontarsi con la complessità dei fenomeni: in sostanza un moralismo senza morale) – intorno alla quale, come un rampicante intorno a un traliccio, scorre e si attorce l'Italietta bieca, querula e petulante, altrettanto gastrica, l'Italietta dei luoghi comuni tradotti in realtà quotidiana, un paese paracattolico, idolatra e ferocemente iconoclasta, un Pulcinella da intendere – fuori dalla vulgata della commedia dell'arte – a partire da uno dei suoi possibili etimi: il pollo-pulcino, ovvero l'animale ermafrodita, maschio e femmina insieme, incapace di riprodursi, inadeguato a generare conseguenze.

Conficcati in questa massa protozoica parossisticamente percorsa da un chiacchiericcio fitto e continuo, una vera e propria tessitura di voci alla quale appare impossibile sottrarsi, e travolti da questa velocissima inerzia, il limite storico che continuiamo a riconoscere è proprio la nostra strutturale inconseguenza.

L'Italia sa, l'Italia ha le prove: eppure l'Italia non agisce. Non produce un cambiamento che abbia un senso, resta speranza disperata che non sa farsi realtà. Quello che ci manca è il fare. L'analisi, la comprensione delle cose, dei fenomeni, c'è. Le azioni no. Nessuna germinazione reale, nessuna conseguenza percepibile. L'animale è sterile. A questo svuotamento delle prospettive ci siamo abituati. E ci siamo abituati al fatto che a latitare, da sempre, sia l'*Italia*, senza accrescitivi o storpiature del nome, un paese decente, il luogo di una parola seria (e non seriosa), di una parola che smettendo di essere esornativa e programmaticamente interlocutoria (la parola-passatempo) recuperi l'ambizione di essere attiva e fertile.

Anteprima nazionale nasce dalla consapevolezza che il nostro futuro è invisibile e che le narrazioni sono azioni (sono un fare), e in quanto tali pretendono di produrre delle conseguenze. Una parola in grado di generare conseguenze è oggi lo strumento che vogliamo usare per esplorare l'Italia che avremo ma soprattutto per decifrare l'Italia che siamo.

Nove narratori che già da tempo si confrontano, nelle loro storie, con il fantasma del tempo e con il fantasma del paese, hanno provato ad arrestare l'emorragia in atto immaginando nove diverse prefigurazioni del futuro nazionale. La loro Italia prossima ventura è un luogo al contempo reale e simbolico, uno spazio metamorfico nel quale l'intero Occidente sperimenta la propria fine.

Ogni narratore ha avuto carta bianca nella scelta della messinscena, dalla costruzione di un'Italia futura prevalentemente simile a quella attuale tranne per alcune decisive differenze, all'invenzione di un contesto narrativo virato verso un registro fantasociale che nella sua esasperazione riesce, per contrasto, a descrivere la direzione nella quale ci stiamo muovendo. E ogni narratore, nel cimentarsi con la messa a fuoco di quello che sarà il sociale, il politico, il quotidiano, il costume, la forma dei legami, ha compiuto un'incursione a viso aperto dentro il tempo, cosciente (e orgoglioso) del fatto che, nonostante tutti i tentativi di confusione e fraintendimento che cercano di riconsegnarla a proporzioni accettabili, la letteratura continua a pretendere di essere un'azione sproporzionata, sovradimensionata, che ha la presunzione a volte inconsapevole – e la capacità reale – di metterci a confronto, spietatamente, con le cose.

Nove dispositivi ottici, dunque, per cercare una forma nel buio. A partire dal racconto iconoclasta di Tullio Avoledo, l'apocalisse tragicomica che conduce un manipolo di ribelli a tentare una vendetta estrema – per certi versi del tutto infeconda eppure, forse proprio per questo, imprescindibile – contro la più misera icona della italianità, un racconto nel quale la narrazione di genere lascia il posto, nel finale, a una disperazione rabbiosa che non è ulteriormente differibile. Diversa la scelta di Giorgio Falco, che mettendo in scena il paesaggio di una vecchiaia che si pensa ostinatamente giovane perché non è mai riuscita a pensarsi adulta racconta la preclusione di un'esperienza fondamentale – il superamento delle soglie che distinguono le epoche della vita – che costringe e costringerà generazioni intere a restare imprigionate in questo presente. Con Wu Ming 1, invece, entriamo in un futuro italiano che è il risultato di una frattura, un tempo postumo, successivo a una catastrofe socio-economica, nel quale gli spazi urbani sono regrediti a palude; in questo scenario alcune comunità di reduci provano, attraverso l'esperienza di un linguaggio in grado di evocare i fenomeni, a recuperare una possibilità di senso. Tommaso Pincio descrive un'Italia mutante nella quale il presente è archeologia, un luogo in cui la memoria verrà addomesticata selezionando i ricordi costruttivi edificanti ed eroici mentre tutto il resto – vale a dire l'esperienza reale e immediata delle cose – sarà detrito psichico privo di significatività e inservibile. Con Valerio Evangelisti assistiamo – tra Malaparte e Luttwak – alla teoria, ma soprattutto alla pratica, del colpo di stato legale, una riforma della storia che è essenzialmente mortificazione della storia, la descrizione inesorabile del modo in cui abbiamo accettato la normalità dell'assurdo. Il futuro del controllo e il controllo del futuro sono i motivi ispiratori del racconto di Ascanio Celestini: la paura è un motore sociale e l'Italia si prepara a diventare il luogo nel quale andare a morire, il set di una morte inventata che attraverso la cura minuziosissima del proprio allestimento viene di continuo procrastinata. Il racconto di Giancarlo De Cataldo si colloca invece all'interno della capsula del fantasociale: in un'Italia profondamente «romana» la letteratura è il passato che riaffiora in filigrana nella percezione delle narrazioni home video, è un rimosso che ritorna e vuole portare – fuori da ogni addomesticamento delle storie – il trauma. Nel racconto di Giuseppe Genna si emulsionano in un maelstrom strategicamente caotico i relitti della nostra disidentica identità nazionale; tramite una scrittura che capta mesmerica tutti i nostri frenetici spettri assistiamo a un futuro profetizzato in tv, i nuovi profeti chiusi dentro le inquadrature e rimpiccioliti da una *mise en abyme* senza fine. Perfetto explicit di questo libro, il racconto di Alessandro Bergonzoni: se la parola è creazione, quello di cui abbiamo disperatamente bisogno è una nuova cosmogonia che sia, almeno in due sensi, *ricreazione*; riformulazione del mondo tramite stralunamento del linguaggio e pausa, zona franca all'interno della quale fermarsi a riprendere fiato.

Questi racconti – queste azioni – ci avvisano che è possibile e necessario recuperare il coraggio dell'immaginazione politica e sociale, di un'immaginazione che senza scadere in una contemplativa constatazione dei fatti (che altro non è che resa dell'intelligenza a se stessa) sia invece concretamente strumentale. Ognuna di queste scritture vuole esasperare le nostre percezioni del fantasma nazionale dentro il quale viviamo, metterle in trazione e in torsione, disperarle, farle confrontare con la rabbia che si genera nel momento in cui ci si rende conto di avere rinunciato al diritto di esistere nella storia. E queste nove visioni ci domandano la disponibilità a prefigurare, ma soprattutto a temere, un tempo nel quale per le strade delle nostre città ci saranno grandi cartelli e su ogni cartello una frase composta a caratteri cubitali, nitidissima, una scritta che non vorrà essere né ironica né paradossale, poche parole nelle quali convergeranno e si mescoleranno il dolore e la frustrazione e la rimozione e il rischio, una specie di avvertimento elementare, un ricordo vaghissimo o una di quelle consapevolezze che affiorano a mezza voce nel dormiveglia: L'ITALIA È TRATTA DA UNA STORIA VERA.

ANTEPRIMA NAZIONALE

JERUSALEM
di Tullio Avoledo

a D.F.W.
(1962-2008)
I will not cease from mental fight
Nor shall my sword sleep in my hand
Till we have built Jerusalem
In England's green and pleasant land

1.

La verità, dite. *Cos'è*, la verità? Voi non sapreste riconoscerla neanche se vi mordesse il culo e vi gridasse *eccomi, sono qui*. E la chiedete *a me* la verità?

La verità è come la merda verde di quel vecchio videogioco, la roba che dovevi mietere con gli *harvester*, sennò la tua civiltà crollava a pezzi. La merda verde che fa funzionare tutto. La roba che diventa sempre più scarsa, finché non ne rimane che qualche rimasuglio negli angoli dei campi, e allora quattro o cinque *harvester* magari di tre fazioni diverse si concentrano lì, sparandosi a vicenda per raccogliere l'ultima briciola di collodium... Il collodium è la roba che fa andare avanti il mondo di quel gioco. Quella roba è come una droga per tenere sveglia la civiltà. Come l'energia prodotta dai generatori Weidinger. Una volta l'ho vista, una delle vostre centrali. Direte che è impossibile, ovvio, ma io l'ho vista. Era lontana forse due chilometri dall'*autobahn*, una cosa enorme, bianca, una cupola fatta come gli occhi di un insetto...

Ah!

Smettetela!

Volete che parli o no? E allora lasciatemi parlare. Smettetela con quella roba. Non sono un animale. Volete che vi dica tutto, volete *la verità*, e allora lasciate che ve la dica. Solo, fatemi arrivare alla verità a modo mio. Alla fine l'avrete, tranquilli. Non so cosa ve ne farete, ma alla fine l'avrete.

E cos'è che avrò io, quando vi avrò dato la verità? Cos'avrò, in cambio? Non rispondete? Immagino che la risposta sia una pallottola in testa. Un corridoio grigio, una debole luce in fondo, e io che cammino verso la luce, con una mano appoggiata sulla spalla. Un tocco né troppo forte né troppo leggero. Camminerò lungo il corridoio grigio, e i miei passi non faranno rumore. La luce mi verrà incontro come se...

Oh, d'accordo. Lo so. Adesso ci arrivo. Prendiamo la scorciatoia della storia. Quella meno elegante. C'è sempre. Ma raccontare una storia così è proprio un delitto. Uno spreco. Anche perché è la mia ultima storia. Ma siete voi quelli che comandano. Quindi d'accordo: eccovi la vostra storia. Perché quando l'avrò raccontata sarà vostra. Sarà l'ultima cosa che rimarrà al mondo, di me, la mia storia.

Allora, dov'è il microfono? È quello?

E la telecamera?

Bene.

Allora comincio. Ma da dove comincio, se non c'è un vero inizio? Non è mica facile. Ma da qualche parte si deve pure cominciare.

Era una notte tiepida, di mezza estate. Il parcheggio in cui avevamo concordato d'incontrarci era in collina. In realtà non era una collina vera. Era un deposito di materiali inerti. Una discarica, insomma. Però sopra ci avevano piantato dell'erba brevettata cinese, roba OGM che volendo sarebbe cresciuta anche su Marte. Avevano fatto una strada asfaltata che saliva intorno alla collina e arrivava in cima, dove c'era un parcheggio in cui le coppie potevano scopare in auto, se non avevano un altro posto dove andare. Era lì che avevamo appuntamento. Lora e Luc, e Toba, erano già lì. I nomi li avevamo presi da un vecchio fumetto francese. Io, dato che ero il più vecchio, ero il dottor Hugo Kala. So che sembra una cosa idiota, ma certe cose vanno prese come un gioco, se non vuoi che ti spaventino. Cammini su un ponte stretto, buttato su un abisso, e allora devi per forza non guardar giù, e camminare dritto, dicendoti che non c'è niente da temere, che il ponte su cui cammini è sicuro, e che la caduta non ti farebbe male.

Il parcheggio era deserto. Sapevamo già che non era sorvegliato. L'avevamo scelto per questo. Immagino che adesso anche quel posto avrà le sue telecamere di sorveglianza. Ma allora no. Allora era un posto sicuro per parlare.

Appoggiai la bici elettrica a uno degli alberi che crescono a intervalli regolari, troppo regolari, intorno al parcheggio. I fari del furgone Volkswagen di Toba lampeggiarono brevemente a intermittenza, dal fondo della piazzola. Due segnali corti, uno lungo. Mi incamminai in quella direzione, l'ombra che si allungava alle mie spalle, nella luce giallastra. Mi sentivo bene. Il cuore batteva forte, allegro.

La portiera scorrevole si aprì. Saltai dentro al volo, facendomi male al fianco con quel gesto troppo avventato, da ragazzino.

Immagino sia stato per via di Lora.

Nel fumetto francese *Luc Orient* da cui avevamo preso i nostri nomi di battaglia, Lora è un personaggio di contorno. Una bella ragazza che pronuncia sì e no quattro battute in tutto un episodio. Diciamo che è lì soprattutto per mettersi nei guai e farsi salvare ogni volta, immancabilmente, da Luc, che è l'eroe del fumetto.

«Ciao, Lora», sorrisi, ricacciando indietro il dolore e sedendomi accanto a lei sul divanetto sfondato.

«Ciao», rispose lei, e poi usò il mio nome vero. E il titolo accademico. Risuonò come una lamiera arrugginita. Strideva. È un pezzo che non si sente più nessuno chiamare un altro «professore». Non è passato tanto tempo da quando quella parola ti tirava addosso le bastonate.

«Niente nomi», ruggì Luc, dal posto dell'autista.

Luc potrebbe essere mio figlio, se dipendesse solo dall'età. Perché per tutto il resto no, decisamente no. La sua impulsività, i suoi scatti d'ira, sono lontani dal mio patrimonio genetico quanto Pechino da New York. Mondi diversi, talmente estranei da non poter comunicare in nessun modo se non nel linguaggio *basic* degli ordini: FAI, DAMMI, OK, VATTENE. Mai avrei pensato di ridurmi così. Una volta, per ricordargli chi ero, ho fatto vedere a Luc una lettera che vent'anni fa mi aveva scritto J.M. Coetzee.

«E chi cazzo sarebbe?», ha chiesto.

«Uno scrittore. Premio Nobel».

«Ah sì?»

Ha preso la lettera e l'ha strappata.

Prendi atto che il mondo è cambiato, dottor Kala, mi dico sempre, e ovviamente lo pensai anche allora, vedendo ridurre in pezzetti la lettera. È diventato una specie di mantra, adatto ai nostri tempi. *Prendi atto che il mondo è cambiato*.

«Allora, se vogliamo cominciare...», ringhiò Luc. Toba

pendeva dalla sua bocca. Lui sì che potrebbe essere mio figlio, o meglio ancora mio nipote, o comunque uno degli ultimi studenti degni di tale nome che frequentavano i miei corsi.

Sui vent'anni, o anche meno – dieci meno di Luc, più o meno un terzo dei miei – Toba porta un paio di occhialini tondi di quelli che una volta si dicevano «alla John Lennon», ha i capelli lunghi raccolti a coda di cavallo, e un pizzetto che gli dà un'aria a metà tra l'elfo e un vagabondo seicentesco. Nella sua vita prima del Diluvio lavorava come *junior editor* per una casa editrice. Nel fumetto originario Toba è un uomo di colore, una specie di servo del dottor Kala. A quei tempi, parliamo degli anni Settanta del ventesimo secolo, un personaggio del genere era del tutto accettabile. Poi le cose, ovviamente, sono cambiate. Fino a non molto tempo fa.

Va bene, ho capito. Non avete tempo.

Ecco allora come andò, e proprio così come andò. O quasi, insomma. Più o meno. Il Diavolo – secondo me, più che altre cose – è *il Diavolo*, non Dio, che è nei dettagli. Nella perfezione dei dettagli, che ti fanno perdere la visione d'insieme. Che ti portano fuori strada. Dio è così drastico: *Fai questo, uccidi quello...* Il Diavolo è più sfumato. Meno aggressivo. Ti porta a confondere il bene con il male. Con l'infinita complessità della vita.

E così eccoci lì, in quel furgone Volkswagen scassato, parcheggiato su una collina fatta di rifiuti nascosti. La storia del nostro mondo. Una storia frattale. Se guardate sul dizionario la trovate ancora, quella parola. *Frattale.* Vuol dire che quel parcheggio in culo al mondo era un'immagine del mondo più grande che avevamo intorno. Una copia in scala della rovina del paese, e dell'immensa, incommensurabile rovina del mondo. Dell'universo, stando a quello che si legge sull'entropia e altre storie del genere.

Va bene.

Ci arrivo.

Un attimo.

Tanto che differenza fa? So cosa volete sentire. Lasciate che ci arrivi a modo mio. Non ci metterò molto. Non sono Shahrazad.

Luc aveva un disegno. Lo tirò fuori dal cassetto del cruscotto. Una cosa stupida da fare. Sapete come dicevano i mafiosi, no? *Non scrivere quello che puoi dire a voce. Non dire a voce quello che puoi far capire a segni...*

Invece eccolo lì, un disegno tipo quelli degli architetti, non ricordo come si chiamano. Una *cianografia*, ecco. Il disegno di quello che Luc chiamava *il nostro obiettivo*. Lo spiegò sul volante.

Toba puntò sul foglio la luce di una torcia elettrica a led.

È così che è cominciata, questa cosa di cui mi chiedete.

È cominciata così.

2.

«Ecco», fa Luc. *Qui*, e *qui*, segna sul foglio, con le dita lunghe e magre.

«Se posso permettermi...», bisbiglio.

Toba si volta, indispettito per l'interruzione, come se avessi commesso un delitto di lesa maestà. Mi punta la luce negli occhi. «Zitto. Ascolta e basta».

Luc si passa la mano sulla fronte, sollevando il ciuffo di capelli biondi.

«Grazie. Essenzialmente il piano è di una semplicità brutale. Entriamo, facciamo quello che dobbiamo fare e ce ne usciamo dalla porta principale».

«*Brutale* mi sembra un notevole eufemismo».

«Zitto».

Luc sogghigna. «Non sarà granché, ma è tutto quello che abbiamo».

«Potremmo rimandare».

«Oppure potremmo andarcene affanculo e non fare niente. Ma non è quello che faremo. Nossignore. Agiremo stanotte. *Subito*».

Luc ha questa smania assurda di sembrare un militare. Mette efficienza – *presunta* efficienza – in ogni parola. Come se noi fossimo i suoi soldati. In realtà so che era un civile. Era un mio allievo. L'ultimo corso di storia dell'università di Bologna. Poi c'era stato il mio pensionamento anticipato, l'abolizione del corso, e io ne avevo perso traccia. Quando lo ritrovai, dieci anni dopo, ma a volte penso che fu lui a trovarmi, mi disse che si era laureato in uno dei nuovi corsi brevi a indirizzo pratico. Ingegnere dei sistemi per una delle compagnie di servizi che alla fine del decennio scorso spuntavano come funghi sul cadavere della nostra economia dissolta. Studi di progettazione, di consulenza, di *outsourcing*, che tentavano di tenere in vita servizi ormai sull'orlo del tracollo. Era una forma di *accanimento terapeutico*, come l'avrebbero definito ai tempi in cui le terapie esistevano ancora, e quasi tutti ne potevano fruire.

I tempi prima del Diluvio.

Prima del Grande Gelo.

«Che possibilità abbiamo di uscirne fuori senza problemi?», sento la mia voce chiedere.

«Possibilità? Diciamo *fifty-fifty*. No, vabbè, un po' meno. Ti senti meglio, ora che te l'ho detto?»

La risposta è ovviamente *no*. Ma non è quella che Luc si aspetta.

«Per me va bene. Non c'è problema», mento, alzando le spalle. Solo perché sono giovani si aspettano che un vecchio abbia meno da perdere, a morire. Invece uno si attacca alla vita a qualunque età, è questo il fatto. Non ci si sente mai abbastanza vecchi per morire. I vecchi sono migliori dei giovani: più prudenti, più attenti a cose come il rispetto dell'ambiente, per dire. Un ragazzo non sa, non può sapere, che non si sporca il posto dove la notte dopo devi dormire. Che non si vomita nel proprio letto, per così dire. Con la natura è lo stesso, la metafora torna. I vecchi fanno la raccolta differenziata delle immondizie, per dire, la fanno persino adesso che è inutile, che tutto, per quanto accuratamente diviso e impacchettato a parte, una volta arrivato alla discarica viene gettato nello stesso calderone, in quei, come li chiamano, *disgregatori molecolari*. O qualcosa del genere. Mostri che le generazioni future derideranno, considerandoli antiquati come bestioni preistorici. I vecchi fanno la raccolta differenziata, i giovani buttano le bottiglie dal finestrino. Magda – mia moglie si chiamava Magda – una volta, al mare, uscendo dall'acqua aveva sentito una fitta al piede. Aveva tolto il piede dall'acqua e dal piede usciva sangue a fiotti. Qualcuno aveva buttato in mare un calice di vetro, e quello si era rotto, trasformandosi in una trappola dentata, in lame di cristallo acuminate lunghe dieci centimetri. Avevano dovuto darle quattro punti, e il piede non era più tornato a posto.

Due sere dopo, camminando nello stesso tratto di spiaggia, avevo incrociato una coppia di ragazzi. Lui reggeva una bottiglia di champagne, lei gli veniva dietro con in mano due calici di vetro. Sul momento avrei voluto colpirli, magari con il remo della barca del bagnino. Insultarli. Minacciarli. Ma poi lei aveva alzato lo sguardo e sorriso. Non era un sorriso rivolto a me. Non era per nessuno. Era per la vita, per quello che aveva e che avrebbe avuto. Per quello che si aspettava dalla vita. Magda e io non abbiamo mai avuto figli. Ma in quel momento, su quella spiaggia, guardando i due che si allontanavano, avevo sentito un forte senso... Non so... Avrei voluto che la ragazza si voltasse, che mi rivolgesse un altro sorriso. Ma non lo fece.

«Anche per me va bene», annuisce Toba. Cos'altro mi aspettavo, da lui? Toba non direbbe mai di no a Luc. Al suo capo, al suo fratello maggiore. Al maestro.

Lora si limita a sussurrare *okay*.

«Allora è deciso», sorride Luc.

La divisione dei compiti viene fatta con l'efficienza che è il suo marchio di fabbrica. Quell'efficienza che dovrebbe tranquillizzarti e che invece mi spaventa, e molto, perché è la stessa aria da «non ci sono problemi, tutto si sistema», che ha portato il mio mondo alla malora. Quello che chiamo il mio mondo, e che non è quello di Luc e degli altri. Nel mio mondo non uscivi di notte per andare a fare le cose che stavamo per fare. Ma certo le regole sono cambiate, dai tempi in cui ero giovane. Entrando nella cellula di Luc chissà cosa mi aspettavo. Non certo che avrei dovuto prendere parte a cose come questa, o imbarcarmi in cose come dipingere scritte di protesta sulle fiancate dei vagoni piombati fermi su qualche binario morto.

Ricordo una notte. La notte della nostra prima azione. La paura che ho provato passando nel buco tagliato nel filo spinato, e poi strisciando lungo i binari, col fiato sospeso, praticamente sotto il naso delle guardie che fumavano svogliate nel buio. A ogni penoso metro che ci avvicinava all'obiettivo mi veniva voglia di scoppiare a piangere, e non solo per come ogni movimento suscitava crampi e altri dolori da ossa e muscoli fuori esercizio da secoli.

Avevamo trovato il treno, fermo sul binario morto. Luc aveva aperto il sacco distribuendo le bombolette di colore. Anche il semplice possesso di una di quelle vecchie bombolette era un reato capitale. I cilindri metallici erano avvolti in strati di stoffa, in modo che non facessero rumore, nell'eventualità che dovessero caderci di mano. Seguendo le istruzioni di Luc avevamo cominciato a tracciare le scritte. Nel silenzio della notte i fianchi del vagone luccicavano di umidità alla luce della luna. Il sibilo della vernice che usciva dalle bombolette sembrava fragoroso, alle mie orecchie. Temevo che le sentinelle, seppure lontane, potessero sentire il rumore.

Luc mi diede una pacca sulla spalla, facendomi male. *Continua*, ringhiava il suo sguardo. Così continuai a tracciare le parole, in lettere alte un metro, rosse, anche se alla luce della luna sembravano nere. Finita la scritta passai al vagone successivo. E poi a quello dopo. Anche se non potevo vederli, sapevo che anche gli altri stavano facendo lo stesso, ai due treni fermi sui binari adiacenti. Stavo tracciando una R, la terza lettera della scritta, quando un rumore, distinguibile sotto il sibilo della bomboletta di vernice, mi fece accapponare la pelle. Era come se qualcuno stesse raschiando la parete del vagone, come se delle dita cercassero di scavare il metallo rugginoso.

Mi tirai indietro di scatto, provocando un piccolo, rumoroso smottamento di ghiaia. Io e Luc, e immagino anche gli altri incursori di quella notte, ci congelammo sul posto. Ma il rumore aumentò. Anzi, a quel suono se ne unirono altri, formando una cacofonia sommessa ma terribile, amplificata dal silenzio. E quel rumore si diffuse lungo tutta la lunghezza del treno, per quanto potevo capire. Mani che graffiavano le lamiere, colpi privi di cadenza. Inumani. E c'era un altro rumore: un lamento che era la somma di tanti lamenti. Era come un film dell'orrore. Era la Notte dei Morti Viventi. I vagoni neri erano diventati una specie di orrenda cosa vivente.

Scappammo, attenti a non fare rumore, ma era una precauzione inutile, dato che adesso tutto il convoglio vibrava, le pareti percosse da pugni, graffiate. Voci e lamenti e imprecazioni giungevano attraverso la lamiera spessa, a volte attutiti, altre amplificati dal metallo. E poi delle facce cominciarono a vedersi attraverso le minuscole bocche di lupo poste appena sotto il tetto dei vagoni. Dico facce perché non mi viene in mente un modo migliore di definirle, quelle parvenze larvali, che cercavano di scrutare il mondo attraverso i fori quadrati, attraverso la trama fitta del filo spinato che li ostruiva. Erano volti indefinibili: dirli d'uomo o di donna era impossibile. Crani rasati, pelle macilenta, occhiaie nere già da morti. Perché anche questo era difficile da dirsi: se fossero volti di vivi o di morti. Non che facesse differenza. Pochi giorni, nel caso di alcuni forse solo ore. E quelli che riuscivano, accalcandosi immagino su cataste di altri corpi, quelli che ce la facevano a raggiungere i finestrini, erano quelli più sani. I morti, non ancora morti, combattevano per raggiungere quel vuoto vero l'esterno, per gridare i loro messaggi che non capivamo, perché non era la nostra lingua. Era una babele di suoni e di versi che usciva dritta nell'aria gelida, come un cartiglio in un quadro medievale.

Quando si alzò il primo acuto di fischietto, secco e nervoso, scappammo tutti via a gambe levate, io facendo cadere la mia bomboletta, e per questo Luc poi mi avrebbe fatto la predica, gli altri intorno a me come giovani passi veloci sulla ghiaia, una fuga disordinata, mentre i rumori che uscivano dai vagoni piombati si trasformavano in un delirio, e alle nostre spalle si alzava il latrato isterico dei cani.

I cani morti di Auschwitz.

I cani morti da settant'anni.

Più tardi, seduti al caldo nella baracca, con l'umido che si levava dai nostri vestiti come fumo, fissai Luc negli occhi. Era stato un mio studente, ma questo adesso non contava. Ricambiò il mio sguardo con un'aria di compatimento.

«Cosa cazzo hai in quella testa?»

Mi ero preso un po' di tempo, prima di rispondere. «Pensavo a quello che abbiamo fatto».

«Non abbiamo fatto abbastanza. L'azione non è riuscita. Metà di quei vagoni non li abbiamo neanche toccati».

«Non intendevo questo».

«Ah no?»

«Volevo dire, questa cosa che abbiamo fatto... Che senso ha? Cioè...»

Cioè è una parola da vecchi, nel mondo dopo il Diluvio.

«Non ne abbiamo salvato neanche uno».

Luc scosse la testa. «Non era questo l'obiettivo».

«Sì, ma allora cosa? A che serve, fare quello che facciamo? Scritte sui muri, scritte sui vagoni. A che diavolo serve?»

«Serve ai vivi. *Quelli* sono già morti. Non servirebbe a niente, fare *altro*. Morirebbero comunque. Cosa volevi fare? Spezzare le catene, liberarli? Nove su dieci non riuscirebbero neanche a scendere dal vagone. E poi le hai viste le guardie, no?»

Sarebbe bastato già questo. Ma Luc non si accontenta mai. È abituato a strafare.

«Comunque l'ordine che ti avevo dato era di dipingere le

scritte e di non fare rumore. E tu non hai obbedito. Hai anche perso la tua bombola».

Se ne sarebbe ricordato poi, della bomboletta, Luc. Quando gli sarebbe venuto in mente che era un'occasione buona per dare una lezione non solo a me ma anche agli altri. Ma sul momento no, sul momento quello che gli importava era chiarire il suo punto di vista, la corretta interpretazione da dare ai fatti, alle cose.

«Tracciando quelle scritte noi rendiamo visibile al mondo la colpa. Diciamo a tutti cosa c'è, in quei vagoni».

«Li portano da un'altra parte, in qualche deposito, e lavano via le scritte. Con un acido. La gente nei vagoni muore, per i vapori dell'acido».

L'argomento non interessava a Luc.

«Nessuno vede quelle scritte», avevo praticamente urlato. Tutte le facce, nella baracca, si erano rivolte verso di me. Ma non è stato nemmeno allora, che Luc mi ha fatto la sua predica. Allora si è limitato a scuotere la testa, sussurrando *testa di cazzo*, a voce abbastanza alta perché nessuno potesse poi dire di non averlo sentito.

«Sarebbero morti comunque. *Sono* morti comunque. Morti ad Auschwitz. A Majdanek. Dachau. Treblinka. *Nessuno* può fermare quei vagoni. Nel loro *continuum*, nell'unico *continuum* che per loro è reale, sono morti da settant'anni. Qui sono solo fantasmi. Apparizioni di passaggio».

Ma nemmeno Luc sembrava convinto.

Lo incalzai. Ma non era lui che assalivo, con le mie parole.

«Dove sono finite tutte le tue idee? Tutti i tuoi buoni propositi? *Salvare i bambini di Auschwitz...* Come li salvi? Con una bomboletta di vernice?»

«Non c'erano bambini, su quel treno».

«Hai capito benissimo cosa voglio dire».

«Certo che ho capito. Sei tu che non capisci».

Battei il palmo della mano sul tavolo, facendo rovesciare la bottiglia. Scattai in piedi, uscii fuori. Era inverno. Una notte stellata come non ne avevo viste mai. La fine dell'era industriale ci regala emozioni come questa. Il mio fiato si condensava, formava nuvole di vapore, nuvole fatte del mio calore. La stanchezza si trasformò in una strana esultanza. In un'esplosiva sensazione di star bene già per il fatto di essere vivo.

Till we have built Jerusalem, cantai dentro di me, esultando dentro di me, ricordando il coro maestoso del disco, il modo in cui le voci riempivano le navate della cattedrale di Winchester.

3.

A casa nostra avevamo centinaia di cd, sparsi in disordine in ogni angolo di ogni stanza. Ce n'erano persino in bagno. Anche quando i cd vennero sostituiti dagli HRM, continuammo a comprare musica nel vecchio formato. Mi piaceva, l'idea di quell'oggetto che alla sua apparizione, quando avevo poco più di vent'anni, era sembrato un miracolo della tecnologia, e ora veniva dismesso, abbandonato. La nostalgia non c'entrava. Era il fatto che il cd in qualche modo manteneva la forma dei vecchi dischi in vinile che aveva sostituito, rendendo loro quasi omaggio. Gli HRM invece mi sembravano un gioco: lanci la sferetta metallica sulla ciotola vuota, e il campo di forza, o quel che diavolo è, lo fa ruotare a mezz'aria, riempiendo la stanza di suono e di luci. Una cosa che a me e Magda è sempre parsa volgare.

Lo so. Me lo diceva anche Luc, che a volte parlo troppo. «Parli come un libro stampato», si arrabbiava. «Parli come uno scrittore. Ma gli scrittori sono tutti morti!» Forse era un modo per convincere se stesso. Per venire a patti coi cambiamenti che l'avevano portato dall'idealismo al pragmatismo nel giro di così poco tempo. Era troppo giovane per sapere che, per quanto accelerato dai tempi in cui viviamo, è un processo vecchio come il mondo. Si chiama *crescere*.

O *invecchiare*. Fate voi.

Va bene. D'accordo. Lo so che non avete tempo. Avete sempre qualcosa d'altro da fare. Qualcosa di meglio. Una novità. Inseguire le novità è diventata la vostra ragione di vivere. È il vostro modo di non rendervi conto del vuoto in cui vi muovete. Siete come il coyote dei cartoni animati, che correva nel vuoto finché non si rendeva conto che non aveva più il terreno sotto i piedi, e solo allora precipitava. Dovete correre, correre senza guardare, se non volete cadere giù.

È che quando questa storia finirà...

Solo i giovani non hanno paura della morte. Ma anche voi diventerete vecchi. No, non fare quel gesto. Guarda che non è una maledizione. È una semplice constatazione. È la natura. *Hodie mihi, cras tibi*. Sapete cosa vuol dire? È latino. La lingua dei vostri antenati. Vuol dire: *oggi a me, domani a te*.

C'era un cd che ascoltavo continuamente. *Jerusalem*, un inno composto da Parry, e poi orchestrato da Elgar. Ne avevo una ventina di versioni. Quella migliore, sicuramente, era un'incisione del coro della cattedrale di Winchester. L'avete mai sentito? È un inno così solenne. Le parole sono di William Blake. O di Milton? Non ricordo. Un inno solenne... Avrebbero potuto cantarlo i soldati di Cromwell...

I will not cease from mental fight
Nor shall my sword sleep in my hand
Till we have built Jerusalem
In England's green and pleasant land...

Vedete, stare con Luc, e Toba, e con Lora, e con gli altri che di volta in volta si univano alla nostra brigata, stare con loro era come far parte dei guerrieri di Cromwell. Era come sentire che Dio ti poggiava una mano sulla spalla. E non importa se le cose che facevamo, le nostre *azioni*, erano stupidaggini. L'importante era fare qualcosa insieme. Così quella notte, mentre il furgoncino Volkswagen percorreva la strada verso il lago, ci sentivamo una squadra. Ci sentivamo forti, motivati. Avremmo potuto correre sui carboni ardenti, volare come Superman, staccare Cristo dalla croce e farne il nostro re. La nostra era la Crociata dei Bambini...

E voi sapete bene come è andata a finire.

4.

La strada era deserta. Il motore ricondizionato a energia Weidinger emetteva un lieve ronzio. Niente è come sembra, di questi tempi. Sotto la ruggine del cofano del vw c'è una tecnologia da fantascienza. E anche Toba aveva questo affare, un apparecchio grande come una scatola da scarpe, che si teneva sulle ginocchia, e che in teoria avrebbe dovuto sintonizzarsi sulle frequenze della polizia e della SDAPO. In realtà lo faceva solo di tanto in tanto, mentre per la maggior parte del tempo emetteva fastidiosi suoni a bassa frequenza che avrebbero potuto essere di tutto, dal richiamo d'amore di una balena alle istruzioni in codice degli alieni che secondo alcuni hanno permesso a Weidinger di costruire la macchina del tempo. Tutto meno che i messaggi della polizia, se non di tanto in tanto, ed erano messaggi svogliati, di pattuglie lontane.

Percorremmo la vecchia *autobahn*, attenti a non disturbare i fantasmi che di tanto in tanto incontravamo. Il trucco è semplice: devi far finta che non esistano. La gran parte sono segnalati, con cartelli luminescenti scritti a mano. Sai già che al chilometro tale vedrai la ragazza che piange fuori dall'auto distrutta, la ragazza a cui manca metà della faccia. E sai che dalle nove alle dieci di ogni sera il Muro dei Fucilati di Dongo gronda sangue. Effetti collaterali dell'Effetto Weidinger.

Percorremmo la strada deserta, a parte le apparizioni, momentanei cortocircuiti nel tessuto del tempo. Mi sono sempre chiesto perché nessuno abbia ancora mai visto un tirannosauro, o degli uomini in armatura. Nessuno sa spiegarselo. La teoria più diffusa, immagino la conosciate, è che l'Effetto Weidinger si allarga progressivamente, come le onde prodotte da un sasso nell'acqua. È solo questione di tempo, mentre l'Effetto si propaga verso il passato. Un giorno, da qualche parte, apparirà il fantasma di Giulio Cesare. Ma per quel giorno saremo anche noi, sarete anche voi, dei fantasmi.

Un tempo il paesaggio era bello. L'autostrada era l'elemento di disturbo. Ora è quasi il contrario. Attraversiamo una campagna costellata di colline artificiali. Tecnici in camice bianco venuti da Pechino o Shanghai hanno disegnato le mappe per i depositi di scorie, verificato i siti, scelto le piante più adatte per coprire quei monticelli ora verdi, e in realtà grigi dentro, gravidi di veleni. Sembra di attraversare un'immensa necropoli etrusca fatta di quelle che chiamavano, se la memoria non mi inganna, tombe a panettone. È un paesaggio di morte, simile a quello descritto nell'inno di Milton, *the dark satanic mills* su cui gli Ironsides, i guerrieri di Dio, avrebbero voluto trionfare.

Toba sarebbe stato un perfetto guerriero dell'armata di Cromwell. Luc no. Non c'è vera forza, in lui. C'è *autorità*, non autorevolezza. Quando seguiva le mie lezioni non mi aveva fatto una grande impressione. Tranne una volta. L'aula era semideserta. Normale. Allora non lo sapevamo, ma era l'ultimo anno in cui l'università organizzava un corso di storia. Avevamo sette iscritti. Nessuno sarebbe arrivato alla laurea.

Erano le cinque di sera. Novembre, forse l'inizio di dicembre. Luci basse, per risparmiare. Nella penombra dei banchi, i volti dei quattro studenti sembravano cadaverici. Avevo appena finito di esporre le mie considerazioni sulla possibilità, dimostrata da documenti appena ritrovati in un archivio di Londra, che consiglieri militari inglesi nel 1650, Ironsides dell'armata di Cromwell, avessero raggiunto il Piemonte per aiutare i protestanti locali a organizzare una resistenza armata.

Luc alzò la mano. Allora non lo conoscevo come «Luc», ovviamente. Aveva un nome e un cognome. Ce l'avevamo tutti.

«Professore...»

«Sì?»

«Quella cosa che ha detto, quella sulla responsabilità...»

«Dica».

«Ne è davvero convinto? Cioè, davvero pensa che ognuno di noi porta su di sé la responsabilità del passato? Voglio dire, di cose che hanno fatto gli altri, prima ancora che noi fossimo nati?»

«Certo. Ognuno di noi eredita il passato, assieme al presente. Ed è giusto che se ne occupi».

«Ma come possiamo avere la responsabilità morale delle colpe degli altri?»

«Non ho mai parlato di responsabilità *morale*. È una responsabilità d'altro tipo. Chi compra una casa nuova non ha ovviamente alcuna colpa per i danni fatti dai proprietari precedenti. Ma ha il dovere di sistemare i danni, per la sicurezza di chi abita quella casa e di chi l'abiterà dopo di lui».

Luc sembrò indeciso. Aggrottò la fronte.

«Conosce gli studi di Weidinger? A Lipsia?»

«So quello che si legge sui giornali».

«Lei non pensa che quando avremo la possibilità di viaggiare nel passato...»

«*Se* avremo. Non è detto che Weidinger abbia ragione. Per ora sembra sia solo un effetto collaterale della produzione di energia dal mare quantico...»

Il ragazzo non si diede per vinto. «Ma *ipotizziamo* che ce la faccia. Che veramente possiamo mettere mano nel passato. Modificarlo. Renderlo migliore. Sistemare la casa *prima* che si verifichi il danno...»

«Questo è un corso di storia, non di fantascienza».

«Solo per ipotesi. Per amore di discussione».

«E va bene. Per puro amore della discussione...»

Guardai nella penombra.

Gli studenti erano forme indistinte. Sagome scure.

Sospirai.

«La mia opinione è che sì, che dovremmo fare qualcosa. Correggere il passato. Ma la cosa non è... non sarebbe... senza pericoli. Il nostro presente è di fatto il passato, non c'è soluzione di continuità. Siamo quelli che siamo perché il passato è andato in un certo modo. Cambiarlo vorrebbe dire mettere a rischio l'esistenza del mondo come lo conosciamo. Posso consigliarle un paio di libri, sui paradossi implicati dal viaggio nel tempo».

Gli diedi i titoli.

«Li ho già letti».

«Ah sì? Come mai? Vuole entrare a far parte dell'équipe di Weidinger?»

«Di quella squadra di nazisti infoiati di Dio? Quelli vogliono solo tornare nel passato per tirare giù un ebreo dalla croce. Appena avranno la loro macchina del tempo manderanno una squadra di recupero sul Golgota, armati di M16 e granate paralizzanti. A me interessano crimini più recenti».

«Per esempio?», chiesi, anche se dentro di me conoscevo già la risposta.

«Vorrei salvare i bambini di Theresienstadt, *per esempio*. Fermare i treni per Auschwitz».

Ah, sì. Adesso ricordo.

Era Theresienstadt.

Non Auschwitz.

5.

Arrivammo sul luogo dell'azione poco prima delle tre di notte. Alla luce della luna, il parco dei divertimenti sembrava un luogo incantato. Le guglie, i pinnacoli, il dorso del gigantesco ottovolante, bagnati dalla pallida luce lunare risaltavano in contrasto con il buio degli alberi, delle siepi. I tumuli di scorie costellavano anche i dintorni del parco, benché qui la fantasia dei progettisti orientali avesse creato dei miracoli di arte topiaria: siepi e alberi piantati sulle colline a panettone erano stati modellati in forme innumerevoli, disegnando su un dosso la figura di un drago dei cartoni animati, e su un altro le gesta e le fatiche del giovane Alberto da Giussano: l'uccisione del drago Fafnir, la pulizia di Napoli, il Ponte sullo Stretto gettato in una sola notte...

Se io e Magda avessimo avuto figli, avrebbero visto quell'orrendo cartone animato di propaganda. Avrebbero studiato educazione civica sui manuali approvati dal governo. Un giorno ne avevo preso in mano uno. Aperto le pagine a caso. Su quella di destra c'era l'immagine di un bambino e di una bambina biondi, che in un parco accettavano le caramelle offerte da uno zingaro. Lo zingaro nascondeva un'ascia, dietro la schiena.

Parcheggiammo al centro di uno spiazzo enorme, che alla luce grigio-azzurrina sembrava anch'esso un ritaglio di suolo lunare. Non c'era ragione di essere prudenti. Le frequenze radio erano tranquille. I guardiani del parco – due, non troppo svegli, stando a quanto riferito da Toba – seguivano una routine prevedibile. In questo momento stavano ispezionando il lato nord, e ci avrebbero messo ancora un bel po' prima di giungere a una distanza pericolosa.

Non c'erano telecamere puntate sul parcheggio. C'erano invece alcuni zombi, che si muovevano verso la biglietteria. Niente a che vedere con i morti viventi dei film horror, anche se tecnicamente erano proprio quello: morti viventi. Non erano affatto aggressivi. Non si muovevano in modo strano, a parte quelli che erano menomati da qualche ferita alle gambe. Saranno stati una dozzina. Una con la maglietta sbrindellata di Hello Kitty spingeva un passeggino dentro il quale stava il bambino più brutto che avessi mai visto: un piccolo mostro di Frankenstein, con vene azzurrine gonfie sulla fronte pallida. La ragazza – la madre – guardava davanti a sé con lo sguardo vacuo. Luc le si avvicinò da dietro, facendole lo sgambetto. La giovane morta cadde in avanti, battendo la testa sull'asfalto.

Luc impugnò la maniglia della carrozzina e la spinse contro la fila dei morti viventi, come se fossero birilli da bowling.

«*Strike!*», urlò, scavalcando i corpi caduti e lanciandosi verso i tornelli d'ingresso, saltandoli con un'agilità che gli invidiavo. Altrettanto velocemente puntò verso la grata metallica che bloccava l'accesso al parco. Mise a terra il suo zaino, tirò fuori due paia di cesoie.

«Prendi», ordinò, passandomene una.

Dietro di noi i morti si stavano pazientemente disponendo in fila davanti agli sportelli, spostando il peso del corpo da un piede all'altro, lo sguardo fisso avanti a sé. Toba e Lora ci raggiunsero. Lora era tranquilla come se stessimo andando a un picnic. Nemmeno un po' affannata. Vi ho detto quanto era bella? Era bella davvero. E il fatto che fosse giovane non c'entra. La sua bellezza era di una qualità che sarebbe durata nel tempo, anche quando di anni ne avesse avuti settanta, e non venti. Era la bellezza di una statua, se le statue potessero muoversi, parlare, sorridere come in quel momento.

Sentii tornarmi le energie, come dopo una sorsata di un ricostituente tonico.

Luc e io tagliammo la grata metallica. «*Tira!*», sibilò.

Tirammo.

Il quadrato di grata venne via, aprendoci il passaggio per il parco.

«*Via via via!*»

Ci infilammo nel passaggio. Era bello. Era come giocare. Come tornare bambini. Mi afferrai alla parte rimasta della grata e mi tirai di peso dall'altra parte con un'energia insospettata. Forse era l'effetto dello sguardo di Lora, non so. Mi sentivo pieno di forza. Il mio zaino che strisciava sull'asfalto ruvido provocava una sensazione quasi gioiosa. Tiratomi in piedi con tutta l'energia che il mio corpo riuscì a spremersi da dentro, mi voltai verso gli zombi in attesa alla biglietteria, e feci loro una boccaccia rumorosa. Non so perché. Quelli non risposero. Rimasero muti in fila, bilanciandosi sulle gambe marce, fissando il vuoto con lo sguardo perso nel 1996, o nel 2007, cervelli putrescenti in cui ronzavano gli hits di una o dell'altra estate, le bugie del governo di turno. «Andate tutti affanculo!», urlai, prima che Luc quasi mi staccasse la testa dalle spalle con uno schiaffo.

«Sei scemo?»

«Ma li vedi...»

«Sì che li vedo. Anche tu sei come loro, sai? Anche noi. Da qualche parte del futuro siamo anche noi come loro».

E poi, senza più degnarmi neanche di uno sguardo, indicò agli altri con un cenno muto il vialetto principale del parco, la strada da seguire.

Seguivamo una mappa spiegazzata, lisa sui bordi e sulle piegature. Era una vecchia mappa del parco, non quella nuova, fotocopiata su fogli A4, che veniva distribuita ai visitatori d'oggi. La nostra era vecchia di almeno vent'anni, e mostrava attrazioni che non c'erano già più: le Montagne di Atlantide, la Corsa delle Astronavi, la Caverna dei Ciclopi...

Però la nostra mappa, sul retro, mostrava anche i tunnel di servizio che portavano da un'attrazione all'altra gli inservienti, senza che il pubblico li notasse. Era attraverso quei tunnel che si trasportavano il cibo per i bar e i ristoranti, gli attrezzi per pulire il vomito o l'occasionale cadavere di un turista morto d'infarto sulle montagne russe (ai vecchi tempi si contavano almeno sette morti all'anno, all'interno dei dieci chilometri quadrati del parco).

Luc puntò la sua torcia a led sulla mappa.

«Seguiamo questo tunnel fino al Villaggio dei Nani. A quel punto le guardie saranno già passate oltre, e avremo tutto il tempo che vogliamo. Usciamo qui, fra le gambe di Alberto, prendiamo quello che dobbiamo prendere e scendiamo di nuovo nel tunnel fino alla Giostra dei Templari. Da lì diventa uno scherzo. Domande?»

Nessuna. Spense la luce, ripiegò la mappa.

«L'ingresso dev'essere qui da qualche parte. Diamoci una mossa».

Ci volle un po' per trovarlo. Era nascosto dietro una finta siepe, che in realtà era una porta. Lo trovò Lora. La porta non era chiusa a chiave. Oppose un po' di resistenza ai nostri sforzi, cigolando sui cardini con un rumore che ci mise in apprensione. Quando la porta si aprì, dal tunnel uscì una zaffata di odore cattivo. Odore di cose tenute al chiuso, di vegetazione marcita. E di qualcos'altro.

«Nei momenti di punta, all'apice della sua fama, il parco aveva ottantamila visitatori al giorno. Oggi sono dieci volte meno. Ma è comunque una bella folla. Solo che i tunnel di servizio non servono più. Mantenerli costa. Così hanno deciso di chiuderli. Ma prima gli hanno trovato un uso alternativo. Ecco il perché della puzza».

Aprì il suo zaino che era come l'ipertasca di Eta Beta. Tirò fuori quattro maschere antigas di un modello così vecchio che avrebbero potuto benissimo risalire alla Prima Guerra Mondiale.

Lora ci insegnò come mettercele. Sembrava la hostess di uno di quei voli di una volta, quando mostravano ai passeggeri come infilarsi il giubbotto di salvataggio, o far scendere la maschera a ossigeno. Feci fatica a infilarmi quell'affare, ma alla fine ci riuscii, e non fui neppure l'ultimo: Toba stava ancora trafficando con le cinghie. Lo guardai, e pensai che anch'io dovevo avere lo stesso aspetto. Sembrava un brutto insetto dotato di una proboscide corta e tozza. Gli occhi grandi, di vetro scuro, riflettevano a sprazzi la luce della torcia che Luc manovrava in giro, controllando che ognuno avesse ben chiuso la maschera.

«Ora scendiamo», annunciò, con la voce deformata dalla plastica che sapeva di gomma, di acido.

6.

Lo spavento più grande, da bambino, l'avevo provato leggendo le pagine di *La macchina del tempo* in cui H.G. Wells descriveva la discesa nel mondo sotterraneo dei Morlock, i mostri cannibali che usavano gli stupidi Eloi come una riserva di cibo. Luc distribuì a ognuno di noi delle torce elettriche. Non come la sua, quella meravigliosa reliquia del passato. Le torce che ci diede erano di produzione corrente, rozzi tubi di plastica con una lampadina a un'estremità e un paio di batterie standard all'altra. Sulla cima delle scale, provai un momentaneo senso di rifiuto. Il mio respiro, amplificato dal chiuso della maschera antigas, si fece più rapido, quasi isterico. Nella luce giallastra della torcia vidi i primi tre scalini, che sprofondavano nel buio. Pareva una bocca pronta a inghiottirci.

I muri sembravano sudare. Grondavano acqua, ospitando a macchie larghe come lenzuola una muffa grigia e molle, che veniva via come schiuma di sapone appena ci passavi su la mano. Il mio respiro raspante era l'unico suono che mi accompagnasse in quella discesa lenta, scalino dopo scalino, attento a dove mettevo i piedi. A un tratto la mia mano si impigliò in un foglio di carta, reso molle dalla muffa. Un angolo pendeva floscio, color blu notte.

Puntai la torcia.

Era un manifesto allegro, che mostrava la vecchia mascotte del parco, il Gigante Buono. Quella che dopo il Giorno del Giudizio, con qualche abile ritocco, era diventata la statua eroica di Alberto da Giussano. Una schiera di bambini disegnati con colori un tempo allegri, ora bluastre sfumature di china, si arrampicava sulle sue gambe, ridendo. Una mano postuma aveva aggiunto un enorme fallo, tra le gambe del gigante. Il fallo puntava sulla testa di una ragazzina bionda, verso la sua bocca aperta. Distolsi il raggio della pila, scesi un altro scalino. Ce ne vollero altri sei prima di ritrovarmi in piano. Puntai la torcia a destra, poi a sinistra. Eravamo nel tunnel.

I raggi delle altre torce balenavano nel buio, tracciando lame come le spade dei cavalieri Jedi di quella vecchia saga hollywoodiana. Illuminammo il Gigante sul poster, come un cerchio di cacciatori che ha circondato la preda.

«Guardalo lì, quel gran pezzo di merda», mugugnò Toba, le parole deformate dallo spessore della maschera antigas.

«Niente in confronto allo stronzo che ne ha preso il posto», ringhiò Luc. «Andiamo, dai. Il tempo stringe».

Camminavamo a pochi passi di distanza l'uno dall'altro. Come una vera squadra. Ma ognuno di noi si muoveva da solo, in quel buio stillante gocce sonore come minuti, come parole, parole mosse dai nostri stivali nelle pozze d'acqua, evocate dal nostro respiro nelle maschere chiuse. La luce dardeggiava, mostrava uno sgocciolio lento, un rivolo d'acqua nera, un altro manifesto colorato, ridotto a brandelli.

A un rapido segnale di Luc imboccammo un condotto laterale, più largo del primo. Un tunnel dentro il quale avrebbe potuto muoversi una jeep.

Quasi inciampai nel primo sacco. Lo urtai con la punta dello stivale e avrei giurato che il sacco si muovesse contro il mio piede. Si sentì un sibilo. Anche attraverso la maschera l'odore eruppe forte, miasmatico.

«Merda...», sussurrò Toba.

Puntai la torcia verso destra. Quel lato del corridoio era ingombro fino a un'altezza di un metro di quei sacchi neri, impilati uno sull'altro, in ordine, tranne dove la catasta si era sfaldata. Uno strato di calce era stato steso sui sacchi, ma l'umidità l'aveva sciolto quasi dappertutto. I sacchi sembravano coprire tutta la lunghezza del corridoio, sia in avanti che dietro di noi. Il cuore prese a battermi più forte.

Guardai la distesa nera. Mossi la torcia a destra, a sinistra. In quel momento mi giunse all'orecchio un singhiozzo.

Ci congelammo sul posto.

Dovevano averlo sentito anche gli altri.

Con le gambe che mi tremavano, mi mossi verso l'oscurità alla mia sinistra. La torcia puntata in basso, per non spaventare la donna che stava piangendo.

Era molto giovane. Sedeva per terra, le braccia strette intorno alle ginocchia. I capelli neri, tagliati corti tranne che per una frangia bagnata che le copriva gli occhi. Era nuda. La pelle pallida riluceva come alabastro, nella luce della torcia.

«Ciao, papà», mormorò, con una voce liquida, trasparente.

Rabbrividii.

«Ricordati di me, che son la Pia...»

Che son la Pia, ripeté, in tono incredulo.

Poi sollevò lo sguardo.

Feci un balzo all'indietro, urtando contro uno dei miei compagni.

Gli occhi della ragazza erano due orbite vuote.

«*Ricordati di me...*», canticchiò. Poi accennò ad alzarsi in piedi, incerta, malferma su gambe che erano state belle, e vive. I suoi occhi ciechi cercarono i miei. Righe scure, come trucco sciolto, le scendevano lungo le guance. Sorrise. Cioè, *cercò* di sorridere.

«Ci rivedremo nel posto dove non c'è ombra, dicevi. Tutte le tue parole... Tutti i tuoi libri... Mamma come sta? Cosa ne sai, di come sta mamma?»

Mi allontanai da quell'orrore cieco, camminando a ritroso. Luc invece si fece avanti con un salto. Nell'ombra balenò qualcosa. Un colpo argenteo di taglio, un guizzo come di lama. Un rumore sordo. La ragazza nuda si accasciò sulle ginocchia.

«*Dai, dai, andiamo!*»

L'ordine mi arrivò rabbioso come una sferzata. I miei piedi si mossero come se avessero una loro volontà. Passai accanto alla ragazza che non riusciva a rialzarsi, perché il colpo di badile le aveva spezzato un ginocchio.

«Cosa ne sai...», continuava a ripetere, come una cantilena, *cosa ne sai...*

Luc puntò la torcia verso sinistra. «Manca poco. Teniamoci uniti. Qualsiasi cosa succeda, qualsiasi cosa vediate, teniamoci uniti».

7.

Non so quanto tempo impiegammo, a percorrere il tunnel. Non so quanti, o quali, silenziosi orrori ci sfiorassero nel buio. Dita fredde, parole appena sussurrate e subito riassorbite dal silenzio, su cui crescevano come un muschio grigio. La nostra storia, sia pure in tanti anni di pace, ha prodotto comunque i suoi orrori, le cui ombre ritornano. Il ragazzo sulla panchina del parco della Vetra, la testa riversa all'indietro, la bocca aperta come quella di un pesce. Il prete che benedice il corpo, nella mattina fredda. Sono fantasmi anche le gocce d'umidità che coprono le foglie, e che trasformano in un'alba d'inverno anche il più soleggiato pomeriggio d'estate. La vita è un continuo sopravvivere, lasciarsi indietro le cose.

Devo ancora fare la pace, con quella vecchia foto.

«La conoscevi?», mi ha chiesto Lora sottovoce, facendosi vicina in modo che gli altri non sentissero.

«Sì», le ho risposto, a voce altrettanto bassa.

«Un'amica?»

«Mia figlia».

Per un po' non ha detto niente. Poi mi ha guardato come non vorresti mai che una donna bella e giovane ti guardasse.

«Non sapevo. Credevo che tu e tua moglie...»

«È stato prima di Magda. Magda non poteva avere figli. Pia...»

Lei mi ha guardato. Lo so anche se la luce della mia torcia puntava in basso, verso un altro di quegli interminabili fagotti avvolti in plastica nera. La superficie del sacco si mosse, vibrò dall'interno.

«Non è detto che sia davvero qui...», mormorò fissando il sacco. Uno delle migliaia di sacchi accatastati nel tunnel.

«Non la vedevo da tempo», tagliai corto. Anche se una frase così, di questi tempi, ha più di un senso.

E poi aggiunsi: «Non ne parliamo mai. Cioè, non ne *parlavamo*...»

«Mi dispiace».

«E perché?»

La mia domanda era cattiva, in fondo. Ma non ebbi modo di sapere se fossi arrivato a colpirla, perché Luc spalancò una porta d'acciaio perfettamente oliata, troppo per essere la porta di quel cimitero, l'aprì e come per miracolo, dopo tutta quella morte, tornammo a rivedere le stelle.

Brillavano tra le cosce grosse come sequoie di Alberto da Giussano, il giovane Alberto, bagnate dalla luna.

Guardando in alto mi resi conto dell'impresa in cui ci eravamo incoscientemente imbarcati.

«Come ci arriviamo, lassù?»

Luc mi zittì con uno sguardo e un gesto. «Non tocca certo a te. Lo facciamo io e Toba. L'abbiamo già provato un sacco di volte».

Si guardò intorno. Poi – e anche questo doveva essere stato provato molte volte – svolsero un telo verde, tendendo le corde d'angolo fino a stringerne due intorno alle caviglie del Grande Padano, e due ad altrettanti alberi. Il telo, teso, era largo almeno sei metri quadrati, alto da terra un metro. Luc saggiò l'elasticità del telo. Non soddisfatto, allentò due corde.

Poi lui e Toba si diedero un cinque a braccio teso, ridendo.

Restai a guardarli mentre preparavano chiodi e moschettoni, e poi si controllavano a vicenda le imbracature, con pazienza maniacale. Ecco cos'era tutto quel peso, la roba negli zaini. Quando ebbero finito si fecero dare un'ultima controllata da Lora e poi cominciarono la scalata, ognuno su una gamba del gigante. Luc aveva scelto quella di destra, e in pochi minuti era già di buoni tre metri più in alto di Toba. I chiodi mordevano la resina dura, sotto la stoffa degli enormi calzoni di Alberto, vestito come un crociato di fantasia.

«Sono in gamba, eh?»

«Sì», risposi. Lora mi cinse la vita con il braccio. Rimanemmo a guardare in silenzio i due che si arrampicavano come ragni, raggiungendo in meno di cinque minuti l'inguine del gigante. Qualcosa di metallico scintillò in alto, tra le gambe di Alberto. Si sentì un rumore di stoffa strappata. Poi dagli zaini spuntarono altri attrezzi. Quando capii cos'erano, mi spaventai. Il rumore delle motoseghe, per quanto silenziate, ruggì nel silenzio. *Esplose.* Un rumore capace di svegliare i morti, si sarebbe detto una volta. Una delle tante cose che non diciamo più.

«Tranquillo. In questo momento le guardie sono nell'acquario. Domani all'alba c'è un'esecuzione».

L'acquario, di per sé, è una delle attrazioni più neglette del parco. A nessuno gliene importa niente di vedere i vecchi delfini che giocano a palla o saltano in un cerchio tenuto sempre più basso dagli inservienti. Ma i giorni delle esecuzioni, quelli sono momenti da tutto esaurito. La gente arriva qui già alle tre del mattino per prendersi i posti migliori, quelli in cui il plexiglas rigato e semiopaco si macchia di schizzi di sangue.

Shamu l'Orca è la nuova star del parco. Un boia bianco e nero di 3.500 chili, lungo quasi otto metri. La chiamano Shamu, ma non è il suo nome vero. La vera Shamu è morta nel 1971. L'Effetto Weidinger a volte la fa tornare. È stata avvistata al largo di Seattle, per il terrore dei velisti. *Quella* è la vera Shamu. La prima orca finita in cattività. Poi il nome è diventato un marchio, e tutte le orche dei parchi acquatici della catena SeaWorld sono state chiamate «Shamu».

L'orca di questo parco, tecnicamente, non potrebbe usare un nome coperto da copyright. Ma cose come i diritti d'autore e le royalties sono diventate un residuo del passato.

«Domani all'alba c'è un'esecuzione»...

Mi stupii che Lora potesse parlare con tanta tranquillità di una cosa del genere. La morte come spettacolo. L'unico modo per tirare di nuovo la gente qui, nel parco dei diver*tormenti*, come lo definiva Magda.

Shamu l'Orca contro tre funzionari accusati di corruzione. Bello scontro. Chissà come andrà a finire.

Daniele nella vasca degli squali.

Mi stupii. Ma solo per un attimo, appunto. Lora è pur sempre una figlia di questi tempi assurdi. Come posso pretendere troppo, da lei? Cosa le abbiamo dato, perché fosse migliore? Abbiamo dissipato al gioco e con le prostitute l'eredità che avremmo dovuto passare ai nostri figli. E quando hanno alzato la testa li abbiamo uccisi, i nostri figli. Li abbiamo lasciati uccidere.

«Devo fare pipì», disse con una risatina infantile, e si allontanò, andò dietro ai cespugli.

Fissai quel verde dietro cui era sparita. Il buio. Il rumore delle motoseghe era un suono allegro, in quella notte. Avrei avuto voglia di accendermi una sigaretta, anche se non fumavo da trent'anni.

Poi i due motori tacquero, e nel silenzio si sentì un ruscellare d'acqua. Arrossii.

«Attenti, laggiù. Cade!»

Mi tirai indietro. Lora uscì da dietro la siepe, allacciandosi i calzoni. Qualcosa – un missile grosso come una bombola di gas, e lungo almeno due metri, precipitò dall'alto, andando a rimbalzare due volte sulla rete. Ma i calcoli di Luc, come sempre, erano impeccabili. L'oggetto si fermò esattamente al centro della rete.

Luc e Toba si calarono in fretta dall'alto. Luc batté una pacca affettuosa sulla coscia del gigante.

«Anatomicamente perfetto», rise. «Be', ora non più», aggiunse, indicando l'enorme pene di resina che avevano appena segato dall'inguine del gigante. Un pene nero, ruvido. Il glande era grosso come la testa di un uomo.

«Dicono che il Grande Padano in persona abbia posato

per quella speciale parte dell'anatomia di Alberto. Chissà se prima di morire gliel'hanno detto, che il cazzone di Alberto era nero...»

Luc diede una pacca quasi affettuosa al membro enorme.

Poi lo afferrò («non pesa un cazzo», rise, divertendosi alla sua stessa battuta) e lo portò via, e per un attimo sembrarono danzare, Luc e l'enorme cazzo, danzavano sotto la luna, e la musica che sentivo nella mia testa era un vecchio tango di Piazzolla, *Adios Nonino*.

Camminammo di nuovo, come un corteo, portando il fallo in processione verso il tunnel da cui eravamo usciti. Luc colse la mia esitazione. Posò il cazzo di plastica per terra. Mi appoggiò la mano sulla spalla.

«È quasi finito. Lora mi ha detto. Non sapevo».

«Non potevi».

«Le ho fatto male, ok? Ma non è che sentano *davvero* male. Loro sono... be', sono *morti*, non possono sentire niente. Sono come una replica televisiva».

E la sua mano ha premuto di più. Mi ha praticamente *spinto* nella bocca del tunnel.

«Andiamo alla tomba del Capo, ragazzi. Andiamo a rompergli il culo», ha annunciato Luc, alle mie spalle, chiudendo la porta e accendendo la torcia. La sua torcia perfetta, che veniva dal passato, e faceva tanta più luce delle nostre.

8.

Lo so, lo so. Avete fretta. Dovete chiudere questa testimonianza. Passare ad altro, passare avanti. Immagino che proviate nei miei confronti la stessa noia che io provavo per i testi d'insegnamento governativi, quelle assurdità infarcite di menzogne, o forse era il contrario, menzogne infarcite di assurdità...

Ma questa cosa della tomba ... Questa cosa incredibile, che a voi sembra ormai normale, pensate che qualcuno, ai vecchi tempi, ai tempi in cui tutto più o meno funzionava, tutto più o meno era normale, pensate che qualcuno avrebbe potuto immaginare una cosa tanto assurda?

C'è una Tomba del Capo in ogni città del paese. Generalmente nella piazza principale, o nel luogo più significativo. A Torino, per dire, la Tomba del Capo è nella guglia della Mole Antonelliana. L'ascensore di cristallo ascende lentamente, e le pareti della Mole sono coperte da mosaici che raffigurano le sue imprese, e in dimensioni minori quelle del Grande Padano, la figura mitica antagonista. Naturalmente le imprese sono diverse a seconda della città, ma dovrei dire della latitudine geografica, e a volte il Capo è visto come un Padre del Grande Padano (la cui immagine si confonde ormai con quella del mitico Alberto da Giussano), a volte come un fratello, o un figlio. A Roma, per esempio, la Tomba del Capo è quello che un tempo veniva chiamato Altare della Patria. La statua del fondatore dei nostri tempi è alta quindici metri, mentre al Grande Padano è dedicato un tempio minore, accanto alla Stazione della Vittoria.

E ogni latitudine, ogni nazione dei Tre Regni, ha i suoi miti, le sue figure eroiche. Come il Pulcinella alto sessanta metri che domina Napoli dalla collina di Posillipo, per la gioia dei turisti cinesi, con la sua maschera nera di origine infernale trasformata in un ghigno servile, adulatore.

La statua sorge dove un tempo c'era quel pino. Quello che appare su tutte le vecchie cartoline di Napoli. Ora c'è la statua. Il Pulcinella enorme, con il volto del Capo. Sapete che quella maschera ha origini antiche? A Tarquinia, e in altre necropoli etrusche, ci sono tombe dette «di Pulcinella». Gli affreschi di quegli ipogei mostrano il demone Phersu, un demone che aizza un cane contro un uomo. Quel demone è uguale a Pulcinella. La stessa maschera, lo stesso copricapo a punta.

In altre città...

Lo so che lo sapete.

Lo so.

Ma tocca a me parlare. E a voi ascoltarmi. E poi ho quasi finito.

Quello in cui ci troviamo, ovviamente, non è una città. È un parco dei divertimenti. Ma anche qui non può mancare una Tomba del Capo. Come negli aeroporti, o nei Centri di Sanità Nazionale. La Tomba, in questo caso, è una statua in posa eroica. Sorge proprio al centro del parco, nella grande piazza su cui si aprono le attrazioni più belle. È di poco più piccola della statua di Alberto, ma è di marmo, e non di resina. Be', non di marmo vero, ma comunque di qualcosa che lo imita alla perfezione, tranne che nella consistenza.

«Eccoci qua», sorride Luc, ravviandosi i capelli come se dovesse mettersi in posa per una foto.

Batte la mano sulla caviglia del Capo, chiusa in un calzino di finto marmo, perfetto sino a simulare le pieghe della stoffa. Le scarpe hanno persino il rialzo, come nella realtà. Le fanno in Corea, quelle statue, in fabbriche il cui tasso di mortalità è a livelli medievali. Visto da là sotto, dai piedi della statua, il Capo ha un'aria sinistra, zigomi e denti quasi da vampiro. Non è fatta per essere vista da quell'angolatura e da quella distanza.

«Il gran pezzo di merda è pronto per noi. Non facciamolo aspettare».

Lui e Toba aprono di nuovo gli zaini, più leggeri dopo che l'attrezzatura da roccia e il telo e le motoseghe sono stati abbandonati sotto le cosce lucide del gigante Alberto. Sono curioso di vedere cosa tireranno fuori.

Sono dei panetti di plastilina grigia avvolta in plastica trasparente, o almeno così sembrano. La vista di quella roba mi riporta all'infanzia. Quel grigio è il colore che la plastilina prendeva dopo che l'avevi lavorata tanto che tutti i colori si erano mischiati: e il rosso, e il verde, e il bianco diventavano quella poltiglia lì, brutta da vedere, ma che potevi lavorare ancora.

So cos'è. Anche questa viene dalla Corea. Dai tempi della Quasi Terza Guerra Mondiale. È una cosa a metà tra l'inanimato e il biologico, un prodotto chimico inerte che esposto all'aria tende a riprendere vita. *Virus bloccato*, o qualcosa del genere. Sembra incredibile che l'unica cosa che gli impedisce di riprendere vita sia quello strato sottile di cellophane chiuso anche male da qualche operaio di un kombinat mancese ormai morto da anni.

Luc distribuisce i piccoli panetti grigi, come per una comunione. La sua voce è solenne mentre ci dà le istruzioni per l'uso. Ma non ce n'è bisogno. Toba si incarica della parte difficile. Sale, servendosi come appiglio delle pieghe del finto marmo, lungo i pantaloni della statua. Anche se da qua sotto non possiamo vederlo, so che sta distribuendo una striscia di quel materiale – innocuo al contatto per gli esseri viventi – intorno alle ginocchia della statua. Prima una, poi l'altra. Una volta sistemato l'esplosivo, ci inseriranno la capsula del timer, già regolata.

Non è facile, al buio, neanche per noi che in basso ci occupiamo di fare lo stesso intorno alle caviglie del Capo. Luc ci ha spiegato come l'effetto dev'essere calcolato al secondo, perché tutto funzioni. Quando Toba è sceso, e viene a mettersi al suo fianco come un cane da riporto, Luc ci indica la sequenza. Quello che accadrà, come sarà.

«Vi immaginate domani, all'apertura del parco?»

Si tira indietro, ci tiriamo tutti indietro di una ventina di metri. Consulta l'orologio da polso, alza tre dita.

«Tre, due, uno. Via».

Sul momento sembra che non accada nulla. Poi si sente un rumore secco, uno scricchiolio. La statua ha un fremito, gigantesco. Poi sembra un albero scosso dal vento. I nanotech stanno portando a termine la loro opera. La statua comincia lentamente – oh, quanto lentamente – a piegarsi. Sembra si stia inginocchiando, ed è quello che fa. Le ginocchia si piegano, le caviglie si allentano per consentire quel movimento quasi solenne. La testa del Capo si china, finché la fronte non si appoggia sul tetto del chiosco dei gelati.

«Perfetto!», esulta Luc.

La statua continua a piegarsi, finché non è perfettamente in ginocchio. L'effetto che Luc voleva. Il Capo ha assunto una posizione a novanta gradi. È quello che aspettavamo.

«Avanti. Svelti».

Come ci ha ordinato, raccogliamo da terra il fallo di Alberto da Giussano, l'enorme fallo nero, e raccogliendolo sento quanto è leggero.

Luc frattanto si è arrampicato sulla statua, ha spalmato altra poltiglia grigia esattamente in mezzo alle chiappe del Capo. Stavolta non ci sono timer. La sostanza agisce subito, creando un foro del diametro giusto perché noi possiamo fare quello che siamo venuti a fare.

«Fermi!», ci frena Luc. «È un momento solenne».

Ci mette in posa, intorno al gigantesco fallo. Tira fuori dal taschino della tuta una macchina fotografica.

«Sorridete. Così. Perfetto».

La luce del flash ci congela così, nell'attimo che è davvero perfetto, sì. Congela i nostri sorrisi, trasforma il fallo di plastica in marmo nero.

«Aspettate. Voglio dire una cosa».

Sbottona il taschino della camicia. Tira fuori un foglio di carta piegato. Lo apre. Sta per cominciare a leggere qualcosa. Ma poi, con un sorriso come di scusa, tira fuori da un'altra tasca un paio di occhiali da vista.

«C'è una cosa che vorrei leggere. Una cosa che mi ha fatto conoscere uno di noi, tanto tempo fa. È il discorso che il presidente Abramo Lincoln pronunciò sul campo di battaglia di Gettysburg».

Lo conosco bene, quel discorso. Lo leggevo ai miei studenti all'inizio dell'anno accademico, come esempio di intelligenza politica. Gli oratori che avevano preceduto Lincoln, alla cerimonia di inaugurazione del cimitero di Gettysburg, avevano parlato per ore. Lincoln per pochi minuti. Ma le sue parole avevano cambiato l'America.

Luc si schiarisce la gola.

«*Or sono diciassette lustri e un anno che i nostri avi costruirono, su questo continente, una nuova nazione, concepita nella Libertà, e votata al principio che tutti gli uomini sono creati uguali. Adesso noi siamo impegnati in una grande guerra civile, la quale proverà se quella nazione, o ogni altra nazione così concepita e così votata, possa a lungo perdurare.*

«*Noi ci siamo raccolti su di un gran campo di battaglia di questa guerra. Noi siamo venuti a destinare una parte di quel campo a luogo di ultimo riposo per coloro che qui diedero la vita, perché quella nazione potesse vivere. È del tutto giusto e appropriato che noi compiamo quest'atto. Ma, in un senso più vasto, noi non possiamo inaugurare, non possiamo consacrare, non possiamo santificare questo solo.*

«I coraggiosi uomini, vivi e morti, che qui combatterono, lo hanno consacrato al di là del nostro piccolo potere di aggiungere o detrarre. Il mondo noterà appena, né a lungo ricorderà ciò che qui diciamo, ma mai potrà dimenticare ciò ch'essi qui fecero. Sta a noi viventi, piuttosto, il votarci qui al lavoro incompiuto, finora così nobilmente portato avanti da coloro che qui combatterono.

«Sta piuttosto a noi il votarci qui al gran compito che ci è di fronte: che da questi morti onorati ci venga un'accresciuta devozione a quella causa per la quale essi diedero, della devozione, l'ultima piena misura; che qui solennemente si prometta che questi morti non sono morti invano; che questa nazione, guidata da Dio, abbia una rinascita di libertà; e che l'idea di un governo di popolo, del popolo, per il popolo, non abbia a perire dalla terra».

Per un lungo minuto, il silenzio sembra una pietra calata sulle cose. Su quelle parole solenni e antiquate. Su noi, soli nella notte.

Poi Luc ripone il foglietto nel taschino. Lo vedo in modo indistinto, attraverso le lacrime.

Raccoglie da terra la macchina fotografica.

Sorride. Alza la destra.

«E ora, al via, ficcateglielo dentro. Così! *Sì!*»

Spingendo all'unisono, all'ordine di Luc infiliamo il cazzo nero nel culo aperto del Capo. È un momento così bello che ho persino un'erezione, mentre infilo il palo di plastica nelle viscere della statua. I flash della macchina fotografica sembrano bloccare i nostri gesti, suddividerli in episodi. È un momento felice, il primo da così tanto tempo. Qualunque cosa pensiate di quello che abbiamo fatto, era un momento felice, di una felicità assoluta. Ne valeva la pena se non altro per quello. Avrei voluto che Magda fosse lì con me, o che almeno potesse vedere la foto. Ma Magda è cenere da anni. Come Pia, come il nostro vecchio mondo. Tempo fa sono passato davanti a un McDonald's. Le vetrine sporche, dipinte a pennellate di vernice bianca. La statua del pagliaccio – Ronnie, si chiamava? – era piegata di lato. Il suo sorriso era storto, inquietante come quello della statua del Capo, prima che l'abbattessimo. In quello stesso McDonald's, tanto, tantissimo tempo prima, avevo visto una festa di compleanno. La festeggiata era bellissima. C'erano cinque candeline, sulla sua torta, e un pagliaccio, e un calessino tirato da due asinelli, su cui i bambini salivano a turno. C'era una mamma indiana, la mamma di una compagna di Pia, e c'erano dolci, e bibite fresche. Le risate dei bambini, i cappellini buffi sulla testa dei genitori. Ma su tutto, su tutta quella felicità tanto perfetta da sembrare falsa, su tutto si sentiva l'odore della carne bruciata.

E adesso ditemi se basta così. Come dici? No, non mi interessa chi è stato. Potrebbe essere stato Toba, immagino. Ma non ha importanza. L'ho sempre visto come l'anello debole della catena.
    No?
    Ah.
    No, lei no. Non me lo sarei aspettato.
    Che cosa le avete fatto?
    Oh. Questo...
    Immagino che la cosa vi compiaccia. Be', mi sa che devo deludervi. Non mi fa più di tanto male. Anche se mi dispiace sia morta. Soprattutto così. La gente non dovrebbe fidarsi di voi. Si sa che non mantenete mai le promesse.

No, neanche di questo me ne importa niente. Avrebbe potuto restare chiuso anche solo per un'ora, e andava bene lo stesso. Statue così non ne fanno più. Dovevate metterne da parte un po', di Corea, invece di distruggerla tutta.

Oh, lo so. Ma non lavorano così bene. Non sarà lo stesso. E intanto la piazza resterà vuota. E sai, ragazzo, adesso capisco che aveva ragione Luc. Perché quel vuoto peserà. Perché assieme a quella gente nei tunnel, e a quella che avete fatto finire in cenere, come Magda, e come me fra poco, assieme a tutti quei morti avete dovuto nascondere anche la statua del Capo.

Aveva ragione Luc. Se non possiamo fermarvi, possiamo almeno mostrare a tutti quello che fate. Non potevate chiudere il parco. *The show must go on.* Si dice così, no? E quindi avete dovuto portarla via, la statua. Immagino che avrete ordinato alla gente di restare chiusa in casa, al passaggio dei camion. Ma come potete essere certi che nessuno abbia sbirciato, attraverso le fessure delle tapparelle? Magari un bambino, uno che non sa ancora niente di quello che siete capaci di fare. Un bambino che per la prima volta vede l'immagine del Capo, ed è l'immagine di un idolo piegato, nascosto da teli come un brutto cadavere. E Alberto da Giussano adesso ha un vuoto, tra le gambe. L'abbiamo castrato. Verdi e Neri, e non me ne frega da che parte state, tanto per me siete lo stesso, Verdi e Neri, e gli altri, litigheranno per mesi, per quello che è successo. Si accuseranno a vicenda. Quello che abbiamo fatto lascerà il suo segno.

Forse ha ragione Luc. Forse davvero la cosa importante non è cercare di fermarvi. Siete così forti. Siete troppo forti. Il mondo è vostro. No, l'importante è *mostrarvi* al mondo. Segnarvi con la vernice. Marchiarvi. Impedirvi di nascondervi. Farvi vedere per quello che siete. Così che nessuno possa più dire che non sapeva. Che non ha visto. Mi sta bene, in fondo, anche che la mia morte sia uno spettacolo.

Come lo farete?

Oh.

Shamu l'Orca...

Nemmeno questo siete capaci di far bene.

Shamu – la vera Shamu – è morta tanto tempo fa. Era in America. All'acquario di San Diego. *Questa è finta.* Non è la vera Shamu. È solo un'altra delle vostre bugie. Lo dirò a tutti. Lo griderò, mentre cammino sulla passerella e qualcuno spalancherà gli occhi per vedere meglio e qualcun altro invece distoglierà lo sguardo. Dirò a tutti che quella che mi mangia non è la vera Shamu. Che voi *non siete niente.* Che la verità, la vostra maledetta verità, voi non sapreste riconoscerla neanche se vi mordesse il culo e vi gridasse *eccomi, sono qui.* Che la verità vi uccide. Come la luce uccide i vampiri. Come una canzone uccide il silenzio.

Oggi, quest'oggi, con l'aiuto di Dio, accenderemo un fuoco che sarà visto da tutti. Che sarà visto da molto lontano, sia nello spazio che nel tempo. Io e Luc, e Toba. E Lora. Un fuoco per dire al mondo che siete solo degli imbroglioni, che siete solo una truffa. Che il vento, e la luce, e il colore di una semplice bomboletta spray bastano a spazzarvi via.

Salirò su quell'asse cantando.

Brucerò di luce come una stella.

E adesso fatemi uscire di qui. Si soffoca.

Fatemi uscire.

Non sopporto più il vostro puzzo.

IL CINQUANTESIMO UOMO
di Giorgio Falco

Galli arriva in aeroporto appena in tempo, attardato da un incidente in Tangenziale Ovest.

I due uomini coinvolti nel tamponamento, stretti nei loro panciotti fosforescenti, si picchiano accanto alla carcassa di un cane, lungo la linea bianca della corsia di emergenza, tra i frantumi dei fanali e il liquido che cola dai radiatori. Gli automobilisti rallentano, alcuni suonano i clacson per manifestare il loro gradimento. Quello strombettare ritmato può sembrare cinismo, invece è una forma sorprendente di resistenza all'abitudine, al riconoscimento automatico dei luoghi.

Galli controlla lo specchietto retrovisore prima di spostarsi nella corsia di mezzo. Parcheggia l'auto in aeroporto e pensa che al ritorno troverà il finestrino spaccato o la portiera forzata. Il cielo è limpido, la luce ha un vigore anomalo, intimidisce le palpebre protette dagli occhiali scuri che schermano le facce di tutti.

Le conversazioni, nel loro timbro da gita scolastica, rifiutano l'urgenza del presente, ignorano l'adesione al futuro, sembrano registrazioni del passato.

I genitori di Galli erano andati al supermercato, a piedi, come quasi tutte le mattine, ventitré anni fa. Non dovevano fare la spesa ma erano terrorizzati anche da un unico, minuscolo vuoto tra i ripiani del frigorifero, così ogni giorno facevano piccoli acquisti.

I genitori di Galli raggiungevano il supermercato come se fosse stato il luogo di lavoro, erano ciò che la Grande Distribuzione Organizzata definiva Il Picchio Jerry, il consumatore oculato e impoverito che comprava – almeno in teoria – solo prodotti in offerta, tanto da frequentare più di un supermercato per acquistare altri prodotti scontati, e quel vagare – soli o in coppia – tra un supermercato e l'altro, alla ricerca del risparmio di pochi centesimi, era diventato l'occupazione principale.

Ogni direttore marketing sapeva che nessun Picchio Jerry poteva comprare soltanto prodotti in offerta, ogni Picchio Jerry avrebbe tradito la propria natura e acquistato anche prodotti non in offerta. Il Picchio Jerry circondava le grandi ceste delle occasioni, planava sui ripiani scostando altre decine di Picchio Jerry, beccava e sfidava le basse temperature dei lunghi vascelli luccicanti e surgelati.

La luce illuminava i cumuli di neve laterale, ventitré anni fa. I cumuli alti mezzo metro maceravano immobili al sole, anneriti a chiazze in superficie, cumuli compatti nelle loro casuali geometrie tracciate dalla furia dei giorni precedenti, quando gli spazzaneve sembravano pagati a cottimo, per le tonnellate di neve sollevata. I cumuli sbilenchi concedevano al sole l'opportunità di modellarli esternamente per rimediare alla violenza del profitto, all'azione del disordine. La natura, per quanto brutale, avrebbe rimediato, codificato il caos anche davanti al supermercato. Ma c'era altro, oltre al sole. I cumuli di neve avevano un epicentro, il nucleo distruttivo mobile che li consumava da dentro, e da quel centro originario di morte nascevano i rigagnoli destinati a pochi minuti di vita, pronti per le spirali dei tombini, per il gocciolio udibile di notte, durante il sonno della merce.

La luce illuminava l'asfalto irrorato dalla pioggia dopo la neve, la trasformazione dell'acqua in luce non sembrava l'ennesimo prodotto, era qualcosa che aveva in sé un senso originario non ancora imitato, regalava un riverbero che nelle trame dell'asfalto lasciava intravedere la primavera del catrame e, in quei grani, i genitori di Galli avevano preso la decisione irrevocabile: attraversare la strada sulle strisce pedonali. Ma prima avevano acquistato parte di ciò che avrebbero mangiato la sera stessa, assieme al loro unico figlio quarantenne, invitato per la cena di metà settimana. Perché Galli, sebbene non volesse costruire una propria famiglia, cedeva sempre agli obblighi della famiglia d'origine, in lui coesistevano il rifiuto e l'arrendevolezza ai ricatti morali dei genitori e dell'azienda dove lavorava prima di aprire l'agenzia viaggi.

I genitori di Galli avevano sistemato la spesa in due sacchetti gialli del supermercato, buste fresche, ancora stirate, la merce accucciata dietro una scandalosa semitrasparenza. Il marciapiede davanti al supermercato era l'unico pezzo spalato. Pochi metri più a destra e a sinistra c'era ancora uno strato di ghiaccio sotto la neve che costringeva all'andatura dei piccoli passi. La madre di Galli aveva detto qualcosa al *padre di Galli, l'alternanza e la sovrapposizione dei fiati lasciavano ipotizzare una discussione su qualche prodotto o su quale fosse la strada migliore per tornare a casa: seguire il sentiero gelato, le orme degli altri consumatori, dove le caviglie affondavano ancora nel bianco che poi, a casa, avrebbe lasciato l'alone zigrinato, il latte rigurgitato dai neonati sul perimetro delle scarpe; oppure l'avventura dell'attraversamento, nella liquidità della luce.*

Galli prepara lo zainetto all'ultimo momento. Prima dell'imbarco si domanda se occorra dubitare di un sessantatreenne con lo zainetto. Si guarda nel riflesso, all'ingresso dell'aeroporto, ma il meccanismo automatico cancella Galli per restituire un ragazzo che trascina un trolley con le rotelle rotte. I viaggiatori assieme a Galli hanno tre giorni di svago mascherato da lavoro. Sono titolari o collaboratori delle agenzie di viaggio. Invitati dal tour operator Vela Azzurra, devono passare settantadue ore in un nuovo villaggio turistico albanese. Le parole che durante la giovinezza di Galli significavano immigrazione, violenza, timore di sopraffazione e manodopera a basso costo, adesso diventano un altro tipo di prodotto: pacchetti settimanali a.i.; all inclusive a Durazzo, Valona e più a sud, verso Himare e il lago Butrintit, quasi al confine con la Grecia.

La costa meridionale dell'Albania è frequentata soprattutto da britannici. Vendono monolocali nella periferia londinese e comprano grandi appartamenti e villette lungo la costa adriatica, un'invasione che sconvolge il mercato immobiliare albanese. Anche gli italiani cercano nell'Albania meridionale una Grecia settentrionale a basso costo, qualcosa che sostituisca il Montenegro, già sfruttato.

Il Mediterraneo è ancora un unico grande villaggio turistico, la sequenza di cemento che, nel decadimento precoce, testimonia mezzo secolo di una civiltà sopravvissuta.

L'aereo accende i motori, il sole scompare dietro una riserva compatta di nuvole ma i passeggeri portano ancora gli occhiali scuri. Il vento solleva i giornali gratuiti, parole e facce pubblicitarie accartocciate nel piazzale, e quello spazzare interrompe per qualche secondo le conversazioni dei passeggeri che sollevano gli occhiali sulla fronte.

Fuori le nuvole sono seppia e piombo, i cieli azzurri delle brochure albanesi riflessi nei finestrini anneriti dai gas di scarico. L'aereo vibra subito dopo il decollo ma non sembra perdere quota. Bisogna tornare in aeroporto, dice il pilota.

L'aereo rimbalza due volte sulla pista, stride circondato dal fumo, prosegue la sua corsa al termine della pista. I passeggeri scendono dalla scaletta come gli ostaggi liberati da un dirottamento. Piove forte. Alcuni si difendono dalle gocce con i dépliant e le brochure in testa, ma i più, nella tensione, dimenticano il materiale pubblicitario sui sedili. Il pulmino attende con il motore acceso, le gocce cadono sul cofano che rimanda piccoli sbuffi di fumo, come tè caldo dentro bicchierini di plastica.

La luce diminuisce a causa del temporale, i fanali illuminano le gocce che cadono trasversali, compatte ma distanti fra loro. Galli si smarca dal gruppo, con lo zainetto sulle spalle torna al parcheggio e, da lì, alla sua agenzia.

Il limite di velocità era cinquanta chilometri orari, ma tutti viaggiavano a settanta, ottanta all'ora, di notte anche più velocemente, come sa bene Galli da quando vive in negozio.

Il viale conduceva alla periferia sud di Milano, e ogni fattorino, turnista, dirigente, guardia giurata, agente immobiliare, commessa, presentatrice televisiva, consigliere comu-

nale, mammina e pensionato aveva validi motivi per andare più forte, per arrivare in fretta nel luogo da cui avrebbe voluto ripartire subito.

I genitori di Galli avrebbero atteso la fine del flusso continuo di traffico, ma un'auto aveva rallentato e si era fermata poco prima delle strisce pedonali. I genitori di Galli, increduli, si erano sporti incerti, allungando i colli imbacuccati oltre la sagoma dell'auto ferma, mentre il sole alle loro spalle luccicava sul parabrezza dell'auto e rimbalzava via, verso la propria origine, infilzando le facce di chi attraversava.

I genitori di Galli, a metà dell'attraversamento, avevano percepito il lieve rumore di un motore, se avessero sentito l'esecuzione plateale dei freni e delle gomme – assolo che l'auto nemmeno aveva eseguito – forse si sarebbero fermati. I genitori di Galli avevano proseguito in quei quattro metri d'asfalto, pregustando l'approdo allo spartitraffico, dove avrebbero atteso il secondo attraversamento.

L'auto aveva colpito prima il padre di Galli, scaraventandolo lateralmente, a dieci metri di distanza, sulla destra, oltre il cumulo di neve, tra le gambe dei clienti all'ingresso del supermercato. Il corpo era atterrato nel punto in cui, prima di un'azione moralizzatrice, il venditore abusivo di cappellini acrilici e accendini era solito stendere il proprio lenzuolo bianco per deporvi la merce. La madre di Galli era rimasta intrappolata sul cofano caldo dell'auto, appiccicata al parabrezza infranto dal corpo del padre di Galli, e l'auto, consapevole dell'accanimento della madre di Galli, aveva zigzagato come i piloti di Formula Uno quando scaldano le gomme nel giro di ricognizione e, solo dopo una frenata, il corpo della madre di Galli era rotolato via, sull'asfalto. L'auto era rimasta ferma – la marmitta fumante e silenziosa – poi era fuggita.

Il contenuto delle buste di plastica era sparso sull'asfalto e sulla neve sporca laterale, come una tragica guarnizione. La merce riversa, accostata ai cadaveri, sottratta all'essenza dei packaging, sembrava ancora più misera e indifesa.

La spesa dei genitori di Galli era stata investita dalle auto che – schivando il solo cadavere della madre sul selciato – avevano rallentato ma proseguito la loro marcia, travolgendo: una confezione da sei uova; una confezione da tre chili di arance coltivate e trattate in Sicilia; i vetri di una bottiglia di vino rosso piacentino contenente solfiti; un casco di banane ecuadoregne; una confezione di sogliole surgelate; una confezione di piselli surgelati; una confezione di gelato al gusto crema e cioccolato; una scatola di spaghetti; sei filoncini di pane; tre barattoli di sugo italiano.

Erano le otto e quarantacinque di mattina. I network radiofonici avevano sconsigliato – per i forti disagi causati da un incidente – la strada dove Galli avrebbe aperto la sua agenzia viaggi. Galli aveva appena imboccato l'uscita della Tangenziale Ovest per immettersi nel flusso verso il Centro Direzionale Azalee, sede dell'azienda in cui lavorava ventitré anni fa. Aveva ascoltato la notizia guardando l'orologio digitale nell'angolo sinistro del cruscotto, l'espressione già lavorativa del viso, un senso di distanza senza strascichi dal resto – libertà o costrizione che fosse – come se quell'informazione frettolosa e superficiale – fornita con il sottofondo di una musica pop – fosse equivalente a qualsiasi altra cosa, un piccolo tassello giornaliero costruito molto prima dell'evento stesso, un corroborante per affrontare la lunga giornata lavorativa.

Il mappamondo illuminato riflette il turchese del Mediterraneo sulla fronte di Galli, accanto al computer. Galli aspetta la conferma per una gita di un giorno, nei trenta metri quadrati della sua agenzia viaggi, al piano terra di un palazzo costruito sessantacinque anni fa. Morti i primi proprietari, rimangono i loro figli. Hanno più o meno l'età di Galli, vivono soli, raramente in coppia o con coetanei ai quali affittano una stanza, abitano assieme a piccoli cani pezzati e a grassi gatti tigrati che strusciano le pance sulle piastrelle. La porta di servizio dell'agenzia affaccia sul cortile del palazzo. Galli spegne le luci alle sette e mezza di sera, abbassa la saracinesca e rientra in agenzia dalla porta blindata del retro. I condomini ignorano che lui viva in negozio. Tre minuti dopo la chiusura della saracinesca, Galli è già in tuta. Cucina su una piastra elettrica, mangia accanto al computer, utilizza le brochure africane come tovagliette e ascolta la radio a basso volume per non insospettire i vicini del primo piano o quelli che attendono l'ascensore o i passanti e i loro cani che – ignari della presenza di Galli – pisciano sulla saracinesca della Turismus.

Dagli appartamenti rimbombano le voci, gli spostamenti delle ciotole, le schermaglie degli animali che condividono la sfera dell'influenza umana. Galli si sdraia nel lettino del soppalco e lascia una piccola lampada accesa, per evitare di cadere dalla scala, qualora dovesse andare in bagno di notte. Si sente protetto dal vento che scuote la saracinesca dopo il passaggio notturno delle auto. Sdraiato nel letto della sua agenzia non gli sembra di avere sessantatré anni.

I carabinieri e gli agenti della polizia locale avevano tracciato le sagome dei genitori di Galli sull'asfalto e sul marciapiede davanti al supermercato. Il padre di Galli era circondato dai clienti, a schiena in giù, lo sguardo sbarrato, la massa del tronco pareva aumentata, lievitata dall'urto sotto il giaccone invernale, le gambe scomparivano nel tessuto di velluto, arti di un burattino ragazzino, la testa era reclinata sul lato sinistro e dall'orecchio gocciolava un rivolo bruno di sangue nelle impronte umide del marciapiede spalato.

Alcuni metri più avanti, la salma della madre di Galli attendeva a faccia in giù, il viso compresso a traccia nel catrame, il resto scomposto, come se ogni arto del suo corpo avesse cercato una fuga solitaria sul cofano. Gli infermieri dell'ambulanza avevano steso due teli verdi sui cadaveri e atteso l'arrivo delle casse.

Gli agenti della polizia locale avevano trovato il telefono della madre di Galli accanto a un tergicristallo, l'apparecchio era frantumato, così avevano controllato l'agenda del padre di Galli, per cercare nomi e numeri con cui condividere le formalità burocratiche: Asl, banca, dentista, dottoressa, guardia medica, lavastoviglie, Luisa, ospedale, veterinario Zorro.

Il vicino di casa del quinto piano – con un cartoccio di latte in mano – aveva riconosciuto il padre di Galli davanti al supermercato.

Una voce femminile aveva avvisato Galli al telefono, poco prima che lui andasse al self-service. Il suo capo gli aveva fatto le condoglianze davanti all'ascensore e dato una pacca sulla spalla, come quando Galli aveva fallito la selezione per passare al marketing.

Aveva guidato in trance, risucchiato dal sedile, le gambe e la schiena indolenzite, nel traffico sedato dell'ora di pranzo, senza neppure arrabbiarsi per tre manovre violente che avrebbero potuto assassinarlo. Dopo venti minuti, si era reso conto di non sapere dove fosse l'obitorio e aveva accostato la macchina.

I passanti camminavano come se niente di irreparabile fosse accaduto: controllavano scontrini, orologi, cammina-

vano e mangiavano pizzette, accendevano sigarette, parlavano ai telefoni grattandosi le teste davanti alle vetrine. Nessuno di loro sembrava conoscere l'indirizzo dell'obitorio. Del resto, chi pensa davvero all'obitorio? Anche quando la morte diventa un'ossessione quotidiana, speriamo e in fondo crediamo che all'obitorio finisca sempre qualcun altro, al nostro posto.

Galli aveva quarant'anni, non c'era nessuno di abbastanza intimo con cui condividere la tragedia. Aveva appena interrotto la relazione con una collega di lavoro. La loro storia era finita nel parcheggio aziendale, tra le urla nella macchina di Galli e, mentre un paio di colleghe tornavano alle loro auto, Galli aveva temuto che potessero sentire da fuori.

Galli aveva chiesto alla collega solo una saltuaria e reciproca comprensione sessuale. La donna invece, dopo sei anni di matrimonio e due figli, cercava un nuovo vero amore, e così Galli, appena intuita la situazione, si era defilato. Aveva avuto un paio di ragazze, da giovane, fidanzate serie, ripeteva la madre. Sarebbe bastato poco per trasformare almeno una di quelle due storie in matrimonio e originare una nuova generazione di Galli.

Una moglie, un figlio, la tenacia nel mantenere la propria posizione aziendale e, se possibile, un avanzamento lavorativo, la giusta quantità di consumo ripartita tra merce, vacanze, svago, intrattenimento: il mondo, da uno come Galli, si sarebbe aspettato la continuità dei sabati pomeriggio ereditati dal padre, tra componenti di falegnameria, attrezzi acquistati in un centro all'ingrosso e mai utilizzati.

Se non ci dai almeno un nipote, diceva sempre il padre, il nostro cognome finisce.

Sai quanti Galli ci sono?, rispondeva Galli.

Galli guarda il filmato dell'ultima *Convention Settentrionale Turismus*, quella che un tempo sarebbe stata l'occasione degli auguri natalizi e adesso – anticipata agli inizi di novembre – esorta gli agenti a un rendimento migliore. La caduta delle prime foglie e i giorni dei morti sono, in teoria, un ottimo periodo dell'anno per le prenotazioni, paragonabile solo allo sbocciare di maggio e alla sua promessa.

La convention è all'Hotel Royal Milan, lungo la Tangenziale Ovest. Galli parcheggia e guarda dalla macchina il casuale sparpagliarsi degli agenti, attraversano il piazzale con le cartelline sottobraccio, parlano al telefono, rispondono con un cenno della mano ai clacson amichevoli di chi parcheggia, prima di riunirsi nella reception per il welcome coffee, l'unico momento aggregativo in programma.

Il video si apre proprio con le immagini della colazione. I camerieri offrono caffè e succhi di frutta. Gli agenti sono in piccoli gruppi concentrici che sembrano disunirsi dopo le risate diffuse a turno in sala, prima del riassesto imposto dalla consapevolezza delle telecamere.

Il ritorno al sorriso moderato dà alle immagini un senso di equilibrio. Le telecamere alternano primi piani degli agenti quarantenni a panoramiche sui titolari settantenni.

Galli non compare nel video. Quando girano quelle immagini, Galli è ancora in macchina, vuole entrare all'ultimo momento, per non incontrare conoscenti.

Fissa la fronte e le borse degli occhi nello specchietto retrovisore, il traffico della Tangenziale Ovest gli attraversa la visuale e si perde rimpicciolito, sezionandogli la nuca, ai margini dell'abitacolo. Prima della convention guida con calma e attenzione, circondato da un nugolo aggressivo di camion, auto e scooter. Il paesaggio di mezza età della Tangenziale Ovest sembra per decenni qualcosa di rassicurante, più vicino alla giovinezza che alla vecchiaia. Il paesaggio laterale della Tangenziale Ovest accompagna Galli in un flusso quasi ininterrotto e consumato, aggredito adesso dalla vecchiaia reale, un paesaggio sofferente e funebre che, giorno dopo giorno, conquista Galli e diventa ogni luogo.

I due portieri dell'Hotel Royal Milan parlano tra loro in dialetto. Galli chiede: Turismus?

I due indicano la sala verso l'angolo destro, con un cenno simultaneo dei menti. Una giovane hostess, più volte inquadrata nel video, sbuffa e sistema il banchetto dove sono appoggiate brochure sparpagliate e l'elenco dei partecipanti. Il tessuto della sua giacca è smunto, nel video sembra un verde molto più credibile, trattato in fase di montaggio con la gradevolezza dei giardinetti appena rasati.

Sta per iniziare, dice. Lei è il signor?

Galli si siede in fondo alla sala addobbata dagli striscioni e dalle bandierine di Turismus. Davanti a lui, due agenti settantenni mangiano mezza brioche presa durante il welcome coffee, si inclinano in avanti, verso le nuche di chi li precede, attenti a non sporcarsi con lo zucchero a velo o con la fuoriuscita di crema.

I due agenti seduti davanti a Galli recriminano sulle possibilità sfumate in Montenegro. Parlano di Budva e Sveti Stefan. Sveti Stefan era un villaggio di pescatori arroccato su una minuscola isola montenegrina, nel Ventesimo secolo. Sveti Stefan è adesso un complesso turistico collegato al resto del mondo da una sottile striscia di terra. Budva è interessante perché a otto chilometri da Sveti Stefan. I luoghi sono un prodotto intercambiabile, equivalente, la casella di un report mensile, la cifra entro cui racchiudere orari, binari, check in, insalate internazionali, federe floreali, fette galleggianti di limone.

Tutti loro lavorano ancora nella prima industria del mondo, l'industria che più di ogni altro settore produttivo incide nella percezione esistenziale; l'industria nata sessant'anni prima per trasformare l'utopia di una comunità nella fratellanza di un business planetario, una comunità che – per sette giorni – si aggrega nei villaggi turistici, si disgrega e si ricompone nello sfinimento delle stagioni, assistita dalle cure degli animatori; l'industria che crea una società senza denaro, il denaro è versato prima di partire, è in principio, l'inizio di ogni cosa, e proprio per questo, dopo, si vive senza, in una dimensione percettiva all inclusive che annichilisce anche il concetto di proprietà: cosa si può desiderare se tutto è incluso?

Il video riprende la platea dall'angolo destro, vicino al leggio dove, di lì a poco, parlerà il Presidente di Turismus. Le facce di età differenti sono uniformate dalla prevalenza di blu e nero nelle giacche.

Un tecnico, seduto su uno sgabello a quattro metri da Galli, smorza le luci della sala, segno dell'ingresso imminente del Presidente di Turismus. Gli applausi sembrano un fenomeno naturale. Nel buio ritmato del video, un cono di luce isola il Presidente di Turismus. Il Presidente di Turismus saluta, agita la mano destra, un movimento frenetico tennistico, indipendente dal braccio, di solo polso. Galli scruta il suo vicino in penombra che applaude, sente lo spostamento d'aria dell'acclamazione, l'ondeggiare impercettibile delle nuche che lo precedono e, dentro il fascio di luce, l'immagine di un vecchio.

Il Presidente di Turismus tace. Dopo gli applausi, si volta di pochi gradi, verso la parete.

Il video di un video. L'ossessivo slide show è il supporto visivo necessario alle parole: momenti di scogli, spiagge, ombrelloni, crepacci, Patrimoni dell'Umanità. La voce fuori campo, dalla dizione perfetta, ha l'oggettività incontrastabile e rassicurante dei documentari. Molti più applausi accolgono il Presidente di Turismus nel video durante il buio. Sembra che arrivino da una risacca spinta dall'automatismo dell'amore: il corpo presidenziale ora e in quel primo lunedì di novembre e per sempre dentro la visione, i pixel lampeggianti e il contorno della carne multipla e immutabile, l'immagine presidenziale, l'inizio inesauribile di ogni cosa.

La platea è sonnolenta e disattenta, forse irrecuperabile per gli stessi che l'hanno manipolata inizialmente e che adesso, di fronte a quella voragine, cercano un'ulteriore prova del loro dominio, nell'imminenza dell'ennesimo Natale prenotabile, in questa minuscola parte dell'universo.

Aveva le braccia allungate, tese sul volante stretto come durante un esame clinico. Sentiva la macchina dissolversi al ritmo assolato dei lampeggianti nel primo pomeriggio. Galli si era rifugiato nella casa dei genitori, aveva sempre le chiavi con sé. Il tuo letto è pronto in ogni momento, ripeteva la madre. Già sul pianerottolo aveva sentito il rumore della radio accesa, il piccolo accorgimento per scoraggiare i furti. I genitori di Galli avevano mantenuto la porta originaria, scelta dal costruttore. Non avevano mai comprato la porta blindata, avevano usato per decenni quell'ingenuo deterrente radiofonico anche durante i loro anni lavorativi, lasciavano sempre la radio accesa fin dal mattino.

Galli tornava da scuola e le voci dei conduttori radiofonici erano diventate qualcosa di familiare, come se avessero vegliato in cucina. Certo, le voci erano cambiate, i genitori di Galli ascoltavano solo radiogiornali locali, e forse proprio per questo, ventitré anni fa, quella stessa radio aveva avvisa-

to tutte le cose della casa: i mobili, i letti, i vasi di fiori, i soprammobili, le bomboniere della comunione e della cresima di Galli, le fotografie dei decenni allineate sul mobile del salotto, i cuscini, gli spazzolini da denti, la ciotola del gatto Zorro morto due anni prima. Eppure non c'era un'atmosfera tragica, solo un disordine leggero, ancora mattiniero e fiducioso, da fondo intrappolato di caffè, il breve rimandare a dopo l'investimento dei piccoli gesti, le scadenze che danno un senso alle giornate: lavare la caffettiera, sbattere il tappeto, scongelare una fetta di carne e metterla dentro un piatto bianco, carne rivestita da un sacchetto trasparente per alimenti, sul davanzale della finestra. Erano le tre di pomeriggio, Galli non pensava a quelle cose da manuale o da rubrica settimanale curata dall'esperto, la maturità definitiva raggiunta con la morte tragica e contemporanea dei genitori. Stava sfogliando l'elenco telefonico per trovare l'indirizzo dell'obitorio e di un'impresa di pompe funebri quando qualcuno aveva suonato il campanello. Galli si era avvicinato alla porta, aveva guardato dentro lo spioncino e visto la faccia del signor Morini, il vicino di casa, quello che aveva riconosciuto il padre di Galli davanti al supermercato.

Non incontrava il signor Morini da almeno cinque anni. Galli passava dai suoi genitori il mercoledì sera e la domenica, per il pranzo, non era nemmeno certo che l'uomo dentro lo spioncino fosse il signor Morini, sembrava un estraneo già incontrato da qualche parte, probabilmente al supermercato o in posta.

Il signor Morini aveva oltrepassato il confine dello zerbino per suonare una seconda e una terza volta, in rapida successione. Doveva aver visto arrivare Galli o sentito qualcosa.

Era molto vicino, se Galli avesse accostato l'orecchio alla porta avrebbe sentito il battito cardiaco irregolare del signor

Morini. Invece era rimasto incollato allo spioncino e la vecchia lente – surrogato di un grandangolo proveniente molti anni prima dalla Repubblica Federale Tedesca – aveva ritratto un signor Morini ingrandito, ingigantito nel naso da narici fosche, gli occhi tondi inumiditi dal sangue delle piccole vene invecchiate. Ma appena il signor Morini era indietreggiato di un passo, Galli aveva recuperato l'antica visione abituale, quella che lo aveva accompagnato per tanti anni e che aveva dimenticato: la sagoma umana, al centro, e a sinistra la piccola porzione di muro e il campanello invisibile, e poi la porta verde dell'ascensore, sottile nella vista laterale, e in mezzo – ritagliata attorno alla figura dell'uomo come un giaccone di montone – la porta blindata del signor Morini, e a destra, arrampicata sul muro, la luce proveniente dalla grande finestra posta tra un piano e l'altro, e infine, con una rotazione mentale delle pupille, il primo degli scalini.

Il signor Morini era uno di quegli anziani che vivevano in tuta, forse di sera non indossavano nemmeno il pigiama, già pronti per la mattina seguente quando, in tuta, andavano in posta o al supermercato. L'invenzione della tuta, più di ogni altra innovazione tecnologica, aveva cambiato la vita di quelle persone.

E anche quella mattina, ventitré anni fa, il signor Morini era andato al supermercato per prendere due sciocchezze – così aveva definito il cartoccio di latte da mezzo litro – e aveva riconosciuto il cadavere del padre di Galli. Povero signor Galli, aveva detto il signor Morini a Galli. E povera signora Galli. Sono stato io a dare il suo numero agli agenti, aveva detto. Galli non avrebbe mai immaginato che i genitori avessero dato il suo numero di telefono al signor Morini. Se c'è da andare all'obitorio, io sono disponibile, aveva detto il signor Morini, sono già stato lì quando è morta la mia povera moglie.

Prima dell'autopsia, occorrevano due persone per il riconoscimento delle salme. Un quarto d'ora più tardi, Galli e il signor Morini erano diretti all'obitorio. *La presenza del vecchio vicino di casa, seduto in tuta sul sedile anteriore, aveva incupito Galli, che aveva provato un sentimento ostile verso quell'uomo che parlava continuamente del passato, per riempire il vuoto della vicinanza imbarazzata. Era in pensione da diciassette anni, doveva avere l'età dei genitori di Galli. Aveva lavorato come operaio in un'azienda del settore dolciario. Quando Galli era bambino, i suoi genitori compravano il panettone dal signor Morini che a sua volta lo acquistava nello spaccio aziendale. Riforniva tutto il palazzo, aumentava il prezzo ma la cifra era comunque inferiore al supermercato, e poi, davanti alla morte, quel piccolo guadagno era una testimonianza di affetto, resistenza a un mondo in cui – aveva detto il signor Morini mentre si avvicinavano all'obitorio – non so più nemmeno dove fanno il panettone.*

Galli guidava in silenzio, mai come in quella circostanza la sua esistenza gli era sembrata un atto di egoismo dei genitori. Non aveva un fratello, una sorella, un cugino o una cugina. La madre di Galli era figlia unica. Il padre di Galli aveva avuto una sola sorella, zia Luisa, morta sei mesi prima. Zia Luisa non aveva avuto figli nei due anni di matrimonio, era rimasta vedova molto giovane e non si era mai risposata. Ventitré anni fa, quasi in prossimità dell'obitorio, Galli aveva ricordato quando, trent'anni prima, zia Luisa, già vedova, usciva con loro, durante le gite domenicali verso il Ticino. Galli e zia Luisa stavano sempre nel sedile posteriore mentre i genitori di Galli erano davanti, sicuri e adulti. La vedovanza precoce non l'aveva invecchiata, anzi, l'aveva resa per sempre ragazza. E così, proprio in corrispondenza dell'obitorio, Galli aveva sentito il peso degli anni, non tanto per la morte dei genitori, quanto per la sensazione che zia Luisa lo stesse guardando dal sedile posteriore, congelata.

Gli operatori dell'obitorio avevano detto di ritornare la mattina seguente, alle otto, per il riconoscimento, ma Galli e il signor Morini, se proprio volevano, potevano guardare. Il signor Morini aveva atteso fuori dalla porta. Galli aveva subito abbassato lo sguardo sul lenzuolo. Era una prova, una finzione senza alcun valore legale. Magari durante la notte tutto sarebbe cambiato, vanificando la presenza dell'autorità giudiziaria, dell'istituto di medicina legale, vanificando il referto medico, gli esiti dell'autopsia e degli esami necroscopici, l'eventuale documento per la cremazione, il nulla osta per la sepoltura.

Erano ritornati a casa in silenzio, i volti illuminati dalle vampate di luci e suoni che rifocillavano il traffico. Galli aveva ringraziato il signor Morini. Si sarebbero rivisti alle sette e venti del giorno seguente.

Prima di rientrare in agenzia, Galli era passato davanti al supermercato dove erano morti i genitori. La luce gialla dei lampioni rendeva la neve artificiale, un fragile muretto. Galli aveva trovato un parcheggio libero nel buco che qualcuno aveva creato. Alcune persone attendevano di attraversare sulle strisce. Ogni tanto un automobilista frenava e allora anche l'altro, che viaggiava parallelo, frenava. Accadeva una volta ogni cento macchine, frenare sembrava indipendente da una disciplina o da un'educazione civica, era un gesto causato – così come l'accelerare – da una meccanicità inconsapevole. Una sagoma di segatura era disegnata davanti al supermercato. Lo spostamento d'aria delle porte automatiche sollevava minuscole particelle di legno e metallo tenero. Galli aveva schivato il selciato dove era morto suo padre ed era tornato a casa.

Il guidatore dell'auto era stato rintracciato dai carabinieri quel pomeriggio stesso. Era una donna di ventinove anni, sobria, non impasticciata e neppure cocainomane. Andava al lavoro, elemento ignorato da tutti i media ma evidenziato durante il processo, terminato con una lieve condanna non scontata. L'avvocato difensore aveva sottolineato l'invalidità civile dell'uomo. Il padre di Galli, convalescente dopo un tumore, era invalido al 70%, particolare che – assieme a una serie di coincidenze sfortunate come il sole contrario e il parabrezza sporco – aveva causato l'incidente. Se avesse avuto un'invalidità del 100% non avrebbe raggiunto il punto dell'impatto proprio nel momento in cui l'auto era transitata. Se fosse stato in perfette condizioni fisiche, avrebbe attraversato velocemente e, forse, si sarebbe salvato.

Galli aveva venduto subito l'appartamento dei genitori. I pochi soldi dell'assicurazione erano arrivati molti mesi dopo, all'inizio di un nuovo inverno, quando Galli aveva accettato l'incentivo di due anni come buonuscita dall'azienda e si era licenziato.

E così, parte dei soldi – i soldi della tragedia e della solitudine, dell'infanzia e dei suggerimenti paterni, della giovinezza e della misura materna, soldi ora davvero tutti suoi – li aveva utilizzati per comprare il negozio e aprire l'agenzia viaggi, a quattrocento metri dalle strisce pedonali dove erano morti i suoi genitori, ventitré anni fa.

Galli ha venduto il suo piccolo appartamento e si è trasferito in agenzia, due anni fa. Ha chiamato un muratore e un idraulico, si è fatto costruire il soppalco e la doccia nel piccolo bagno della sua agenzia. I soldi ricavati gli permettono di arrivare tranquillo a settant'anni. Se vendesse anche il nego-

zio, per scappare dall'Italia e rifugiarsi in qualche posto lontano ed economico, potrebbe vivere meglio. Ma Galli non vuole lasciare l'Italia, la sua agenzia. L'Italia è il suo negozio.

Il Presidente di Turismus è ripreso dal basso come i presidenti delle squadre di calcio quando imitano i dittatori. Una musica da attesa aeroportuale cuce le immagini rallentate, sgranate, depurate dal montaggio ansiogeno che per quasi mezzo secolo è stato il linguaggio prevalente.

Cari amici e colleghi, quando ero ragazzo facevo la guida turistica, ricordo ancora oggi il mio primo viaggio, un pullman di cinquanta persone a Parigi. Era un periodo favorevole e disgraziato, le persone sopportavano tre ore di fila sotto la neve o sotto il sole per entrare in un museo. Riuscivamo a vendere qualsiasi cosa, soprattutto lontana.

Il mondo era facile e sentimentale. Spedivamo una coppia in Kenya o alle Maldive, modellavamo l'illusione dell'amore duraturo nelle camere doppie mentre gli inservienti spazzavano l'avvenire delle sale, raccoglievano il disordine naturale delle cose, le cicche di sigarette lungo i bordi delle piscine; i camerieri preparavano i tavoli per le colazioni, un traffico di caraffe, caffè, tè, succhi colorati, torte, il Mediterraneo era una lastra grigia neppure tanto grande e i nostri vecchi trattori italiani rastrellavano le alghe, gli alfabeti ostili e le scorie portate dalle onde notturne: il Paleolitico, le tribù berbere, gli arabi, le guerre puniche e Cartagine distrutta, l'olio solare dei corpi, gli Ottomani, gli orizzonti dei cocktail, la mucillagine sui camion, il biberon a un piccolo dromedario.

Galli controlla la posta elettronica. Il computer, la scrivania, il mappamondo, le brochure sembrano le uniche cose davvero necessarie alla sua sopravvivenza. Il negozio è la sua casa, la sua vita stessa nella calda cavità che lo lega al mondo, all'orizzonte esteso molto oltre i confini della saracinesca, la nicchia accogliente sempre pronta a ricevere un ordine.

I passanti del marciapiede hanno l'età di Galli o poco più, il passo nel pieno dell'attività lavorativa. Sfilano con i sacchetti della spesa da consumatori attenti, campioni ideali per interviste televisive di dieci secondi, reincarnazioni dei genitori di Galli. Altri, più vecchi, zoppicano dentro scarpe ortopediche di camoscio, scostano le cartacce con i bastoni o le stampelle. Le passanti sono più anziane di Galli, vedove o mai sposate, di sera indossano camicie da notte rosa o azzurrine e si assopiscono davanti ai televisori, disilluse ma ancora pronte a un sussulto sentimentale, compensano la perdita della giovinezza con l'eccesso di romanticismo o di disponibilità.

Galli riceve quarantanove prenotazioni dal Centro Anziani Ala d'Argento. La visita guidata a Cremona. Il Duomo, il Torrione, la Loggia dei Militi e la degustazione da Sweet Torrone. Il pullman pieno. Quasi. Le nuove direttive del Presidente di Turismus sono inflessibili. Un pullman, se ha cinquanta posti, deve avere cinquanta prenotazioni. Se il pullman parte con cinque persone, non importa. Ciò che conta sono le prenotazioni. C'erano stati anni in cui bastavano trenta prenotazioni per una gita. Adesso cinquanta o niente. Tutti o nessuno. Il massimo del profitto coincide con la democrazia dell'eccesso.

Cari amici e colleghi, Turismus è sempre pronta a recepire i cambiamenti, anzi, noi siamo certi di averli creati dal nulla. Negli anni scorsi abbiamo venduto bene le settimane bianche in Marocco, a tremila metri, sull'Alto Atlante. E i passi di tango in crociera, nel passaggio dei Dardanelli. E il Romantico Reno. E i Castelli della Loira o di Boemia. E la Perla del Danubio. I viaggi di Natale, Capodanno, Epifania. I primi freddi e il desiderio di caldo. Il caldo vicino, sempre disponibile. Oceanico o caraibico. Tutto. Anche il freddo più freddo. Il Capodanno lappone. L'aurora boreale. La luce colorata da provare. Le particelle elettriche solari. Una notte artica qualunque, indimenticabile: la tua foresta, la tua luna, il faro della tua motoslitta. Il fiato dei cani husky. Un rapporto sessuale nel Villaggio di Babbo Natale, a cinque chilometri da Rovaniemi, Finlandia, sopra una stuoia pelosa, indossando solo i doposci e i calzettoni. Le campanelle appese ai colli delle renne. La fabbrica che ha prodotto la barba di Babbo Natale. Ma tutto questo è passato. Esiste solo adesso. In questo periodo qualcuno agisce come se fosse il settimo giorno di un pacchetto all'inclusive. Mai! Mai così! Il mondo è diventato troppo grande? Contattiamo i patronati, i sindacati pensionati, le associazioni volontaristiche e cattoliche, e soprattutto catturiamo la fragile disperazione della carne solitaria. Proponiamo un turismo di prossimità, con ricettività a basso prezzo. Valorizziamo i viaggi nazionali, la brevità interregionale e interprovinciale. Un tramonto a quattromila chilometri di distanza è davvero necessario? Anche a quaranta chilometri di distanza è possibile vedere il tramonto. Il tramonto è solo un pomeriggio mansueto, rassegnato, è molto più vicino di quanto possiamo immaginare. Il turismo da pellegrinaggio va male, questi vecchi sono cresciuti a cartoni animati e telefilm. Roma, Assisi, Loreto, San Giovanni Rotondo, Lourdes, Fatima, Santiago de Compostela, Medjugorje. Sembrano trasferte di squadre retrocesse. E allora promuoviamo i Castelli della Bergamasca. Il treno a vapore da Milano al Lago d'Iseo. La passeggiata tra i pioppeti e i fontanili del Lodigiano. La visita guidata all'inceneritore di Milano. La sosta in cantina per la degustazione di vini e prodotti tipici dell'Oltrepò. Le esibizioni folcloristiche brianzole in costumi medioevali. Qualsiasi cosa pur di muovere gli anziani. Loro ce lo chiedono. Il mondo ha ignorato se stesso per troppo tempo. Adesso ha scoperto la propria vecchiaia. Gli anziani sono la nostra prima risorsa.

Galli sciacqua la faccia riflessa nel piccolo specchio appeso al chiodo, la pelle ancora liscia, tesa sulle guance attorno agli zigomi, ma due solchi da ferite superficiali partono dagli angoli del naso, appena sopra le narici, e scendono nel collo, dove, a sorpresa, la pelle invecchia all'improvviso, si affloscia come nei bargigli dei tacchini, pronta alla moltiplicazione di possibili escrescenze: torna al computer e aggiunge Sergio Galli nella lista.

Lei è il signor?, avrebbe chiesto l'accompagnatrice.
Gli anziani già sul pullman avrebbero discusso per i posti davanti, vicino all'autista. Ognuno di loro avrebbe avuto la giustificazione valida, uno shock molto recente, la nausea giovanile, lo sguardo e il parabrezza per capire.
Galli avrebbe visto due sedili a metà dell'autobus, gli ultimi posti liberi. Sarebbe sprofondato esausto e sudato in un sedile a fiori, stretto nel giaccone e rannicchiato, cullato dalle chiacchiere e dal motore acceso, le voci eccitate di ogni inizio. Avrebbe scostato la tendina beige per guardare fuori sopraffatto dal brusio stridulo e traballante nei picchi metallici, una lingua straniera lo avrebbe indotto quasi al sonno. L'autista avrebbe chiuso le porte e imboccato la Tangenziale Ovest. Galli avrebbe tolto il giaccone per appoggiarlo sul sedile vuoto, di fianco.

Alle sei e trenta di domenica mattina, il tabaccaio solleva la saracinesca del bar tabacchi, a dieci metri dalla Turismus. Galli indugia nel letto, annusa l'impronta della testa sulla federa del cuscino, si veste, mette i documenti nello zainetto, esce dalla porta blindata del retro e incontra una vicina di casa in cortile, lei lo guarda spaventata, quasi non lo riconosce, nella luce incerta delle sette. Cammina verso il piazzale dell'autobus, sul tappeto rosso natalizio sponsorizzato dall'Associazione Commercianti. Le luminarie accese dai primi giorni di novembre aiutano la debole illuminazione pubblica nel ricreare il riverbero luminoso di gioia, grazia, calore, tavole imbandite, la ricerca individuale di una sincronizzazione festiva, emotiva e collettiva, la collettività fatta di singoli.

Galli si volta verso l'insegna spenta della Turismus ma non riesce più a distinguerla, sente risuonare le sue suole in accordo con il cuore quando termina il tappeto rosso natalizio e l'asfalto ricomincia come un estraneo che bussa.

ARZÈSTULA
di Wu Ming 1

1. Da Parasacco a Medelana, 16 novembre

Un sogno persistente. Non ho ancora finito la tesi, continuo a raccogliere testimonianze tra anziani parroci e *basapilét*, beghine di campagna vestite di nero. Strade secondarie mi portano a stradelli ghiaiati e da lì su vialetti sterrati collegati a casolari, sempre col mio registratore. Torno a Ferrara con lo zaino pieno di storie sconnesse, di quando il messale era ancora in latino, il prete ti dava le spalle e il calice di sangue *pro vobis et pro multis effundētur*, a rimettere i peccati.

Ho venticinque anni e devo sbrigarmi, «stringere», la sessione è dietro l'angolo e il relatore è impaziente, vuoi deciderti o no, hai intervistato cento persone, te la sarai fatta un'idea. Hai letto il libro di Revelli, hai letto il libro di Portelli, hai letto il libro di Bermani e pure quello di Montaldi, che ne pensi del ricordo come fonte storiografica? Hai tracciato lo schema x? Hai fatto i debiti confronti?

Un sogno ricorrente. Ogni volta tocco il fondo di una conca di nebbie, intrepida come la prima storica sulla Terra, colei che narra la madre di tutte le storie, e scopro che prima di me è passata un'altra tizia, l'intervistanda è svuotata, ha parlato per ore e non ne vuole più sapere: «Potevate anche mettervi d'accordo, *ragazòla*, se venivate insieme queste cose le dicevo una volta sola... Raccontavo di quando son stata a San Pietro, del Papa che è venuto a Consandolo... *Adès a son stufa, a voi andar a lèt*».

Metterci d'accordo. Pare facile, ma io non so chi sia, questa che mi precede. Lo scopro (scoprirò) soltanto in un altro sogno, ma sono episodi a tenuta stagna, ciò che imparo in un sogno non scorre in quello seguente.

Del resto, i sogni non sono il mondo. Nessun papa è mai stato a Consandolo.

Lo devo scoprire ogni volta, che a precedermi è la Scrittrice.

Mi son svegliata all'improvviso, con tanto freddo intorno. *Ingrottita*.

Ingrottita? «Ingrottirsi». Questo verbo in italiano non esiste. *Ingrutìras*, rattrappirsi, accartocciata nel sacco a pelo per via del gelo. Minima detonazione, parola che torna dall'infanzia, sciabordìo nella testa. La lingua della madre risospinta fino a me.

Eccomi qui, dopo tanti anni, *sui mont ad Parasac*.

I monti di Parasacco in realtà non esistono. Nessuna altura, a Parasacco. Nessuna altura tutt'intorno. Anche prima della Crisi la Bassa era bassissima, scodella di bruma e terra grigia. I «monti» di Parasacco son due piccoli dossi, dune coperte d'erbacce, in quello che era un cortile privato. Solo una vecchia battuta, un cliché d'antecrisi.

«Dove sei stato in vacanza?», chiede Tizio.

«*Sui mont ad Parasac!*», risponde Caio, cioè da nessuna parte.

Sarcasmo da contadini.

Parasacco era un villaggio di poche case, sull'ansa di una strada che s'infrattava verso sud dalla Rossonia, poco prima del bivio per Medelana. La Rossonia continuava a correre fino all'abbazia di Pomposa. Il viandante, invece, scendeva nel comune di Ostellato, ammirando capezzagne di tristezza.

Medelana, paesello già spettrale alla fine del secolo scorso, ora poco più di una bava grigioverde all'orizzonte. Quand'ero ragazza, *andar a Madlana* significava andare a vedere i porno. A Medelana c'era un cinema, i miei compagni di scuola ci andavano già da minorenni. Pellegrinaggi mesti in comitiva, immagini ferme proiettate in sequenza su un lenzuolo, per dare un'illusione di movimento: cazzo dentro, cazzo fuori, cazzo dentro, cazzo fuori, schizzo, si ricomincia. Poi il cinema chiuse. Ogni tanto lo riaprivano per una tombolata, sempre più di rado, infine si spense.

Poco distante, l'ex fabbrica di «stampi da caccia». Anatre di plastica. Il muro maestro è crollato, la pioggia ha sciolto gli scatoloni e i palmipedi sono fuggiti. Anatre di plastica nel canale San Nicolò, anatre nel Po di Volano. Ai miei tempi era più basso e stretto. Dopo la Crisi si è alzato, certamente più di un metro, e si è allargato. Adesso è un Signor Fiume.

Eccola, *invencible armada* di anatre in viaggio verso il mare. Quelle che non s'impiglieranno nei canneti, chissà dove finiranno. Forse arriveranno, tra cent'anni, fino alla Grande Macchia, vortice di immondizia che galleggia nel Pacifico e prima o poi raccoglie ogni pezzo di plastica finito in acqua. La immagino sotto il sole, la Macchia: una distesa quieta, aromatica. Baciata dal sole. Fotodegradantesi.

Anatre, eccomi qui. La voglia di tornare è cresciuta veloce *com al canarìn d'Alvo.*

Pensa che mi torna in mente. Una storia di prima che nascessi, qualcuno aveva venduto a un certo Alvo un anatroccolo, spacciandolo per canarino. Alvo lo mise in gabbietta e quello crebbe, crebbe, crebbe finché... dall'aneddoto nacque il modo di dire. *At crési com al canarìn d'Alvo,* si diceva ai nipotini da una visita all'altra, si diceva agli undicenni durante l'estate. Ma sto divagando, mi chiedevo...

Mi son svegliata all'improvviso, con tanto freddo intorno. Un lucore pallido abbraccia il mondo, foschia si alza da acquitrini e grandi stagni che un tempo erano campi, foschia come quand'ero ragazza. A nord-est si allunga una striscia frastagliata. La superstrada per Porto Garibaldi. Quel che ne resta.

Cerco la casa della mia infanzia.

Giorni fa, entrata a Ferrara, ho trovato l'anastatica di un vecchio dizionario. Pagine gialle e deformi, macchie di muffa. Il *Vocabolario Ferrarese-Italiano* di Luigi Ferri, 1889. L'ho letto lungo il pellegrinaggio, voce per voce, pagina dopo pagina, accampata sotto antichi cavalcavia, seduta sul rotolo del sacco a pelo, gambe dolenti dopo migliaia di passi nel fango.

Che tetra sfilata di parole estinte! Frasi idiomatiche che usavano le nonne, perse molto prima della Crisi.

Argùr
Zarabìgul
Arzèstula

...ramarro, formicaleone, cinciallegra...

Sciorzz
Baciosa
Capnégar

...lucciola, chiurlo, capinera...

Ricordi vaghi, sussulti, vibrare incerto di neuroni.
Aliévar.
Lepre. Già quand'ero piccola, nei campi dietro casa non c'erano più lepri. Sterminate, tutte. Ne vidi una soltanto a nove anni, già putrefatta, forse l'ultima del suo mondo. Sterminio: prima degli enti mancarono le parole. E adesso che gli «enti» tornano, e chiurli ne sento spesso e le sere d'estate è pieno di lucciole, le parole *sciorzz* e *baciosa* son più morte che mai.

La controbonifica è in corso, lenta, contrastata ma inesorabile. L'oriente della vecchia provincia è sotto il livello del mare, scende anche di quattro metri e l'acqua s'impunta, vuole tornare nei luoghi da cui fu espulsa. La Commissione mantiene il minimo di controllo, ma alcune idrovore non funzionano più e interi comuni hanno capitolato. Chissà che ne è stato delle Magoghe. Era il luogo abitato più basso d'Italia.

Davamo per scontato il territorio intorno a noi. Pochi si fermavano a pensare che, ogni profano giorno, qualcuno doveva controllare e pompare via l'acqua, perché le nostre case non fossero allagate. Levo una preghiera per quei lavoratori del Consorzio. Li ringrazio per quello che hanno fatto, e ringrazio chi di loro è rimasto a vigilare. Li ringrazio per questo lavoro di Sisifo, mantenere emerse porzioni di una terra che, presto o tardi, capitolerà di fronte al mare. Le acque salate già si innalzano, la costa annega lenta. Almeno così raccontano i viaggiatori, così racconta il radioamatore di Porto Tolle.

Penso a te, guardiano della bonifica. Non so chi ti stia dando un salario, né come né quanto. Non so cosa pensi di salvare, non so cosa vuoi che non si perda, non so cosa sogni mentre sogno, ma so che qualcosa stai salvando, e sono tua alleata, tua sorella. Io come te, tu come me, cerchiamo nel passato un avvenire.

Oggi, ad ogni modo, le acque nei canali sono ferme. Da una settimana il cielo ci risparmia, incombe triste ma non lacrima.

Della casa della mia infanzia resta poco, spaccata com'è da rampicanti, piegata verso nord dal pino crollatole addosso. Ed è così piccola... Quand'ero *cìrula*, mi circondava come una reggia. D'inverno ci teneva caldi, fuori la neve copriva la terra e sotto il manto, come tuberi, restavano i ricordi dei giochi al sole.

Aprile passava tra gli scrosci, la pioggia ci sorprendeva e riparavamo sotto i portici dei fienili, molti già abbandonati. L'estate arrivava all'improvviso, *senza dir né asino né porco*. Ci mettevamo al sole, bevevamo limonate, facevamo *filò*, chiacchiere che non erano nulla, eppure erano noi.

Ora la casa è tanto piccola, o forse io sono più alta. Ho almeno una spanna di fango sotto gli scarponi.

Gli dèi sono stati buoni con papà e mamma. Se ne sono andati prima di vedere la Crisi, né oggi vedono questo.

Il sole è già basso. Non voglio entrare. Sento di non essere forte abbastanza.

Da una breccia nei muri consumati scivola fuori una cosa pelosa. È un ratto. No, un furetto. Un furetto, si allontana senza guardarmi, si infila tra gli arbusti. È di certo un discendente di bestiole da compagnia inselvatichite, che i padroni non fecero in tempo a sterilizzare.

La Crisi arrivò prima del veterinario.

Non riesco a dormire, leggo. È quasi l'alba, ma leggo. La luce del falò fa tremare le lettere.

A bissabuò
Snèstar
Barbagùl

...a zig-zag, di traverso, bargigli...

Pinguèl
Budlòz
Rugnir

...palato, cordone ombelicale, nitrire...

Vedere le macerie di una lingua strizza il cuore. Ogni parola che si estingue è una casa che cede, si piega e si infossa, affonda nella sabbia.

Queste erano parole abitate, esseri umani le riempivano di vita e di storie.

Vedere le macerie può farti immaginare com'era la casa. Immaginare i passi, i bimbi che correvano, le voci che passavano di stanza in stanza... Ma non puoi abitare le macerie come si abita una casa. Le macerie non torneranno casa. La casa non esiste più.

Alzo gli occhi dal libro e a lungo cerco le Pleiadi, ma non le trovo.

È il mio ultimo giorno qui. Domani tornerò a sud-ovest.

2. San Vito, 22 novembre, di nuovo verso Bologna

Agguato di un predone solitario, nascosto tra gli arbusti della pieve di San Vito. Due centimetri più a destra e mi avrebbe spaccato il naso, ma già mi spostavo all'indietro e il bastone mi ha sfiorato. Ci aveva messo tutta la forza, e ha perso l'equilibrio. L'ho visto cadere male e battere un gomito su un sasso. «*Ouch!*», ha fatto, come nei fumetti che trovi nei fossi, mezzi sciolti. Storie imputridite. Ho trovato anche mazzette di euro. Consumate, e comunque inutili. Almeno qui.

Si è rimesso in piedi, ora mi fissa curioso. È magro (chi non lo è?), ha occhi verdi e capelli incolori. I cenci che indossa mi ricordano qualcosa. Li riconosco: divisa e pastrano da carabiniere.

«Non sei di queste parti, si vede».

«E da cosa? Io sono nata qui, anche se adesso vivo lontano».

Sente la voce e come coniugo il verbo, s'illumina: «Ah, ma sei una donna! Non si capiva mica!»

Alzo il cappuccio e abbasso la sciarpa. Vede che ho una certa età, vede le rughe e il suo sorriso un po' si attenua, ma non scompare.

«Vivi lontano? E cosa sei tornata a fare?»

«Potrei risponderti che sono affari miei», rispondo, ma lieve, senza metterci ostilità.

Ridacchia. «Sarebbe più che lecito. E se ti chiedo come ti chiami? Va bene anche un nome qualsiasi».

Gliene dico uno, il mio. Mi porge la mano, la stringo, è fredda. «Io sono Matteo», mi dice.

«Sei un predone, Matteo?»

«*Moché moché!* Io pensavo che c'eri tu, predone! Proprio perché non ti ho mai vista prima».

«Sono solo una che passa».

«Viaggi da sola. Non hai paura?»

«Come tutti. Né di più, né di meno. Ma tu cosa facevi tra i cespugli?»

«Andavo di corpo», risponde pronto, senza esitare. «O meglio, non avevo ancora cominciato. E adesso m'è *andata indietro*. Comunque, tornerà». E ride ancora, stavolta più sonoro.

Per un po' stiamo in silenzio. Ci guardiamo intorno. Lungo via Ferrara non più asfaltata, i platani sono immensi. Grandi rami che nessuno ha più potato s'intrecciano ovunque e formano un tetto, là in alto. La vecchia statale sembra ormai una galleria. In basso, qualcuno continua a estirpare le erbacce, sposta i rami caduti, riempie le buche più grosse. La carreggiata è sassosa ma percorribile.

«Già che ci sono ti chiedo un'altra cosa, prometto che non ti fa incazzare, va bene?»

Gli offro un cenno d'assenso.

«*Bon*. Cosa fa il governo? Ce n'è ancora uno, dove stai tu?»

«No. Lo spettro del governo è sempre a Sud».

«Lo immaginavo. Qui si fa viva solo la Commissione». L'ex carabiniere che credevo un bandito alza le spalle. «Ci aiutano, per modo di dire. Vai a capire il perché».

«Lo fanno in cambio dei servizi che rende il governo. Dormi dentro la chiesa?», gli domando.

«Dormo dove decidono i piedi. E cos'è che fa il governo, esattamente?»

«Pattuglia le coste, i confini d'Europa. Lo Ionio, il Tirreno... Ferma e respinge gli illegali».

«Cioè li ammazza. Io lo so come vanno certe cose, c'ero in mezzo». E a questo punto ci vorrebbe una pausa, un momento pensoso, ma l'uomo tira diritto: «Pazzesco, c'è ancora qualcuno che vuole venire in 'sto pantano?»

«Parti d'Italia tirano avanti, e comunque in Africa è peggio. Ma sai, molti non lo fanno per fermarsi qui, è che l'Italia è l'anello debole. Loro arrivano, se ci riescono, e salgono, se ci riescono. Vanno su in Europa».

«A far che? C'è ancora del lavoro?», mi chiede.

«Penso di sì, qualcosa del genere».

Poi una domanda la faccio io: «Ogni quanto si fa viva la Commissione? Sono giorni che attraverso la provincia e non ho ancora visto un funzionario».

«Dipende. Arrivano in elicottero. Sono gli unici ad avere carburante. Alcuni sembrano cinesi».

In elicottero? In questi giorni ho visto alianti e deltaplani, ho visto mongolfiere e perfino un dirigibile, ma nessun elicottero, mai. E col rumore che fanno, non mi sarebbero sfuggiti.

Forse ho pensato ad alta voce, perché Matteo ribatte: «Ne arrivano, ne arrivano. Atterrano nelle piazze dei paesi, consegnano le razioni, fanno riunioni coi consigli comunali...»

«Consigli comunali? Sono ripartite le elezioni?»

«Be', per modo di dire... I commissari non volevano, ma la gente s'organizza. Io lo so bene, son consigliere pure io».

«Ah, sì? E di quale comune?»

«Gambulaga».

«Non faceva comune, ai miei tempi».

«Tutto cambia. Soprattutto i tempi. Hai qualcosa da mangiare?»

Nella sacca ho le rane pescate ieri. Sono tante, le ho cotte allo spiedo, carne sciapa ma croccante. E ho un mazzo di radicchio selvatico. Matteo mi mostra una borraccia amaranto. «C'è anche da bere. Acqua pulita, depurata con l'allume della Commissione».

E così mangiamo insieme, sul limitare del boschetto dietro la pieve.

«Tira vento», dico. «Perché non entriamo in chiesa?»

«È pericoloso, là dentro. C'è Dio. Qui fuori siamo al sicuro».

Accetto la risposta, senza chiedere ulteriori spiegazioni.

«Stai tornando a casa tua?», domanda Matteo. Il consigliere comunale che stava per uccidermi ha voglia di parlare.

«Sì. Vicino a Bologna. Casalecchio».

«Fino a Casalecchio a piedi?»

«Dopo Ferrara circola qualche mezzo. E tanti cavalli. Chiederò un passaggio, come per venire qui. In un campo ho visto mongolfiere ancorate. Vedrò se si possono usare, sarebbe ancora meglio».

«Non c'è più nessuno che spara ai palloni?»

«Penso di no. Succedeva solo ai primi tempi».

«E hai soldi per il passaggio?»

«Quelli ormai servono a poco. La Commissione li cambia in voucher, ne ho qualcuno».

Per un po' ci concentriamo sul cibo, le mandibole lavorano, la lingua mescola, si attivano i succhi gastrici.

«Per Ferrara sei passata?»

Il sogno di qualche notte fa. Città irreale. In mezzo alla nebbia scura di una mattina d'inverno, un fiume di gente passa sulle Mura e sono davvero tanti, più di tutti i morti di ogni tempo. Tengono bassi gli sguardi e ogni tanto sospirano. Cavalcano il Montagnone e poi giù per Alfonso d'Este, fin dove il Po di Volano passa sotto il ponte. Vedo uno che conoscevo, e lo chiamo: «Rizzi! Tu eri con me a Udine, davanti al monumento ai caduti. Il cadavere che hai sepolto nell'orto ha cominciato a buttare le gemme? Secondo te farà i fiori, quest'anno? Oppure la ghiacciata ha rovinato il giardino? Mi raccomando, tieni lontano il cane. Quello scava, gli uomini gli piacciono!»

«...per Ferrara sei passata? Io non ci vado da otto anni, e sono solo venti chilometri».

«Sì, ma non mi sono fermata. Mi hanno detto che è pericolosa».

«L'ultima volta che ci sono stato», riattacca Matteo, «la Crisi era molto recente. Al mercato nero, benzina ne trovavi ancora. Sono andato in motorino a vedere il Petrolchimico. Era tutto un viavai di funzionari della Commissione, capirai, tutte quelle sostanze tossiche, pronte a sversarsi e far morire tutto... Gli impianti reggevano, e ho sentito che resistono ancora oggi. Un po' di produzioni erano già dismesse prima della Crisi, e quella volta mancavano già un tot di silos, pieni di ammonio o non so che. Portati via, chissà dove».

«In Africa, mi sa».

«Eh, già», dice, ma non aggiunge nulla.

Seguono minuti di pace, dai pori essuda la stanchezza, i muscoli spurgano tossine, e anche la mente si ritempra. La vista si aguzza e le orecchie cessano di ronzare. Il compagno di pranzo mi lancia occhiate, ma sono io la prima a riprendere il discorso.

«Hai detto che qui la gente si organizza. Raccontami: cosa fa un consiglio comunale?»

«*Bah*», dice in un piccolo scoppio. «Non molto. Decide come distribuire gli aiuti, raduna i volontari per estirpare le erbacce dai campi... Scrive ai parenti dei morti... Io facevo il carabiniere, si vede, no? Quando è scoppiata la Crisi ero a Cosenza. Per tornare ho preso un treno come quelli che vedevi nei documentari, tipo in India, con la gente anche sul tetto... Ci ho messo due giorni, si fermava in paesini che non avevo mai sentito nominare... Tu che lavoro facevi?»

L'altro sogno ricorrente. Ho ventotto anni, sto scrivendo il mio primo romanzo. Racconta la vita di giovani seminaristi negli anni del Concilio Vaticano II. I loro amori proibiti, le dispute teologiche, i loro conflitti, la morte di uno di loro. Vengono da famiglie contadine, devote ma non troppo, e devo dipingere uno sfondo di religiosità popolare. Mi serve la dimensione «antropologica» dei cambiamenti avvenuti allora. In realtà sto prendendo due piccioni con una fava, perché uso i materiali della mia tesi di laurea. Non si butta mai via niente.

Nel sogno, chissà perché, incontro le persone intervistate tre anni prima. Mi raccontano tutto, di nuovo, da capo, contente come sono di vedermi. Mi congedo da loro soddisfatta, conscia che sarà un bel libro, poi... Scopro che, dietro di me, ogni volta arranca lei, la Storica. Morde la mia polvere, ma sono sempre io. Ho ancora venticinque anni e sono indietro con la tesi. Arrivo tardi e nessuno vuol più parlare con me, perché *sono già stata lì*.

«...lavoro facevi?»

«La scrittrice», rispondo a Matteo.

«La scrittrice? E cosa scrivevi?»

«Romanzi. O almeno li chiamavano così».

«Romanzi». E si ferma a pensare. «Ne leggevo anch'io, ma scritti da donne mi sa di no. Leggevo polizieschi, roba così».

«Sì, prima della Crisi andavano molto. Ma oggi, chi li leggerebbe?»

«È vero. Adesso cosa fai?»

Le parole precedono il pensiero: «Faccio ancora la scrittrice, in un certo senso, però non scrivo più».

«Che strana frase. Cosa vuol dire?»

«Che oggi non scrivo: *vedo*».

«In che senso?»

«Il futuro. Vedo il futuro».

Pausa.

«Sei... com'è che si dice... un'indovina?»

«Non so se è quella la parola».

«Però vedi il futuro. È per quello che hai evitato la randellata? E allora sai dirmi cosa ci aspetta?»

«No. No a entrambe le domande. Non mi occupo di futuro spicciolo».

«"Spicciolo". Tu parli e io non ti capisco. E che strano verbo, "occuparsi"... Non lo sentivo da un sacco di tempo».

«Sì, *mi occupo* di qualcosa. Del futuro anteriore. Quello che viene dopo il futuro spicciolo. Lo vedo e lo racconto».

«A chi?»

«Ho una famiglia, e molto numerosa. Racconto il futuro anteriore, insieme lo vediamo, e tutti stiamo meglio. Dipendono da me, e sto tornando da loro».

«Mi sembra giusto», commenta. «Insomma, ti sei presa, mmm, una vacanza. Lo so che la parola non è quella, voglio dire che avevi bisogno di staccare un po', di vedere il posto dove sei nata, è così?»

La semplicità che era difficile a dirsi.

«Sì. È proprio così». Poi, saltando mille passaggi: «Ti ricordi come si dice in ferrarese "cinciallegra"?»

Matteo non sembra sorpreso. Tace, si concentra. Guarda i rami degli alberi e il tetto della pieve. Si alza in piedi, beve un sorso dalla borraccia e cammina in tondo, lento. Lentissimo. Io non ci sono più, è perso nei ricordi d'infanzia. Nemmeno i suoi, probabilmente: quelli di sua madre. Quelli di sua nonna, e più in là. Infine si blocca e spalanca gli occhi.

Punta in alto l'indice della destra, rigido e diritto come l'asta di una bandiera. Si gira verso di me ed esclama: «*Arzèstula!* Ma perché me l'hai chiesto? C'entra col futuro anteriore?» E in quel momento la sentiamo, l'arzèstula, e la vediamo anche, sul ramo di un frassino spoglio dietro la pieve. Gialla e nera, perfetta nella forma, struggente meraviglia dell'Evoluto. Restiamo a bocca aperta, qui, adesso.

3. Dal Parco della Chiusa all'ex autogrill Cantagallo, Casalecchio sul Reno, 26-27 novembre

Gli alberi caduti sono molti e chiudono i sentieri con fusti fradici, scivolosi. Tocca scavalcarli, scalarli, le suole troppo infangate per fare attrito, così cado, due, tre volte, e quando riprendo il cammino affondo fino alle caviglie. Sono costretta a piccole deviazioni per pulirmi le suole su rocce e sterpi. Alla mia destra scorre il Reno, possente, non lo vedo ma sento il rombo, di là dalla striscia di bosco della golena, oltre le barriere di ontani e salici e i grovigli di canneti.

Finalmente arrivo al ponte, passerella d'acciaio uguale a come l'ho lasciata. La infilo di buon passo e lì mi appare, il fiume, e mi commuove, azzurro come uno stereotipo ma diverso da ogni altra cosa, il fiume. Scende dall'Appennino e attraversa la grande pianura, percorso inverso al mio.

Dall'altra parte mi attendono le vecchie colline di ghiaia della SAPABA, oggi colline e basta, coperte di piante, verdi da ferire gli occhi. Me le lascio alle spalle camminando più svelta, una frenesia improvvisa mi muove le gambe, via il cappuccio, via la sciarpa, sono quasi a casa, a casa! Un tempo qui c'era un campo nomadi, ma oggi quasi tutta Italia è campo nomadi, e forse buona parte del mondo, ma io sono a casa. Giro verso destra, imbocco un ultimo sentiero ed eccolo. Il Cantagallo.

La mia famiglia mi accoglie festante. Manco da quaranta giorni, da quando decisi di scendere nei miei luoghi, tornare all'origine, far chiarezza nella mente e nel corpo. Da settimane registravo interferenze nelle visioni, provocate dalle ondate di calore, vampate che mi arrembavano da dentro. Le sentivo nel petto, le sentivo alla nuca. Arrivavo al rituale stanca, dopo nottate insonni, infastidita da pisciate urticanti e dall'attrito dei polpastrelli su mucose asciutte, innervosita da ogni cosa. A volte scoppiavo a piangere durante il racconto e contagiavo gli altri, tutto si inceppava. L'ingresso nella nuova età turbava la mia funzione, la menopausa mi obbligava ad affrontare il futuro spicciolo, a chiedermi che sarebbe stato di me e del mio posto nel mondo. Addio definitivo alla fertilità: un contraccolpo anche per me, infertile da sempre per capriccio dell'utero. Dovevo fermarmi, ritrarmi, ritrarmi e ripensare tutto, ricordare tutto, lontana da qui, innestata in un altro tempo. E scuotere il corpo, metterlo alla prova.

«Stasera celebriamo! Si mangia, si beve e si fa l'amore!», annuncia Nita. È bello rivederla. Quaranta giorni fa, nel salutarmi, la sua voce era rotta e disforica. Oggi squilla come i telefoni di quand'ero bimba. Nita ha venticinque anni, io ne sto per compiere cinquantadue. Siamo il vice e il versa. Mentre ero via, lo so, è stata lei a dirigere il rituale, a vedere, ad avviare il racconto. Ho fiducia, so che ha lavorato bene. Le ho insegnato molto di quello che so.

Molto, sì, ma non tutto. Io stessa non so di sapere molte cose, dunque non sono in grado di insegnarle.

Io *vedo*, e molto di più non saprei dire.

Io sono la veggente del Cantagallo, la donna che guida questa famiglia, che vede e racconta i futuri remoti. Ho attraversato la mia crisi nella Crisi, e sono tornata dove sto meglio, per vivere con quelli che amo, invecchiare con quelli che amo, e un giorno morire con quelli che amo al mio fianco.

Eccoli, ridono, mi abbracciano e baciano. Gli abbracci di chi ha un solo arto mi inteneriscono, sono sghembi, ricordano la posa di un danzatore di sirtaki.

Eccoli, i miei piccoli, con le loro malattie, le loro forze, le loro speranze.

Saluto Antioco, che ha la sindrome di Capgras. Se mi guardasse in volto non mi riconoscerebbe, gli apparirei come un'estranea che mi somiglia, manichino di carne con le mie fattezze. Per volermi bene, *per volere bene a chiunque*, deve chiudere gli occhi, perché la voce, quella, rimane vera. Abbassa le palpebre, mi ascolta e sorride.

Saluto Ileana, che ha la sindrome di Fregoli. Non mi guarda nemmeno, si muove con gli occhi umidi verso Nita, la abbraccia emozionata e la saluta... chiamandola col mio nome. Nita non la corregge, io nemmeno. Va bene anche così.

Saluto Ezio, che è quasi cieco ma non lo sa, si rifiuta di saperlo. Ha la sindrome di Anton. Mantiene lo sguardo spento puntato sul mio naso, forse il mio viso è solo una macchia pallida, e forse nemmeno quella, ma Ezio è felice di rivedermi e dice: «Hai un'espressione radiosa, il viaggio ti ha proprio fatto bene!»

Saluto Demetra, Tiziano e Lizebet, che non soffrono di alcuna sindrome. Saluto Edo, Yassin, Pablo e Natzuko. Saluto i bimbi che mi si aggrappano alle gambe. Saluto i cani e le capre, saluto col pensiero ogni animale e ogni pianta nella nostra orbita, intorno a questo mondo di profughi splendidi, questa nazione messa insieme in un vecchio autogrill, a cavallo di un'autostrada sgombra, dove suscita meraviglia il raro passaggio di veicoli a motore. Quest'autogrill che può ancora funzionare come tale, perché diamo ristoro e riparo ai viandanti, perché viandanti lo siamo stati tutti, prima di arrivare qui da vicino o da lontano. Reietti. Reietti che ogni mattina afferrano il futuro per la coda e fanno sci d'acqua sul presente, lieti di esserci, pronti ad affrontare il giorno, ad allevare e coltivare, insegnare ed educare, partire per esplorare, tornare per raccontare.

Notte fonda, la luna è un filo curvo e non c'è ombra di nubi. Guardo l' AI dalla lunga vetrata che la sormonta. Ogni pietra, ogni lastra, ogni chiodo e vite del Cantagallo potrebbe narrare un milione di storie.

Qui, nel 1972, i dipendenti entrarono in sciopero improvviso e spontaneo, per non dover fare il pieno e servire il caffè a un politico di allora, Giorgio Almirante. Ne nacque una canzone popolare, forse una delle ultime, ancora la ricordo: «*Arrivato che fu al Cantagallo / ha di fronte un bel ristorante / meno male, pensava Almirante: / così almeno potremo mangiar. / Tutti fermi, le braccia incrociate, / non si muove nessun cameriere. / Niente pranzo per camicie nere, / a digiuno dovranno restar*». Oggi sembra un mito dell'Età del Bronzo.

«Chi era Al Mirante?», mi ha chiesto Nita un pomeriggio d'estate.

«Era il capo dei fascisti».

«E chi erano i *fašisti?*»

Qui, la notte di Capodanno del 2002, fu battuto il primo scontrino nella nuova valuta, l'euro. Ne scrissero i giornali. Il cittadino detentore del primato si chiamava Lorenzo. Il suo acquisto: una confezione di chewing-gum pieni d'aspartame. Ricordi della Seconda Età del Cancro.

«Cos'era lo spartame?», mi ha chiesto Pablo una sera d'autunno.

«Una cosa dolce che faceva molto male alla salute, ma tutti la mangiavano e bevevano».

«E perché, se faceva male?»

Qui, nel 2006, un camionista gridò di avere indosso una cintura esplosiva e seminò il panico nel ristorante. Esigeva che la polizia gli sparasse, altrimenti avrebbe fatto saltare l'edificio. Desiderava essere ucciso. Il Cantagallo fu evacuato e le autorità chiusero il tratto di A1 da Casalecchio a Sasso Marconi. Fu il caos in mezza Italia. Dopo un'ora di trattativa, la polizia convinse l'uomo ad arrendersi. Sotto il giaccone aveva un cuscino, il filo del detonatore era il caricabatteria del cellulare. Disse che aveva problemi lavorativi, era sfruttato e la sua famiglia stava andando in pezzi.

La mia invece no. Dopo la festa, c'è ancora musica suonata in qualche stanza. Qualcuno si aggira discutendo, altri ronfano, rassicurati, avvinghiati l'uno all'altro nei sacchi a pelo.

Salgo sul tetto, dove abbiamo costruito la specola. È una notte ideale per vedere gli astri. Notti così son meno rare di una volta, la Crisi ha reso tersa la volta celeste, non ti senti più sul fondo di un bicchiere d'orzata fluorescente.

Non tocco il telescopio. Si vede a occhio nudo l'ammasso delle Pleiadi, figlie di Atlante e Pleione.

Quando ti perdi tra acqua e terra, fissa il cielo notturno, frugalo in cerca di segreti. Lo spazio profondo sarà là per attirarti, supplizio di Tantalo fatto di vuoto.

Dopo, calerai di nuovo lo sguardo, rinfrancata, conscia del tuo baricentro.

Ho attraversato l'utero della terra, ho visto il rompersi delle acque e sono rinata.
Di nuovo al mondo, di nuovo al mio posto.
Per me.
E per gli altri.

4. Ex autogrill Cantagallo, Casalecchio sul Reno, 1° dicembre

Tra due ore sarà l'alba, ci prepariamo ad accoglierla.
Dal tetto dell'autogrill, da cento bocche, si alza il vapore dei nostri respiri.
Lucifero, astro del mattino, Venere, unico pianeta dal nome di donna, è visibile a oriente. Splende nel margine destro del mio campo visivo.
Rivolti a settentrione teniamo gli occhi chiusi, lingua contro il palato, respiriamo dal naso. I denti non devono toccarsi.
Mani rilassate davanti all'addome, tra ombelico e pube.
Chi ha una sola mano, le usi comunque entrambe.
Immaginiamo di sorreggere una sfera, una sfera nera, ne saggiamo il peso. I polmoni sono pieni. Ora espiriamo e la sfera inizia a ruotare in senso antiorario, accarezzando palmi e polpastrelli. Sentiamo il movimento, lo assaporiamo, avvertiamo l'attrito leggero della superficie liscia. A ogni espirazione la rotazione accelera, e quando inspiriamo torna a farsi più lenta. Avviene diciotto volte.
Da qui in avanti, a ogni espirazione la sfera si ingrandisce ed entra nell'addome, fino ad accarezzare i reni. Inspiriamo, la sfera rallenta e torna alle dimensioni di prima, confinata nel cerchio delle mani.
Avviene novanta, centottanta volte. Le mani sono piene di fuoco.

Adesso, mentre la sfera si espande e si contrae, immaginiamo di ingrandirci a nostra volta, a ogni espirazione siamo sempre più alti. Accanto a noi, all'altezza degli occhi, vediamo la luna.

Puntiamo lo sguardo sulla stella del Nord. Polaris, ultimo astro del Piccolo Carro. Guardiamola: la sua luce viaggia nel vuoto per più di quattrocento anni, prima di raggiungere i nostri occhi e attivare i fotorecettori.

La luce che vediamo adesso fu irradiata mentre l'Inquisizione processava Galileo, il sapiente a cui dobbiamo il nostro telescopio.

La luce che vediamo adesso fu irradiata mentre s'iniziava a costruire il Taj Mahal, un palazzo lontano, molto più antico del Cantagallo.

La luce che vediamo adesso fu irradiata quasi tredici miliardi di secondi fa.

Tratteniamo il respiro per tredici secondi.

Moltiplichiamo per mille il tempo di questa apnea.

Moltiplichiamo per mille il risultato.

È un millesimo del tempo impiegato dalla luce di Polaris per arrivare a noi.

La luce che irradia adesso non la vediamo. La vedrà, tra quattro secoli, chi verrà dopo di noi.

Ora guardate la stella del Nord, guardatela con nuovi occhi.

Un giorno, tra dodicimila anni, Polaris verrà rimpiazzata e in quel punto del cielo, al suo posto, vedremo Vega.

Salutiamo Polaris, e ringraziamola. Ha svolto un buon lavoro.

Diamo il benvenuto a Vega.

Ora guardiamo giù, verso il pianeta. Giù, verso il pianeta, tra dodicimila anni.

Dove un tempo sorgeva Bologna, tutto è coperto da un grande bosco.

La sfera entra nell'addome per l'ultima volta. Mentre lo fa si rimpicciolisce fino a scomparire. Portiamo le mani poco sotto l'ombelico e massaggiamoci in senso antiorario.

Immaginiamo di rimpicciolire a nostra volta, a ogni espirazione siamo sempre più bassi, finché non torniamo a terra.

Il Cantagallo non c'è più. Al suo posto, una radura erbosa. Intorno a noi solo alberi.

Non siamo soli. Altri umani sono intorno a noi, camminano senza urtarci ma non ci vedono.

Siamo andati avanti dodicimila anni meno due ore. Di nuovo mancano due ore all'alba. Questi umani, nostri discendenti, si preparano ad accoglierla, rivolti a settentrione. Il loro sguardo cerca e trova Vega, la stella del Nord. Tra le loro mani la sfera si espande e contrae. Nella loro mente, sono già più alti dell'atmosfera. Possono toccare la luna.

Un giorno, fra tredicimila anni, Vega verrà rimpiazzata e in quel punto del cielo, al suo posto, gli umani vedranno di nuovo Polaris.

Salutano Vega, questi nostri discendenti, e la ringraziano. Ha svolto un buon lavoro. Danno il bentornato a Polaris, e noi con loro.

Ora, da quelle altezze guardano giù, verso il pianeta, verso di noi, ma non vedono noi.

Vedono come sarà tra tredicimila anni.

Tra poco scenderanno e, accanto ad essi, i loro discendenti guarderanno verso nord.

E così via, lungo la catena dei millenni, tra glaciazioni, disgeli, nascite e declini di civiltà, fino a vedere la notte dell'ultimo rituale.

Ora torniamo indietro, torniamo qui, al Cantagallo. Ogni espirazione ci porta indietro di mille anni. Il sole comincia a sorgere. Ci attende una giornata di lavoro, le mani sono colme di energia. Diamoci da fare.

Dogato e Bologna, ottobre-dicembre 2008

A Graziano Manzoni, in memoriam

GITA AL POSTO DEGLI ATOMI
di Tommaso Pincio

Ho sei anni e frequento la prima elementare alla scuola Dante Alighieri di Latina, capitale d'Italia. Da quando vado a scuola sono diventata Aurora, la dea del mattino. È perché nella mia classe siamo tutti divinità. Ci sono io che sono la dea del mattino, e poi ci sono le altre divinità della Roma antica. Ci sono Marte, Giove, Minerva, Venere e anche Titone, che è mio compagno di banco. Nella nostra classe siamo in tutto venti bambini divinità. A scuola funziona così: il primo giorno la maestra fa alzare i bambini uno per uno e dice: «Tu da oggi sei Nettuno, tu sei Giunone, tu sei Saturno». A me ha detto: «Tu sei Aurora, che si rinnova ogni mattino e vola per il cielo annunciando il nuovo giorno». Ovviamente, non è che volo per davvero. Nessuno di noi è veramente quel che la maestra ci dice di essere. In pratica, è una specie di gioco. La maestra ci ha spiegato che così impariamo ad accettarci tra noi per come siamo. Dice che la nostra mente non è ancora pronta alla diversità da radiazioni. Prima, infatti, le persone erano quasi tutte belle e prestanti come il Duce che ci dava la luce e come il Premier che ci infonde ottimismo. Il Duce è la nostra fierezza di ieri, mentre il Premier è il nostro orgoglio di oggi perché lui è rimasto uguale alle persone di prima e a centoventi anni ha ancora la gagliardia di un ventenne. Non come mio nonno che ne ha appena sessanta e, poverino, non si regge più in piedi e bisogna aiutarlo in tutto. L'altra cosa delle persone di prima è che non erano diverse come quelle di adesso. Alcune diversità ce l'avevano pure loro, piccole però. Certe avevano i capelli scuri, certe biondi. Certe erano alte e certe basse. Ma per il resto si somigliavano. Non era come è nel mondo di adesso dove tutti sono diversi. Nella nostra classe, per esempio, ogni bambino ha una sua particolarità. C'è chi ha la pelle rugosa e nera come il carbone, chi ha le mani con quattro dita, chi è rotondo come una palla di gomma. Alcuni bambini, a guardarli da lontano, non sembrano tanto particolari. Poi, quando ti avvicini, vedi che sono radioattivi pure loro. Tipo il mio compagno di banco, Titone. Lui non sembra particolare nemmeno da vicino. Gli mancano un po' di capelli, ma a parte questo è quasi come le persone di prima. Ti accorgi che è radioattivo solo perché quando parla ti sputacchia addosso pezzetti di polmone o qualche altro organo marcito. È in continua mutazione. Ogni tanto gli marcisce dentro qualcosa e poi si rigenera. Dice che da quando è nato ha cambiato gli organi più di cento volte. Cuore, stomaco, polmoni e un mucchio di altra roba. Io non so se è vero. Forse sì. Una cosa la so, però: da grande non lo sposo di sicuro. A me non importa se negli antichi miti Aurora è la concubina di Titone. Quando ti sposi con qualcuno lo devi baciare e io non voglio mica ritrovarmi in bocca gli organi interni andati a male di Titone. Mi sta bene tutto, anche un marito con bruttissime particolarità, ma uno che sputacchia schifezze proprio no. Per fortuna, lui nemmeno mi guarda. È un bambino molto studioso, la maestra dice che è il primo della classe e che dobbiamo prendere esempio da lui, che ha un mucchio di interessi. Io non ne vedo il motivo. Mia mamma mi ha raccontato che quando sono nata sembravo più un sacchetto di plastica del supermercato che una bambina. Non avevo tutti i vari buchi che hanno le persone. Bocca, orecchie e naso, non li avevo. E non avevo neppure i buchi che servono per andare al bagno. Nel foglio dell'ospedale c'era scritto che ero un individuo di sesso femminile nato con una patologia multipla complessa. Di solito i bambini così particolari muoiono nel giro di pochi giorni. Io sono sopravvissuta, però. Mia mamma dice che è perché mi amava tanto lo stesso. Dopo mi hanno rimesso un po' a posto, mi hanno fatto i buchi che mi mancavano, ma ero ancora così particolare che non potevo uscire dall'ospedale. Infatti, quando ero più piccola non giocavo a fare la spesa o agli altri giochi delle bambine. Siccome sapevo i nomi di un sacco di patologie giocavo all'ospedale. Misuravo la febbre alle bambole e se una di loro moriva la coprivo con un lenzuolo bianco come si fa coi morti veri. Mia mamma dice che se sono sopravvissuta è anche merito mio, perché ho un sacco di forza di volontà. Il nostro Premier direbbe che sono una bambina ammirevole. Perciò penso che non c'è bisogno che io prenda esempio da Titone. Comunque lo so che la maestra dice per dire. Non è giusto fare paragoni tra le persone come ai tempi in cui il mondo era ancora incontaminato. La gente di quell'epoca non era abituata come noi alle mutazioni e aveva sempre paura che se in un laboratorio si commetteva un errore tecnologico o magari scoppiava la guerra nucleare il mondo si sarebbe distrutto e i sopravvissuti sarebbero diventati mostri. La gente di quell'epoca non capiva che l'esposizione alle radiazioni è sempre presente in natura. Quasi tutto è radioattivo, persino il corpo delle persone non contaminate. Non tanto, però. Solo venticinque millirem. A scuola ci insegnano a non avere paura della radioattività perché è come la paura della malaria che la gente aveva ai tempi del Duce. La malaria era una specie di aria cattiva che entrava nel corpo dalla bocca e dopo ti veniva la febbre. Le persone andavano in giro con la coperta del letto sempre addosso, anche quando camminavano in strada. Siccome la malaria era fatta di aria nessuno la poteva vedere, ed è per questo che la gente si metteva tanta paura. Per un sacco di anni è stata la nostra malattia nazionale. Morivano tutti di malaria, persino le persone importanti come la moglie di Garibaldi, il conte Cavour e Fausto Coppi che era un ciclista famoso che vinceva sempre il Giro d'Italia. Il Duce, però, non aveva paura. Lui non prendeva mai la malaria. Veniva qui da noi, nell'Agro Pontino, che era il posto più malarico di tutta Italia, e tagliava il grano, nudo dalla cintura in su. Sotto il sole, bagnato di sudore, con tutto il petto di fuori e le mosche che gli ronzavano attorno, il Duce tagliava il nostro grano. Così insieme alla luce ci dava anche il pane. Io lo guardo sempre in televisione, il Duce che taglia il grano. Lo mandano in onda ogni giorno prima del programma dei pacchi coi soldi dentro, che però non posso guardare perché la mamma dice che dopo il Duce i bambini devono andare a letto. Però, anche se lui tagliava il grano a torso nudo, la gente aveva paura lo stesso. Così ha bonificato la terra portando via l'acqua delle paludi e dopo aver bonificato ha costruito un sacco di città come Latina, che è diventata capitale d'Italia. Il Duce è stato più grande di tutti, perché in tanti prima di lui avevano provato a bonificare. Ci hanno provato Giulio Cesare, Leonardo, Napoleone e il papa, ma solo il Duce ci è riuscito. Il nostro Premier dice che pure lui bonificherà. Toglierà la radioattività proprio come il Duce ha tolto la malaria. Ma mentre aspettiamo, noi non dobbiamo avere paura. Dobbiamo essere gagliardi e ottimisti, per questo siamo dèi. Il nostro Premier dice sempre di non aver mai conosciuto un pessimista che abbia avuto successo nella vita. Lui, per esempio, era figlio di un semplice impiegato ma è diventato Premier perché ha imparato subito a cavarsela da solo e ad avere cura della propria immagine. Si è sempre vestito bene, anche quando andava a scuola. E naturalmente era molto attivo ed è per questo che non si ammala mai ed è immune alle radiazioni. Lui dice che se uno ha tante cose da fare non ha il tempo per considerarsi malato. Inoltre bisogna stare attenti all'aspetto fisico, perché pure quello influisce. Per esempio, ha proibito alle persone grandi con pochi capelli di farsi il riporto perché è una cosa che mette tristezza e alimenta il pessimismo. Da quando il Premier ha detto così, infatti, mio papà si pettina i capelli all'indietro e in famiglia ci sentiamo fieri di lui. L'ottimismo è fondamentale, il Premier ha creato la sua fortuna diffondendo gioia. Da giovane ha raggranellato i soldi che gli servivano per diventare ricco infondendo ottimismo sulle navi da crociera e nelle sale da ballo grazie al suo grande senso dell'umorismo. Dopo ha usato il denaro messo da parte per seguire l'esempio del Duce, cioè ha costruito città perfette dove la gente era felice di vivere. Poi ha inventato una televisione che portasse allegria nelle case di tutte le città, comprese quelle che non aveva costruito lui. Una volta, infatti, la televisione era triste e in bianco e nero. Nei programmi non succedeva mai niente, così la gente si annoiava e non sviluppava il proprio lato ottimista. L'altro giorno era la festa del 25 aprile e siamo andati in gita con la maestra in uno degli antichi posti degli atomi. Siccome Titone ha iniziato a sputacchiare dappertutto per la contentezza, io mi sono dovuta coprire con le braccia per ripararmi il viso dalle sue schifezze. Siamo partiti di mattina presto, il cielo era ancora abbastanza viola. Come prima cosa, sul pullman, abbiamo intonato il cantico nazionale che fa così: «L'Italia è il paese che amo. Qui ho le mie radici, le mie speranze, i miei orizzonti». Poi la maestra ci ha spiegato che per andare al posto degli atomi bisognava uscire da Latina, viaggiando nelle strade delle campagne dove vivono gli Incontaminati. I finestrini del pullman avevano le grate di ferro perché certe volte gli Incontaminati lanciano sassi e altra roba. Durante il viaggio ho guardato tutto il tempo fuori, volevo vedere le paludi bonificate dal Duce. Erano molto piatte e con pochissimi alberi e una terra secca e ruvida, come rosicchiata dal caldo. Ogni tanto spuntava una casetta disabitata, e un po' mi dispiaceva perché mi sarebbe piaciuto vedere anche qualche Incontaminato. A un certo punto, però, siamo passati per una specie di piccolo paese. C'era un bar, e lì c'erano anche delle persone, sedute ai tavolini sul marciapiede. Avevano la pelle scura e grinzosa, e gli occhi gonfi. Non hanno fatto niente. Non ci hanno tirato sassi o altro. Hanno soltanto guardato il pullman che passava. Non sembravano cattivi, solo stanchi e malati. La maestra, però, ha detto che non bisogna fidarsi mai degli Incontaminati. Credo che abbia ragione perché somigliavano un po' al nonno. Anche lui pare stanco e malato e passa un mucchio di tempo immobile come una statua. Poi, però, ci sono momenti in cui si arrabbia. Sbraita così tanto che non lo si può fermare. Ci fa passare le pene dell'inferno, come dice la mamma. Non ce l'ha con noi. È il mondo com'è diventato a non piacergli. Dice che è tutta colpa del Premier. Naturalmente quando comincia a parlare così pessimista la mamma alza subito il volume del televisore per evitare che lo sentano i vicini. L'ultima volta è stato giusto la sera prima della gita. Non appena ha sentito che andavo al posto degli atomi per la festa del 25 aprile ha cominciato a urlare così di brutto che non si capivano nemmeno le parole. La mamma mi ha spedito subito in camera. Mi sa che aveva paura che poi lo raccontavo a scuola, ma io lo so già da me che non si deve fare. Il Premier non vuole che si parli pessimista, è per il nostro bene. Infatti non ho detto niente a nessuno, sono stata in silenzio tutto il tempo a guardare gli Incontaminati. Poi, dopo che siamo usciti dal loro piccolo paese, sul fianco della strada è comparsa una lunga fila di alberi coi rami scheletrici come i coralli degli acquari. Oltre gli alberi, in lontananza, si intravedeva una grande palla. Abbiamo chiesto in coro se era il posto degli atomi e la maestra ci ha fatto sì con la testa, era proprio l'impianto di Cirene, la nostra antica centrale. Allora siamo scesi dal pullman e siamo entrati all'interno e la maestra ci ha presentato il Grande Dismissore. Lui ci ha spiegato che la palla si chiama edificio reattore ed è costituito da una sfera di quasi cinquanta metri di diametro che racchiude il reattore propriamente detto, i generatori di vapore secondario, i servizi ausiliari della parte nucleare e tutte le attrezzature e le apparecchiature che servivano alla sostituzione e all'immagazzinamento del combustibile. L'edificio reattore è a forma di palla perché gli uomini di prima volevano che fosse isolato il più possibile dall'esterno. Gli altri edifici, invece, ospitano il macchinario di tipo convenzionale. Turbina più tutto il resto: gli uffici, i laboratori, la sala manovra. «La decisione di installare un impianto qui fu presa allo scopo di contribuire all'opera di bonifica iniziata dal Duce», ci ha detto. «Le nostre campagne erano infestate dall'aria cattiva prodotta dall'acqua piovana. Non essendo assorbita dal terreno sabbioso e impermeabile, l'acqua marciva ed evaporando al sole estivo finiva nei polmoni delle persone che si ammalavano. La centrale pompava l'acqua stagnante e la immetteva negli impianti di raffreddamento prima che diventasse malsana». Il Grande Dismissore è un signore molto anziano, non quanto il Premier ma quasi. Lavora al posto degli atomi da sempre, per cui ci è molto affezionato. «La centrale di Latina è stata la prima a entrare in funzione in Italia. All'epoca era il reattore più grande d'Europa, con una potenza elettrica di 210 megawatt», ha precisato orgoglioso. «È un piccolo gioiello, ha prodotto energia per più di quindici anni con elevati tassi di rendimento e pochissimi malfunzionamenti. Solo una volta si è verificato un inconveniente per via di una cricca di saldatura in un componente, che però era l'unico pezzo a essere stato costruito all'estero». Ci ha raccontato di aver trascorso quasi tutta la vita dentro l'impianto e che già da piccolo aveva la passione degli atomi. «Quando ero bambino come voi guardavo un sacco di film di fantascienza catastrofica e sognavo che da grande avrei fatto l'ultimo uomo della Terra, il sopravvissuto al disastro nucleare». La maestra lo ha interrotto e gli ha chiesto di spiegarci come funzionava il posto degli atomi. Mi sa che aveva paura che il Grande Dismissore partisse per la tangente con discorsi pessimisti poco adatti a noi bambini. Lui ha fatto una faccia un po' strana, come si fosse appena svegliato. «Certo», ha detto, quindi ha iniziato a parlarci degli atomi semistabili che sono presenti in natura e del rilascio di energia prodotto dalla fissione nucleare, la cui scoperta dobbiamo a Enrico Fermi, che è un nostro illustre compatriota. A questo punto il Grande Dismissore ci ha mostrato un album pieno di fotografie di quando hanno costruito il posto degli atomi e del periodo in cui è stato operativo. Così abbiamo visto come sono fatti i depositi dei rifiuti a media attività. «È un po' come nelle antiche catacombe, perché i fusti vengono inseriti in questi loculi che poi vengono chiusi». Poi siamo passati alle celle di manutenzione, agli scafandri degli operatori e ai locali di decontaminazione. Abbiamo pure visto le fotografie del generatore di vapore mentre veniva trasportato al posto degli atomi. Lo avevano caricato su un grosso carro trainato da persone molto particolari che camminavano a quattro zampe. Poi il Grande Dismissore ci ha spiegato che non erano persone ma animali chiamati cavalli che adesso non esistono più. Dopo abbiamo fatto un giro nella sala manovra e il Grande Dismissore ci ha spiegato a cosa servivano tutti quei pulsanti. «Qui c'è il banco dell'alternatore», diceva. «E questo è l'interruttore che emetteva l'energia elettrica in rete. Questi sono regolatori delle pompe dell'olio, questi servono a controllare le vibrazioni della turbina, questa è la parte relativa ai preriscaldatori, qua inizia la zona delle motopompe che serve a immettere l'acqua nel reattore e questo è il banco del reattore e questa è la mappa delle barre». Ha sospirato e poi ha detto: «Adesso è tutto disalimentato». I pulsanti della sala manovra erano ognuno di un colore diverso. Rosa, celeste, verde chiaro... sembrava più un posto per bambini che per persone grandi. Un tempo, infatti, i pulsanti erano tutti uguali. Poi, un giorno, c'è stato un guasto e siccome bisognava andare di fretta, alcuni operatori hanno spinto i bottoni sbagliati. Così gli scienziati hanno pensato che era meglio fare i pannelli di colori diversi per farli riconoscere subito agli operatori. Il Grande Dismissore dice che le macchine non sbagliano mai e che i problemi vengono sempre dagli uomini perché non sanno come usarle. Dice che nel mondo di prima era pieno di cose con le quali gli errori umani andavano a nozze. La gente non sapeva niente delle cose che usava, però le usava lo stesso. Molte di queste cose — tipo i telefonini, i telecomandi o le stufe — non succedeva niente se sbagliavi a usarle. Altre, come i posti degli atomi, bisognava invece stare molto attenti. Secondo il Grande Dismissore l'innovazione tecnologica è progredita così velocemente che le persone non hanno avuto il tempo di sviluppare l'abilità di gestirla. «Io sono sempre stato un nuclearista convinto, come il nostro Premier», ha continuato il Grande Dismissore. «Vivo in questa centrale da sempre, e posso assicurarvi che un tempo nessuno pensava alle centrali come a una minaccia. Poi è cambiato tutto e la gente ha iniziato a temere disastri di ogni genere. La gente si spaventava al solo udire la parola *nucleare*, dimenticandosi di ciò che avevano fatto le centrali per combattere la malaria. È bastato uno stupido incidente perché le centrali italiane fossero messe in dismissione». Il Grande Dismissore ha tirato un respiro profondo e ci ha guardato negli occhi uno per uno. È stato a questo punto che ha iniziato il racconto: «Era il 25 aprile di dieci anni fa, un venerdì. Mancava poco alla mezzanotte quando il nostro eroe nazionale si recò alla centrale per prendere servizio...» Noi abbiamo ascoltato in silenzio anche se conoscevamo già questa storia. Tutti gli anni, non appena si avvicina il 25 aprile, alla televisione fanno vedere noiosissimi documentari su quel che è successo. Mi diverto un sacco soltanto dopo mezzanotte, quando, all'una e ventiquattro, mamma e papà mi portano a vedere i fuochi d'artificio che fanno in tutte le città in ricordo dell'esplosione. L'una e ventiquattro è il momento in cui l'operatore ignoto ha spinto il bottone AZ5 facendo scoppiare tutto. Lui, però, non voleva fare scoppiare niente. Sperava solo di spegnere il reattore, ma invece c'è stato un botto così grosso che le particelle radioattive sono schizzate in alto nel cielo per più di mille metri. Dopo c'è stato un incendio che è durato nove giorni. Voleva evitare il disastro e invece ha trasformato il posto degli atomi in una bomba. Mio papà dice che le persone che lavoravano in quel posto degli atomi erano quasi tutti gente di campagna. Di giorno andavano al reattore e la sera zappavano l'orto. Loro, il reattore, lo chiamavano il fornelletto. Non si rendevano conto. Quella notte nacque un bambino. I suoi genitori avevano pensato di chiamarlo Antonio, ma il nostro Premier, che era andato in visita televisiva nel luogo del disastro, cercò di infondere un po' di ottimismo. Disse che secondo lui Atomino era molto meglio, come nome, e siccome tutti ridevano i genitori seguirono il consiglio del Premier. Io mi sforzo molto di essere ottimista, ma non sono sicura di capire perché bisogna ridere di una cosa così. E ci sono pure altre cose che non capisco. Per esempio: perché quando i grandi parlano dei posti degli atomi sembra che raccontino una favola? A scuola ci insegnano che i posti degli atomi erano imponenti fabbriche dove si costruiva energia partendo dal nulla, così io mi immagino fabbriche piene di signori vestiti di bianco che passavano il tempo a premere pulsanti. Tutto questo è molto misterioso perché oggi i posti degli atomi non sono più operativi e dentro ci sono soltanto vecchi signori che spiegano a noi bambini il funzionamento delle macchine. Anche i miei compagni di classe non capiscono. Infatti, dopo che il Grande Dismissore ha terminato il suo racconto sull'incidente del posto degli atomi, Giove ha alzato la mano per fare una domanda: «È dopo che l'operatore ignoto ha spinto il bottone che siamo diventati dèi?» «Sì», ha risposto il Grande Dismissore. C'è stato un po' di silenzio. Poi qualcuno ha fatto la domanda che secondo me tutti pensavamo. «Ma allora perché festeggiamo il 25 aprile?», ha detto Venere. Lui ci ha guardato a lungo prima di spiegarcelo, come se non riuscisse a ricordare bene la risposta. «Vedete bambini, in passato, quando la gente degli altri paesi veniva a visitare l'Italia e vedeva le rovine degli antichi romani, si domandava sempre com'è potuto accadere che una così grande civiltà sia stata spazzata via da un'orda di barbari selvaggi. E ancora più strabiliante ai loro occhi appariva il fatto che, a dispetto di tutto, siamo rifioriti. Ma è proprio in questa capacità che consiste la nostra essenza. L'Italia è un paese di rinascimenti e risorgimenti, la culla dei miracoli. Accadrà anche stavolta, perciò festeggiamo, perché dalle ceneri del 25 aprile rinasceremo come l'Araba Fenice. Sapete cos'è l'Araba Fenice, vero?» Nessuno ha detto niente. Poi ho alzato la mano e ho fatto anch'io una domanda. «Cos'è successo all'operatore ignoto? È morto nella centrale?» Gliel'ho chiesto perché è una cosa, questa, di cui i documentari in televisione non parlano mai. «No», ha detto il Grande Dismissore. «Lo hanno portato in un ospedale. Ma non appena l'hanno visto arrivare, i medici hanno alzato le braccia. Non c'era più nulla da curare. Non aveva più un corpo. Gli era rimasto soltanto un piccolissimo pezzo di pelle dietro la schiena. Allora l'hanno chiuso in una bara rivestita di lamine metalliche, l'hanno calato in una fossa e gli hanno messo sopra un metro e mezzo di lastroni di calcestruzzo foderati di piombo. Non passava mese senza che il papà andasse a trovarlo al cimitero dove l'avevano sepolto. Stava in piedi ore e ore davanti alla tomba e piangeva. Ogni tanto qualcuno gli passava accanto e diceva: «È stato tuo figlio a premere il pulsante. È stato il tuo figlio di puttana a far saltare tutto!» A questo punto la maestra ha detto: «Basta». Aveva la faccia parecchio scocciata. Ne aveva tutte le ragioni perché il discorso del Grande Dismissore era di tipo pessimista. E aveva persino detto una parolaccia. Così ci hanno condotto fuori dell'edificio a palla e siamo saliti sul pullman per tornare a Latina. Il cielo era diventato di quello strano colore che ha sempre il cielo poco prima della sera. È un colore di cui non conosco il nome. Non so dire se è bello o brutto perché è un colore che non somiglia a niente. Nelle foto del mondo di prima il cielo ha lo stesso colore di certi pannelli della sala manovra. Il colore celeste. Chissà se era davvero così, nel mondo di prima. Mi sa di no. Comunque io, un cielo celeste, non riesco proprio a immaginarlo. Poi mi è venuto da pensare a quegli strani animali che non ci sono più. I cavalli. Nel mondo di adesso sono rimasti solo gli insetti. Le mosche che ronzano, le vespe che pungono, i ragni che tessono e poi i più brutti di tutti, gli scarafaggi che si arrampicano sui muri. Dicono che sono rimaste anche le lucciole che fanno luce, io però non le ho viste e certe volte mi domando se prima era meglio, se sarei stata più felice in un mondo senza particolarità. Di sicuro non avrei dovuto fare tante operazioni perché tutti i buchi sarebbero andati al loro posto da soli. Però, magari mi sarei ammalata di malaria e finché non fossi morta di febbre mi sarebbe toccato andare a scuola con la coperta. Quando chiedo a mia mamma se prima era meglio, lei dice: «Ma che bambina pensierosa che sei». Poi mi dice pure di non pormi certe domande perché tanto ormai il mondo è come è e noi non possiamo farci niente. Mio papà, invece, pensa che non è sbagliato porsi domande. «È che non bisogna pretendere risposte a tutti i costi», mi ha detto carezzandomi sulla testa prima di andare a dormire. Quando sono salita in camera e mi sono messa a letto e mamma mi ha rimboccato le coperte e mi ha dato il bacio della buonanotte e ha spento la luce, io sono rimasta tutta sola e ho guardato il buio. L'ho guardato perché appena chiudevo gli occhi la testa mi si riempiva di un sacco di cose. Vedevo il posto degli atomi e il Grande Dismissore, vedevo i miei compagni di classe, Titone e tutti gli altri, e la maestra, e i cavalli che non ci sono più. Vedevo il cielo celeste. Celeste come i pannelli della sala manovra. Vedevo pure l'operatore ignoto. Non so come ho fatto a vederlo, perché a lui non l'ho mai conosciuto. Vedevo suo papà che piangeva al cimitero e le persone che gli passavano accanto e gli dicevano le parolacce perché suo figlio aveva spinto il bottone AZ5. E mentre vedevo tutte queste cose nel buio ho sentito il rumore del vento che soffia sempre la notte e fa tremare i vetri delle finestre, e allora ho ascoltato il vento e mi sono dimenticata di tutte le domande che ho sempre dentro. Chi se ne importa se ho dovuto fare le operazioni per mettere a posto i buchi. Mamma e papà mi vogliono bene, solo questo mi importa. A scuola sono diventata Aurora e chissà, magari da grande diventerò davvero la concubina di Titone e lui mi vorrà bene come me ne vogliono mamma e papà, anche se prima mi deve promettere che imparerà a baciare senza sputacchiarmi in bocca i suoi organi andati a male. Il vento che soffia nella notte fa sempre così, mi scaccia dalla mente i pensieri pessimisti. Mi piace, il vento, ho pensato mentre mi veniva sonno. Allora, siccome stavo per addormentarmi, ho recitato il cantico nazionale: «L'Italia è il paese che amo. Qui ho le mie radici, le mie speranze, i miei orizzonti».

CAPOBASTONE
di Valerio Evangelisti

Don Urbano Crollalanza, presidente della Camera, si rivolse ai parlamentari col suo accento strascicato, dalle vocali aperte e dalla *s* pronunciata come *sc*. «State calmi, colleghi. Serve unità, specie in questo momento. La gente è con noi, vuole riforme. Non è il momento di litigare». Applaudì solo il suo partito, Cosa Nostra. Dai banchi della Ndrangheta continuavano a levarsi insulti contro la Camorra. La Sacra Corona Unita si manteneva neutrale. Il gruppo parlamentare più piccolo, la Stridda, evitava di prendere posizione. Aspettava di vedere chi avrebbe vinto la contesa.

Si discuteva di federalismo. Cosa Nostra era l'unico partito centralizzato, con una Cupola che governava con mano ferrea le famiglie affiliate. Gli altri gruppi erano piuttosto federazioni con una personalità autorevole alla testa, capaci di governare in sede locale. Ora pretendevano di imporre il loro schema organizzativo all'Italia intera. Don Crollalanza non l'avrebbe mai permesso.

«Onorevoli colleghi!», gridò, agitando il campanellino.

Attese che fosse tornato un attimo di calma e proseguì: «Il nostro paese non è mai andato così bene. L'economia tira, il PIL è alle stelle, la pace sociale è garantita per decenni. L'Unione Europea ci ha accolti come fratelli. Perché non riusciamo a trovare un accordo?»

Sudava. Vito Pizzuto, il suo capobastone, tolse di tasca il fazzolettino e gli terse le goccioline dalla fronte. «Calmatevi, don Urbano», gli sussurrò. Parlare dando del «voi» era obbligatorio ormai da tre anni. «Vedrete, si arriverà a un compromesso. Bisogna solo rendere chiaro che Cosa Nostra è il partito più forte. Le risse tra Ndrangheta e Camorra finiranno per placarsi, se c'è un padrone».

Crollalanza si lasciò asciugare, ma sbuffò: «Padrone di cosa? La Ndrangheta è più ricca di me. La Camorra dice che io sono un contadino, indegno della carica. Che vivo tra pecore e maiali».

«Lasciateli cianciare, don Urbano. Quelli hanno il sangue caldo. Solo chi agisce quietamente, in silenzio, ha in mano il futuro, e il consenso degli elettori».

«Il consenso? Che minchia me ne fotte del consenso?»

«Dovrebbe interessarvi, invece». Vito trasse di tasca un foglietto. «Le ultime statistiche dicono che il governo ha l'appoggio di quasi il 70% degli italiani. L'opposizione, la Stridda, è al lumicino e tra breve non riuscirà nemmeno a superare la soglia di sbarramento. Cosa Nostra, nella maggioranza, rimane di gran lunga il partito più forte».

«Sì, ma per quanto tempo, se quei figli di puttana di calabresi e di napoletani litigano tutto il tempo e cercano di fregarci la poltrona?»

Vito strizzò l'occhio. «Lasciate che si azzannino, don Urbano. La storia ci dice che, alla fin fine, sono sempre i siciliani a prevalere. Perché si agitano poco e lavorano molto».

Quel pomeriggio Vito Pizzuto partecipò a una trasmissione televisiva sulla nascita della Terza Repubblica. «È merito di Cosa Nostra», disse Vito in una fase calda del dibattito, «se oggi ogni italiano paga il proprio tributo allo Stato. Il pizzo lo abbiamo inventato noi».

«Balle», replicò furioso Michele Capuozzo, che pure apparteneva alla compagine governativa. In rappresentanza della Camorra era stato anche ministro all'Edilizia, prima dell'ultimo rimpasto. «Il pizzo era in vigore a Napoli quando ancora non era nato il padre di tuo padre di tuo padre. E certo prima che fosse nata quella gran mignotta di tua madre».

Vito scattò. «Bada, cornuto, che di qui a qualche giorno potrei venire al tuo funerale, e pisciare sulla tua bara!»

«Non credere di intimidirmi, guaglio'!» Capuozzo si lisciò la cravatta. «Ti posso scannare come tu scanni le pecore tra cui campi, e che monti ogni notte».

Dalla sua sedia a rotelle, il decrepito moderatore smise di sfregarsi le mani e di sorridere, come faceva per abitudine ormai da quarant'anni. «Onorevoli! Vi prego di contenervi! La Seconda Repubblica è tramontata, il linguaggio della ex Lega nessuno lo rimpiange». Tirò su col naso. Appena tornò una parvenza di calma proseguì: «Siete qua per esporre i vantaggi del nuovo sistema politico. Su un dato concordate, e concorda anche la Stridda. Il sistema del pizzo, chiunque lo abbia inventato, ha abolito la tirannia dell'imposizione diretta e la vergogna dell'evasione fiscale. Oggi pagano tutti, se hanno un'attività commerciale o industriale. Ci sono altri benefici, collegati al nuovo assetto politico?»

«Certo che ci sono!», rispose impetuosamente Vito Pizzuto, già immemore del battibecco con Capuozzo. Si erano incontrati, qualche anno prima, sull'*Isola dei Famosi*, e il rapporto era stato buono. L'*Isola* era una specie di passaggio obbligato per la politica. Chi vi partecipava favoriva l'immedesimazione del pubblico, e ciò significava voti. Prima «televoti», poi voti «normali». «Un tempo la casta dei sindacalisti poteva bloccare lavoro e produzione in tutta Italia, quando lo voleva. Oggi, con il passaggio alla contrattazione individuale e al sindacato unico e obbligatorio, ciò non può più accadere».

«È vero», assentì Capuozzo, rabbonito. «Il lavoratore ha un rappresentante naturale, che è il suo caporale. L'unico che può valutare il merito di chi assume, e dunque il solo in grado di stringere accordi nell'interesse di tutti. La Confederazione Generale dei Caporali ha fornito all'imprenditoria un interlocutore affidabile».

Vito Pizzuto schioccò le labbra. «Il merito. È questo il segreto che ha reso la Terza Repubblica così prospera. Indietro non si può tornare. I facinorosi si rassegnino».

«E si guardino attorno quando tornano a casa», conclude Capuozzo con un sogghigno.

Il pubblico rise e applaudì. Il conduttore si sfregò le mani, nel gesto che gli aveva garantito decenni di popolarità.

Quando uscì in strada, l'euforia di Vito Pizzuto svanì. Era ormai sera, qualche luce si stava accendendo e illuminava i cumuli di rifiuti accatastati sul bordo dei marciapiedi. Torme di topi entravano e uscivano dalle fognature, troppo interessati all'immondizia per curarsi di un umano di passaggio. Nell'aria gravava la consueta nube, caliginosa e puzzolente, prodotta dalle sostanze inquinanti. Sembrava voler piovere. Pioveva ogni notte, e l'acqua oleosa, invece di lavare, imbrattava.

Il cruccio di Vito era di non essere ancora diventato, dopo decenni di diligente servizio, «don Vito». L'incarico di capobastone era onorevole e ben pagato, e tuttavia corrispondeva a mansioni assortite, in una gamma che andava dal cameriere al sicario. Vito aveva contato su un rapido decesso dell'ormai decrepito don Crollalanza, il suo capo, per prenderne il posto. Godeva della simpatia esplicita del presidente del Consiglio, don Costantino Stuorto, camorrista ma gradito da tutte le mafie, e anche del presidente della Repubblica, Calogero Alfano, l'ultracentenario cieco e sordomuto che firmava ogni foglio gli venisse sottoposto. Ma Crollalanza non moriva, e la carriera di Vito non avanzava.

L'appuntamento che aveva in un bar di corso Buenos Aires, quasi all'angolo con via Vitruvio, era stato combinato nella speranza di aprire la strada ad altre forme di scalata al potere. Le arterie della capitale, in quel momento, erano poco frequentate. Miasmi malefici si levavano dai tombini e, trasportati da refoli di vento, si addossavano attorno al mastodontico edificio della vicina Stazione Centrale. Attorno ai tavolini rotondi, all'aperto, non sostava nessuno, a parte un tizio che portava occhiali scuri, malgrado fossero le ventidue passate.

«Buonasera», disse Vito, mentre prendeva posto.

«Bacio le mani, onorevole», rispose l'altro. La frase era siciliana, però pronunciata con puro accento meneghino. Era da un pezzo che il partito della Ndrangheta aveva insediato a Milano le proprie sezioni, le Ndrine.

Per un poco i due si guardarono senza una parola. Per Vito c'era poco da vedere. Capelli tirati indietro, viso largo, basette folte, baffi tenuti sotto controllo. L'altro si era probabilmente aspettato un interlocutore più convenzionale, senza piercing e tatuaggi. Il capobastone di don Crollalanza aveva di normale solo giacca, camicia e cravatta. Per il resto somigliava a un punkabbestia civilizzato, senza cani al seguito.

La pausa di silenzio fu interrotta dal cameriere, anziano e zoppicante. «Cosa porto a lorsignori?»

«Negroni», disse l'uomo della Ndrangheta.

«Negroni sbagliato», gli fece eco Vito Pizzuto.

L'arrivo della più milanese delle bevande diede la stura ai discorsi.

Fu Vito a esordire. «Se non erro siete il capo della polizia, qui nella capitale».

«Di più», rispose l'uomo dagli occhiali scuri. «Sono il prefetto. È una carica che spetta da sempre alla Ndrangheta».

«Non contesto questo diritto. Il mio problema è un altro».

Vito offrì all'ospite una sigaretta e, al suo diniego, l'accese per sé. «Chissà quante indagini avrete in corso».

«Pochissime, in realtà. La microcriminalità è quasi sparita. Stiamo anzi vendendo le carceri agli istituti per l'edilizia popolare. Che farcene di edifici mastodontici che ospitano cinque o sei detenuti?»

Vito spalancò gli occhi. «Perché, mettete ancora qualcuno in prigione? Pensavo che il colpo alla nuca o la gambizzazione avessero reso superflua quell'usanza barbara».

«Imprigioniamo solo quelli che intendiamo torturare», replicò il prefetto con un'alzata di spalle. «Non possiamo farlo per strada».

«L'Unione Europea potrebbe avere qualcosa da obiettare».

«Oh, quelli! Gli Stati Uniti hanno torturato per anni, e la Ue non ha mai avuto niente da dire. Figuriamoci se si interessano a quanto avviene in Italia».

I due si fissarono, poi scoppiarono a ridere entrambi.

In quel momento era tornato l'anziano cameriere, carico

di un vassoio. «Offre la ditta», disse. Mentre posava altri due Negroni sul tavolino, la giacca gli si sollevò e mostrò, infilata nella cintura, una Beretta calibro 9.

Vito sorrise. «Molti furti, da queste parti?»

Il cameriere ridacchiò. «Mica tanti, signore. Però, se capita un ladro, io sono pronto. Ne ho già ammazzati due. Punto al terzo, così avrò la medaglia del Municipio».

«Un buon sistema per ripulire le strade, non è vero?» Vito strizzò un occhio.

«Non siamo mai stati così bene, signore. Mai avuto un governo tanto interessato al benessere dei cittadini». Posato il cocktail, il cameriere si raddrizzò. Non se ne andò subito. «Posso farle una domanda, signore?»

«Farvi. Ora si dice "farvi"».

«Oh, scusate. Mi chiedevo se voi non foste don Vito Pizzuto, quello dell'*Isola dei Famosi*».

«Avete indovinato, amico mio. Però non chiamatemi "don", non mi spetta».

«E il signore che è con voi è il prefetto Ciccio Mangano, non è vero? Il nipote di...»

«Proprio lui».

A quel punto il cameriere si inchinò. «Non abbiamo sbagliato, nell'offrirvi da bere. È un onore avervi qui, signori. Il proprietario di questo bar vota Camorra, ma io ho sempre votato Ndrangheta o Cosa Nostra. Non immaginate la mia gratitudine per tutto quello che...»

«Bravo», lo interruppe il prefetto, spazientito. «Di' al tuo padrone che è un coglione, e adesso vedi di toglierti dalle scatole, se non vuoi che ti prenda a calci in culo».

«Certo, signore! Subito, signore!»

Il cameriere corse verso l'ingresso del bar, felice come una pasqua.

Vito inghiottì un sorso e domandò: «Prefetto Mangano, torniamo alla questione iniziale. Le vostre indagini. Suppongo che qualcuna tocchi alti papaveri, non è vero?»

«Può darsi». Mangano bevve a sua volta, e si asciugò baffi e labbra con un tovagliolino. «Nei limiti che ci consente la legge. Sapete come me che ci è proibito indagare su chi ci governa, dalle più alte cariche fino a Ndrine e cosche. Sono proibite anche le intercettazioni telefoniche».

«D'accordo. Però scommetto che, in qualche indagine minore, avete trovato fili che arrivano in alto».

Mangano sospirò e si tolse gli occhiali. Aveva pupille tanto azzurre da sembrare glauche. Contrastanti con la carnagione e il pelo scurissimi. «Forse». Si sporse sul tavolino. «Onorevole, non mi prendete per fesso. Chi volete eliminare, e perché?»

Vito gettò lontano la prima sigaretta e ne accese una seconda. Si appoggiò allo schienale della poltroncina. «Don Urbano Crollalanza», mormorò.

Mangano annuì. «Ora ditemi il perché. Sinceramente. Spero abbiate buone ragioni».

«Voglio prendere il suo posto. Presiedere la Camera».

«La motivazione è ottima, ma la mia obiezione è naturale. Io quale vantaggio ne trarrei?»

«Don Urbano è di Cosa Nostra, il partito più importante».

«Anche voi, onorevole, siete di Cosa Nostra».

«Posso sempre uscirne, signor prefetto, e portarmi dietro un bel po' di parlamentari. Sono in parecchi, tra i miei, a simpatizzare per la Ndrangheta. Tutti i milanesi, per esempio. Siete stati voi a fare di Milano la capitale».

Mangano si ritrasse e giocherellò con il suo bicchiere. Fissò una prostituta di qualche contrada est-europea che, inerpicata su zoccoli di altezza assurda, passava sculettando.

L'adescamento per strada era rigorosamente proibito, dato il fervore religioso della Terza Repubblica, ma non era vietato camminare con indifferenza, fino a trascinare un automobilista al proprio appartamento. L'importante era che ogni prostituta pagasse regolarmente il pappone designato dalla Regione. Anche su quel lato l'evasione era sconfitta.

Dopo una pausa interminabile, il prefetto disse: «Si può fare, onorevole, ma pretendo garanzie».

«Le avrete».

«Almeno metà del gruppo parlamentare di Cosa Nostra deve transitare nella Ndrangheta».

Vito ebbe un attimo di perplessità. «Onestamente, tante adesioni non posso assicurarvele. Sono certo solo di un buon numero di passaggi da un partito all'altro da parte delle cosche del nord».

Mangano aggrottò le sopracciglia, che aveva foltissime. «Sapete cosa rischiate, se il risultato non sarà pari alla promessa».

«Lo so».

«Allora diamoci la mano».

I due si alzarono per una forte stretta. Le dita di entrambi erano grasse e sudaticce. Si fece sulla soglia il cameriere.

«Signori, il padrone vi offre anche i primi Negroni, oltre ai secondi. Non mi dovete niente».

«La mancia sì». Ciccio Mangano, indossati di nuovo gli occhiali scuri, mise sul tavolo una quantità di euro largamente superiore al prezzo delle consumazioni. «Ricordati però di dire al tuo capo che, se seguita a votare Camorra, non fa il suo interesse».

«Già riferito, signore».

Vito non udì la frase, perché Mangano lo aveva trascinato via, sottobraccio. Il prefetto gli bisbigliò all'orecchio: «Vi chiamerò io, appena avrò un piano». Poi, a voce più alta: «Venite al bordello con me? Un posto regolare, a compartecipazione municipale». «Stasera non posso. Domattina devo alzarmi presto». «Allora buonanotte, onorevole. Dirò meglio: "don Vito"». «Buonanotte».

Il mattino seguente, verso le otto, Vito Pizzuto accompagnava alle scuole elementari «Bernardo Provenzano» le sue due bambine. Le salutò con un bacio e le lasciò sfarfallare verso gli altri alunni, poco distinguibili perché abbigliati tutti quanti in tutina viola, con nastrone blu che serrava un colletto bianco, ricamato. Gli scolari, visti assieme, somigliavano a un piccolo esercito.

La «Bernardo Provenzano» non godeva della stessa notorietà della «Totò Riina», frequentata dalla danarosa élite meneghina, però era, per qualità di insegnamento, largamente superiore alla «Michele Greco» o alla «Joseph Bonanno / Joe Bananas». Quei nomi, un tempo, erano stati tabù. Poi, via via che il popolo italiano votava parlamentari legati alla ex «malavita», per via di comuni interessi egoistici, erano stati «sdoganati» (un neologismo alla moda). Si era infine compreso che «malavita» non era altro che una «vita» più libera, e meglio disciplinata negli aspetti esteriori. Accettato il postulato, non c'era stato più freno alle riabilitazioni.

La «Bernardo Provenzano» era stata la prima scuola ad adottare testi di storia dalle pagine completamente bianche. Il revisionismo della Seconda Repubblica aveva avuto gli effetti auspicati. Fascismo e antifascismo equiparati, ebrei e nazisti con lo stesso peso sulla bilancia, inquisitori ed eretici sul medesimo piano, giacobini e aristocratici caricati di identiche colpe, avevano fornito il risultato auspicato: $+1-1=0$.

L'azzeramento della storia. La materia restava nei programmi scolastici, ma da studiare non c'era nulla. I libri in bianco avevano anticipato un trionfo scontato. Oltre l'esistente non c'era mai stato nulla, e nient'altro sarebbe apparso all'orizzonte in futuro.

«Che lezione avete avuto oggi?», aveva chiesto in macchina Vito a Concetta, la figlia maggiore. Otto anni, mentre Annunziata ne aveva sette.

«Educazione civica», aveva risposto Concetta. «La maestra ci ha parlato della Costituzione, ispirata dai comunisti».

«Ci ha detto che sono tutte balle», aveva aggiunto Annunziata.

Vito aveva annuito. «È vero, ma chi se ne frega? Una Costituzione c'è, ma basta infischiarsene. Ve lo ha detto la maestra?»

«Sì, lo ha detto!» Concetta era tutta giuliva.

«È davvero una brava donna, e una brava insegnante». Proseguì: «Vi avrà raccontato, spero, che siamo usciti dal fascismo grazie a Cosa Nostra, che ha facilitato lo sbarco degli alleati in Sicilia».

«Certo», aveva risposto Annunziata.

«E che quella è stata l'unica, vera resistenza. I sedicenti partigiani erano canaglie e torturatori al servizio della Russia comunista. Fuggiti sui monti per sottrarsi ai doveri militari. Spesso ebrei al comando di contadini ignoranti».

«Ha usato all'incirca le stesse parole».

«Ottima maestra», ripeté Vito, curvo sul volante. Il traffico, a nord di Milano, era tumultuoso. Lo smog impediva di vedere bene.

La Mercedes di Vito fece un percorso complicato per evitare la larga *favela* denominata Legge 30, in cui abitavano i Precari, la casta più bassa della società. Gli unici insoddisfatti da un sistema che funzionava a meraviglia. Peraltro non erano abbandonati a se stessi. Bastava che si rivolgessero, con la dovuta umiltà, alla Ndrina, alla cosca o alla famiglia giusta per ottenere un'elemosina o un lavoro temporaneo.

Il capobastone lasciò l'auto davanti al residence in cui abitava, presidiato da guardie armate, e si incamminò a piedi verso il Castello Sforzesco, attuale sede del parlamento. Dalla terrazza dell'abitazione fu salutato da una domestica di colore, slanciata e attraente, liberata a suon di euro da un CPT. Sua moglie era morta quattro anni prima, strangolata da lui. Il ripristino del delitto d'onore e la depenalizzazione dei crimini conseguenti rendevano obbligatoria l'assoluzione. In precedenza aveva ucciso altre due mogli (se ne ricordava appena), e la giustizia non lo aveva molestato.

Al Castello lasciò la solita mancia ai sorveglianti, che lo salutarono con la consueta deferenza. «Benvenuto, don Vito!»

Quel «don», illegittimo, lo infastidì. Attraversò il cortile con la fronte aggrottata.

Milano stava dando il peggio di sé. Nuvoloni che correvano, un'alternanza di pioggia e di maltempo incombente, portatore di uragani. I soliti miasmi caliginosi sospesi fra terra e cielo. Quando Vito mise piede in aula, era un rappresentante della Stridda che stava parlando, in un dialetto inteso da pochi. Vito catturò per un braccio un interprete e lo obbligò a tradurre.

«Amici», diceva Arcangelo Mancuso, che della Stridda era il leader indiscusso, «voi ci state portando alla rovina. Le tangenti sono ripartite in maniera iniqua, gli appalti vanno sempre e solo agli amici della maggioranza. Prendiamo la ricostruzione del ponte sullo stretto di Messina, che è già crollato due volte. Mio zio Luigi, che ha una ditta appalta-trice...»

Era tipico della Stridda, pensò Vito, partire dai grandi problemi per poi cadere in meschine beghe familiari. Non avevano nessuna strategia. Era l'unico elemento che distinguesse il piccolo partito dalla maggioranza, di cui condivideva in pieno i capisaldi ideologici.

Annoiato, Vito congedò l'interprete e raggiunse lo scranno accanto a quello di don Urbano. Il presidente della Camera dormiva, russando sonoramente. Davanti aveva un vassoio di cannoli. Il capobastone ne prese uno e lo masticò. Delizioso.

Lanciò un'occhiata al vecchio. Sarebbe mai riuscito a liberarsene? Aveva fiducia nel prefetto Mangano e nella Ndrangheta, però, quando Crollalanza dormiva così, suggeriva un'inquietante idea di immortalità.

La resa dei conti orchestrata da Mangano contro don Urbano giunse un mese dopo. A sorpresa l'attacco fu sferrato non dalla Ndrangheta, bensì dalla Camorra. La Commissione Rifiuti era, fin dall'inizio della Terza Repubblica, nelle mani dei camorristi, e produceva una relazione annuale cui nessuno faceva caso. Riguardava, di solito, la differenziazione dei detriti inquinanti dai liquami tossici: i primi utili per l'edilizia popolare, i secondi da disperdere nelle campagne attorno alle grandi città. C'erano annosi contrasti riguardanti la discarica di Pompei, dichiarata zona di rilevanza strategica e presidiata dall'esercito regolare e dalla milizia casalese. Però si trattava di un problema che non mobilitava capitali ingenti. L'interesse per la questione era scarsissimo.

Anche quell'anno la relazione del commissario ai Rifiuti, don Mimmo Zagaglia, iniziò in sordina, tra la noia generale. Poi, d'improvviso, ecco un passaggio che nessuno si attendeva di udire:

«...Ora prego qualcuno di svegliare don Urbano, che mi pare addormentato. È giunta alla Commissione copia di un'inchiesta partita da Milano, che a noi pare allarmante. Qualcuno sta mettendo le mani sulla discarica di Pompei, e cerca di trasferirne i materiali nella Valle dei Templi di Agrigento, per terminare la costruzione dell'Hotel del Tempio e completare le colonne spezzate che ornano la hall. Io non oso avanzare sospetti, ma tutti sanno chi è il proprietario dell'hotel. Michele Crollalanza, fratello di don Urbano».

L'aula vociferò, tanto che il chiamato in causa si destò di soprassalto. «Che c'è? Cosa succede?», chiese smarrito.

Si trovò di fronte il dito puntato di Mimmo Zagaglia. «Bentornato tra noi, don Urbano!», disse il camorrista con ironia. «La vostra ostilità al federalismo è finalmente spiegata. Si rubano rifiuti altrui, si danneggiano altre famiglie, si toglie il pane a chi lavora per il bene del paese». Agitò un foglio. «È vostra o non è vostra, don Urbano, la firma sotto questa ordinanza? Si intitola *Trasferimento di liquami e immondizia varia da Pompei ad Agrigento*».

«Quale firma dici? Di che minchia parli?»

Vito capì che era il momento di agire. Afferrò il microfono. «Sì, posso confermarlo. La firma è la sua».

Quando don Urbano Crollalanza, tradotto in carcere per essere interrogato, morì sotto le torture, il presidente del Consiglio, don Costantino Stuorto, convocò Vito Pizzuto nell'ex Teatro della Scala, che gli serviva da ufficio. Stuorto si carezzava il ventre prominente, debordante dai pantaloni: segno certo che era di ottimo umore.

«Bel lavoro, onorevole Pizzuto», disse il presidente. «Grazie alle vostre rivelazioni abbiamo potuto salvare la discarica di Pompei e dare concretezza al progetto federalista, che qualcuno sabotava».

«Vi sono grato per queste parole, don Costantino».

«Era inevitabile che si aprisse una crisi istituzionale. Camorra contro Cosa Nostra. La spaccatura di sempre. Per sanare il contrasto, la presidenza della Camera non può che andare alla Ndrangheta».

Vito aveva aderito alla Ndrangheta ancor prima del decesso di don Urbano. Fu travolto dalla soddisfazione. «Grazie mille, presidente!»

«Di nulla. Per la carica ho pensato a un uomo equilibrato, stimato da tutti, di grande esperienza e di merito indiscutibile. L'ex prefetto di Milano, Ciccio Mangano. Ora "don" Ciccio. Che ne dite?»

Vito dovette deglutire ripetutamente. Non gli venivano le parole. Infine mormorò con voce impastata: «Ottima scelta».

«Sì, è vero». Costantino Stuorto si alzò. «È inutile che vi dica che sarete il suo capobastone. Lo servirete fedelmente come avete servito don Crollalanza, finché si è mantenuto onesto».

«Non dubitate», bisbigliò Vito.

Mentre stringeva la mano del presidente, in cuor suo pensava che, per vendicare quell'umiliazione, aveva un solo modo. Passare all'opposizione. Alla Stridda.

Fu una scelta felice. Meno di un mese dopo, Ciccio Mangano cadeva ucciso da una ventina di proiettili. Il successore era uno solo. Costantino Stuorto lo celebrò alzandogli il braccio, davanti alle Camere riunite.

«Ecco a voi il nuovo capo del Parlamento. Don Vito Pizzuto, un uomo che tutti conosciamo. Le elezioni hanno visto trionfare un partito giovane e dinamico, la Stridda. Ed è un presidente giovane che noi avremo. È un paese intero che lo reclama». Stuorto si asciugò una lacrima. «A lui la parola». Grondarono gli applausi. Dalle finestre spalancate giungevano gli urrà della Stridda, che aveva mobilitato, volenti o nolenti, masse di milanesi.

Vito si asciugò il sudore, deglutì e disse: «Onorevoli colleghi, non sono qui per rappresentare una sola tendenza. Il nostro paese richiede unità. Abbiamo tanti problemi, dalla mafia russa, che preme alle frontiere, alle Triadi cinesi. C'è inoltre chi ci critica chiamandoci criminali. Semmai siamo solo, un poco, disinvolti. Dove sta il problema? La gente è con noi, la Chiesa è con noi. Abbiamo occupato un voto alla volta l'intero sistema delle istituzioni. I sondaggi sono a nostro favore. Cosa aspettiamo per unirci? Mafia, Camorra, Ndrangheta, Sacra Corona Unita, Stridda non sono la vergogna d'Italia. Sono l'Italia!»

Gli applausi, fragorosi, coprirono il clamore delle manifestazioni di piazza. Fuori, esprimevano il consenso a decine di migliaia. Nessuno notò l'uomo che scivolava sotto l'auto di don Vito per incollare alle balestre una carica di esplosivo. Erano previsti fuochi artificiali. Lo scoppio si sarebbe confuso nello spettacolo.

IL BOTTO
di Ascanio Celestini

1. Marinella, ho risposto

Lavoro nel settore del controllo.

Tutti hanno bisogno del nostro servizio. Trent'anni fa, quando ha incominciato mio padre, servivamo banche e assicurazioni, uffici postali e case private, pelliccerie e gioiellerie. Ma poi c'è voluto poco tempo per riempire anche le frutterie e i forni del pane. Bastava leggere sul giornale che un rumeno aveva sparato a un tabaccaio che ci chiamavano in cento. Bastava anche che un tabaccaio aveva bastonato un rumeno, un rumeno che aveva provato a rapinarlo con un taglierino, e ci venivano a cercare per montargli un occhio digitale all'angolo del soffitto. Un obiettivo puntato tra la cassa e la porta d'ingresso. Un po' sfocato sul fondo, con la sovraesposizione della luce che entrava dalla porta a vetri. Un'immagine sporca che ogni trentasei ore veniva cancellata per legge.

Entra una signora col pellicciotto sintetico e compra un pacchetto di sigarette fine fine al mentolo. Paga, prende il resto e se ne va. Poi arriva il ragazzino che chiede le figurine e una scheda telefonica. Poi il vecchio col mezzo sigaro. Poi vendi le cartine lunghe, quelle corte con un pacchetto di filtri. Un viavai di gente diversa che manco ti parla. All'inizio il tabaccaio diceva «buongiorno» e «arrivederci», ma poi pure lui si è abituato a starsene zitto. Neanche io mi ci appassionavo troppo. Ma poi ecco una giovane mora che si compra il pacchetto da dieci. Sembra una studentessa. Prende quello piccolo perché non c'ha i soldi per comprarsene uno da venti. È una che mette da parte i soldi servendo ai tavoli in birreria con la maglietta attillata e la minigonna d'ordinanza. L'ho già vista in altre riprese. Vive nel quartiere e passa sotto a un sacco di videocamere. Anche nel locale dove lavora ce ne sono. Non è un'equilibrista come quei camerieri esperti che portano via pile di piatti e di bicchieri per sgombrare in fretta i tavolini. Questa deve solo sorridere, prendere l'ordinazione e andarla a infilare in un chiodo puntato nel muro della cucina. Quattro birre medie, una crêpe alla nutella, tre panini speck e rucola con salse. Il cuoco figlio del proprietario è un ex studente mai laureato, scalda pagnottelle secche sulla piastra e poi infila salsicce e broccoletti, col mestolo cola una brodaglia gialla che a contatto col calore si solidifica, la gira, ci mette un cucchiaio di cioccolata e la richiude lanciandola nel piatto. Pesca lo speck da un secchio e la rucola da un altro, strizza due barattoli con liquidi multicolore mentre l'hamburger fa la crosta. Ora è pronto per ricevere la sua dose di formaggio che scivola tra due fette di pane all'olio. Una pizza precotta esce dal microonde, il salamino piccante s'è accartocciato, ci passa sopra un dito d'olio di semi e una spruzzata di formaggio grattugiato, altra infornata di un minuto e anche questa è pronta per andare in tavola.

Quella studentessa-cameriera in minigonna, «Come si potrebbe chiamare?», mi sono chiesto appena l'ho vista nella registrazione, e non me la sono più dimenticata. L'ho seguita nelle altre registrazioni, mentre torna dal tabaccaio, mentre passa per la banca, e mi è venuta l'idea di andarmela a cercare in tutti gli altri filmati. L'ho trovata al supermercato e anche alla posta. Vestita diversa, ma sempre con una minigonna e la giacca corta. Anche d'inverno porta quella gonna. Magari non sempre la stessa. Magari di colori diversi. Nel video non si capisce il tessuto. Magari ce n'ha di lana e di cotone o chissà quale altro materiale. Se fa freddo indossa le calze, sennò i calzini corti da ragazzina. Quanti anni avrà? Venti, forse. Ma potrebbe averne anche trenta portati bene. Forse anche qualcosa di più. Dal video si capisce poco.

Poi ci hanno chiesto di aumentare le telecamere nella birreria. Ce n'erano tre. Una all'entrata, una sulla cassa e l'ultima in sala. Siamo arrivati a dieci. Ce ne stanno due anche al cesso dei maschi e delle femmine e una in quello della servitù. Ogni due giorni ci arrivavano le registrazioni e me la sono andata a cercare. Lei che apre la serranda e mette a posto i tavoli, lei che si cambia e saluta il cuoco ex studente, lei che apparecchia per i clienti e prende le ordinazioni, lei che porta i panini e la pizza precotta, i clienti che si guardano in faccia e ridono mentre si allontana con la comanda di un'altra birra. E poi lei che rimette a posto il locale prima che si svuoti del tutto. Gli ultimi clienti escono, restano a cazzeggiare in strada, la salutano, lei saluta e se ne va.

L'ho cercata in banca, dal meccanico e al discount dell'elettrodomestico. Mi sono ritagliato i frammenti in cui deposita i risparmi, ritira un pacco e paga le bollette, parcheggia l'utilitaria sfondata dall'incidente nel parcheggio dell'officina, compra un barile di birra e un litro di latte a lunga conservazione. Ho fatto un montaggio e l'ho fatto vedere al mio collega. C'ho messo una musica. Una cosa che mi sono scaricato dalla rete. Nessuna velleità registica. Non è cinema, né un videogioco. Non è quella roba che si vede in televisione dove un mucchio di deficienti si fanno chiudere dentro a una casa, vengono eliminati uno dopo l'altro e l'ultimo vince i soldi. È solo la vita di una donna. Qualche giorno della sua vita.

«Come si chiama?», ha chiesto.

'Sto collega avrà pensato che era un'amica mia, una fidanzata che controllo o mia sorella. Invece era solo una con la minigonna. Una che lavora in birreria e porta a riparare la macchina. Una che se ne va al supermercato. E io non lo sapevo come si chiamava.

«Marinella», ho risposto.

2. La spiaggia di Ostia, trent'anni fa

Mio padre si guarda le fotografie.

Mi dice: «Vieni a vedere com'eri da ragazzino. Guarda com'ero da giovane. Guarda la spiaggia, la trattoria dove andavamo sempre, guarda tua madre e tua nonna sedute a mangiare». Io non ci riesco a vedere quella gente imbalsamata. Mi viene da scuotere la foto per far muovere i personaggi che ci stanno dentro. Penso che se sbatto forte su quel pezzo di carta colorata si mette in movimento qualcosa. Prendo mio padre fotografato sulla spiaggia di Ostia trent'anni fa e agito l'immagine lucida per farlo saltellare, per alzare un po' di sabbia, sgocciolare mezzo litro di mare. Ma le fotografie sono impassibili. Come facevano ad appassionarsi tanto a questa robba inutile? Proprio gli uomini e le donne del Novecento che si sono inventati il cinema hanno continuato a farsi le fotografie. Alla fine del secolo hanno incominciato anche col telefono. Fotografavano tutto. I funerali dei papi, gli attentati in diretta, gli attori famosi e le pornostar. Mio padre sorride: «Questa è la spiaggia di Ostia. Ci andavamo a mangiare la domenica. Guarda che spigola che c'ho nel piatto!» «Prova a scuoterla», dico, «tira fuori 'sto pesce che ce lo mangiamo a pranzo». Ma la spigola resta lì. Nel suo acquario perenne fatto di carta e colori. Mio padre ci portava al mare e faceva un sacco di fotografie. Ci mettevamo a tavola e continuava: «Così ci ricordiamo pure de 'sta bella mangiata», diceva. Ma a che serve ricordare? Che ci faccio co' 'sta foto? A che serve fotografare un'impepata di cozze per mummificarla come un faraone egiziano?

Le foto mi fanno impressione.

Meno male che non le fa più nessuno. Quando mio padre mi fa vedere le persone nelle foto mi sembrano tutte morte. Morte con gli occhi aperti che non puoi manco chiuderglieli pietosamente. Morte in piedi vicino al pattino col bagnino morto che lo spinge in acqua. Morti i genitori e i figli col pallone sotto il braccio e il gelato in mano. Morti i gabbiani inchiodati immobili nel cielo. Un cielo funebre col sole morto che non va più da nessuna parte. «Non farmi vedere 'sta robba che mi fa impressione», dico, «porta pure un po' sfiga».

Il film è l'unica invenzione decente del millennio passato. Al cinema succede il contrario. Al cinema non esiste la morte. Prendi Leonardo DiCaprio sul Titanic insieme a quella bionda che stava con lui. Ma prendi lui soprattutto. Pure se adesso è un vecchio, appena ti guardi il film ritorna un ragazzino. Pure se quello è un film di gente che muore. La grandezza del cinema è che pure quando parla di morte è pieno di gente che salta e balla e pure se la scena successiva finisce sotto al ghiaccio del Polo puoi sempre mandare indietro e tornare alla scena del balletto. Pure quel Totò che piaceva tanto a mio nonno funziona così. Adesso il nonno è morto come Totò, ma l'attore napoletano torna sempre a zompettare in televisione ogni volta che mio padre si riguarda un vecchio film.

Il cinema è grandioso. Nel secolo scorso pensavano che fosse un'arte, invece si tratta di un'altra cosa. È la vita che sconfigge la morte in eterno. Non significa niente inventarsi una bella storia e metterci una bella fica a fare la scema per arrapare la gente, non serve manco essere comici o commoventi. Serve aprire l'occhio cinematografico sulla cosa che accade. Basta anche una ragazza in minigonna che serve un panino con la maionese. Poi quella donna andrà in Olanda a coltivare tulipani, in Sudamerica a masticare foglie di coca o a farsi mettere sotto da un camion sul Raccordo Anulare, ma resterà per sempre Marinella in minigonna che porge un panino. Un eterno panino che non ammuffisce.

«Tutto diventa cinema appena lo riprendi e te lo riguardi», dico a mio padre mentre lo inquadro con la videocamera. «Se sei vivo adesso, sarai vivo per sempre». Poi mi riprendo anche io vicino a lui seduto sul divano. Il cinema bisogna puntarselo addosso per ammazzare la morte.

Mio padre sorride e torna a guardarsi Totò mentre si stringe in mano l'album con le foto. Glielo prendo e gli mostro la mia fotografia sulla spiaggia di Ostia e dico: «Papà, quel Totò è più vivo di me». Scuoto la fotografia eppure non mi muovo. «Non farmela vedere più questa immagine», dico. Vado davanti allo specchio e mi vedo alzare e abbassare un braccio, muovere la testa a destra e sinistra. Che c'entro io con quel ragazzino in costume da bagno?

Non sono io quel bambino morto sulla spiaggia di Ostia, trent'anni fa.

3. Si chiama Casoria Roberto

Il mio socio ci crede.

Da quando gli ho fatto vedere il montaggio abbiamo incominciato a parlare di quella donna con la minigonna. Da quel momento la chiamiamo Marinella. E lui adesso ci crede che possiamo farci un sacco di soldi. «Proviamo a contattare 'sta Marinella», mi dice, «e vendiamola a lei». Gli ho risposto che è meglio fare le cose per bene, mettere su un'agenzia che abbia un aspetto serio, meglio se è un ufficio del centro. Dobbiamo mostrare che non abbiamo bisogno di insistere troppo con la gente, che è la gente stessa a venirci a cercare. Mettiamo l'annuncio in rete, niente pubblicità sui giornali o sui manifesti per strada. Niente fotografie. Le foto sono persone morte. Dobbiamo farci conoscere con filmati, robba in movimento. Bisogna far capire che gli oggetti immobili portano sfiga. Che la bambola è un piccolo cadavere, che i quadri raffigurano solo defunti. Da qualche parte ho letto che anche gli animali si immobilizzano per sembrare morti. Dobbiamo incuriosire i clienti e convincerli a farsi riprendere, poi noi montiamo un bel film che racconta la loro ricetta preferita, il viaggio che vorrebbero fare, la donna o l'uomo che vorrebbero amare o semplicemente come si sentono quando si svegliano la mattina, quando bevono un caffè macchiato. Potremmo anche inventarci delle storie di finzione, ambientare la colazione di un nostro cliente nella cornice del Rinascimento italiano. Vestirlo da Lorenzo il Magnifico mentre inzuppa i biscotti nel caffelatte.

«Non mi piace quando mi vedo», dice il mio collega con la faccia di uno che ci sta pensando seriamente «Non mi piace la mia voce, la maniera in cui mi muovo. Non mi piace la mia pancia, il doppio mento, come mi cresce la barba. Non mi piace la mia faccia. Se dovessi restare eterno mi piacerebbe che fosse un altro a interpretarmi. E io non sono manco uno particolarmente esigente! Io quando mi guardo allo specchio... alla fine ci faccio l'occhio, mi accontento. Ma pensa a quelli che si tingono i capelli e si strappano i peli delle sopracciglia, quelli con la parrucca e il riporto, le unghie finte e i tacchi. Pensa a quelle che si piallano il culo e gonfiano le tette. Si sentirebbero meglio se nel film ci finisse un altro meglio di loro. Anzi potremmo fare un bel catalogo con tutta 'na serie di attori e attrici disposti a entrare nel cast. Potremmo ingaggiare qualche regista, direttori della fotografia, sceneggiatori e scenografi, costumisti e parrucchieri che metterebbero in piedi un vero film. Il committente potrebbe essere un parente che vuole fare un dono al figlio o alla fidanzata, al padre o alla maestra di scuola per il compleanno. Uno che viene da noi, ci racconta la storia del festeggiato, si sceglie il cast e l'ambientazione. Quando abbiamo finito di girare il film glielo consegniamo e quello c'ha in mano un bel regalo. Una robba esclusiva. Suo fratello alla corte di Francia che fa il consigliere del re, suo nonno in guerra che ammazza il nemico e viene decorato o la figlia che incontra i marziani».

Il mio socio si spinge con le mani sulla scrivania e gira come un ragazzino col culo sprofondato nella sedia dell'ufficio. S'era fatto prendere dall'entusiasmo pure quando mio padre è andato in pensione e abbiamo rilevato l'agenzia di sorveglianza che aveva fondato trent'anni fa. Tutti volevano la telecamera sul portone di casa, nel garage, nel cortile, ma anche nella stanza dei ragazzi, in cucina e nel cesso. La paura dei ladri che entrano in casa, degli stupratori e dei pedofili, dei terroristi e dei tossici è stato il motivo del nostro successo. L'azienda della paura alimenta il consumo di sicurezza. «Come il freddo per i venditori di cappotti, la paura ha fatto lavorare me. Mo' 'sto lavoro m'ha proprio stancato. Mo' tocca a voi», ci ha detto mio padre. Nessuno monta un allarme nell'appartamento senza attaccare occhi che registrano a ogni angolo del soffitto. Da qualche anno è addirittura illegale aprire un'attività commerciale o costruirsi una casa nuova senza mettere un sistema di sorveglianza che ogni trentasei ore produce un file con tutte le informazioni in video sulle persone che hanno attraversato una stanza, che si sono appoggiate a un bancone per comprare le sigarette o hanno prelevato quattro soldi in banca. La paura è stato il nostro terzo socio.

A proposito, io mi chiamo Nicola.

Il mio socio si chiama Casoria Roberto.

4. Marinella Film

Mio padre sta seduto in poltrona.

Ascolta una registrazione di musica classica. L'album delle foto è sempre sul tavolo, ogni tanto lo prende. «Buttalo quel librone polveroso», dico anche se non c'è polvere. «È una robba vecchia come la ruota di pietra e il treno a vapore. Tuo figlio cambia lavoro». Il settore del controllo è il migliore in cui potevo inserirmi. Ma adesso voglio investire nel cinema. «Col socio abbiamo venduto tutto», gli dico.

Lui ascolta un po' me e un po' la sua musica.

«Tutto», ripeto. «Abbiamo messo l'annuncio in rete. Un bel filmato di quella ragazza in minigonna. L'azienda porta il nome della ragazza che ti ho fatto vedere. Quella che serve ai tavoli in minigonna».

Mio padre sorride. «Vuoi vedere il catalogo?», chiedo.

Sorride e ascolta la musica.

«La torta finisce. Ti regalano un viaggio in America, stai fuori due settimane e poi torni a casa. Persino una macchina ti lascia per strada. Si buca una ruota, si sfonda il radiatore e sbrodola tutta la sua acqua mista all'antigelo sull'autostrada, addrizzi una curva e sfondi un guardrail. Passi un mese all'ospedale e te ne torni a casa con il gesso alle gambe e un'automobile trasformata in un cubo di lamiere pressate. Ma il cinema non finisce mai. Uno specialista in indagini di settore ci assicura che la nostra azienda è proprio quella che la gente va cercando. Era una falla nel mercato. Prima di noi è come se mancava il ketchup per le patate fritte, la prima declinazione per la grammatica latina, la pietra focaia per il troglodita. Vuoi vedere il catalogo? Ci stanno pure un paio di attori importanti. Stiamo in parola anche con quell'americano famoso. Quel DiCaprio che è un po' che non si vede più, ma il manager ci ha spedito il contratto firmato. In allegato ci sta la foto. Gli abbiamo chiesto un filmato, ma lui ha insistito. Col filmato ci costava di più. Dice che non si fida a far girare video del suo cliente, allora ha mandato una fotografia con il giornale di oggi. Giura che è uscito dall'ospedale e sta bene. Ci ha mandato la cartella clinica. L'abbiamo fatta leggere a un medico che ci ha tranquillizzati».

Mio padre ascolta la musica e sventola la foto. «Neanche questo americano si muove», dice. «Sta fermo sulla spiaggia d'America come sul mare di Ostia. Sei sicuro che viene in Italia e risorge?»

Mio padre sta seduto in poltrona, abbassa la testa, ascolta la musica e continua a sventolare quel pezzo di carta americana. La muove come un ventaglio.

«E la paura?», dice rialzando la testa.

Mio padre dice che abbiamo perso un socio. Che per la paura la gente si mette le telecamere pure nel cesso, nella culla del figlio e nella cuccia del cane. Per quale motivo la gente dovrebbe farsi il film su misura?

«Perché il cinema è vita», dico, «la vita infinita che sogniamo di vivere».

«La vita non vende», mi dice lui, «è una cosa da pensionati. Io ho incominciato a pensare alla vita da quando ho mollato il lavoro, ma fino ad allora ho venduto paura. Adesso tocca a voi. Abbiate pazienza, penserete alla vita quando sarete vecchi. La vita non vende. Hanno inventato il ddt per ammazzare scarafaggi, zecche e zanzare. Non esiste il veterinario degli insetti, eppure ne muoiono a tonnellate ogni ora e in ogni parte del mondo. Inventano i sismografi per prevenire i terremoti, issano la bandiera rossa quando il mare si ingrossa, organizzano esercitazioni per addestrare la gente a salvarsi da incendi e uragani. Mica si adoperano per insegnarci ad affrontare le belle giornate. È evidente che siamo così abituati al peggio che prendere il sole sulla spiaggia è diventato uno scherzo della natura che ci coglie impreparati. Cinquant'anni fa, quando hanno aperto i centri commerciali, ci sembrava una moda destinata a scomparire. *Vedrai che durano poco*, dicevamo. E invece hanno avuto successo. Perché quando entravamo nel negozietto di un fornaio prendevamo il pane che ci piaceva, quello che avremmo mangiato per cena. C'erano poche pagnotte, sfilatini o rosette. Invece nel centro commerciale era tutto in sovrabbondanza. Passavi per le corsie e provavi un senso di smarrimento. Pensavi:

Devo fare la scorta, se ci stanno tutte 'ste scatole di fagioli significa che sta scoppiando una guerra. È la fame che ci fa avvicinare al negozio del pane, ma è il terrore che ci induce a comprarne un quintale. Smetti di pensare a 'sto cinema. Il cinema non ha nessun alleato mostruoso».

Questo successe pochi giorni dopo aver venduto l'azienda di videosorveglianza e un paio di mesi prima del tracollo della Marinella Film.

5. Camomilla e biscotti

Roberto non beve caffè.

«Ho un problema di cuore», dice mentre scioglie lo zucchero in una tazza di camomilla. Poi prende un biscotto da una scatola e mi guarda in silenzio. Anch'io lo guardo in silenzio e mi gratto la testa. Il rumore delle unghie tra i capelli mi ha sempre fatto impressione. Non lo senti solo con le orecchie come quando ti gratti un ginocchio, ma è proprio una robba che ti rimbomba dentro alla testa, che si attutisce mischiandosi a quella specie di medusa insanguinata che è il cervello. Glielo dico a Roberto. Glielo dico tanto per rompere 'sto silenzio. Con la tazza in mano mi dice: «A me fa più impressione la masticazione. I denti che mozzicano, strappano, ciancicano. Il rumore che esce dalla bocca della gente che mangia mi fa schifo. Ma quello che rimbomba nella mia scatola cranica mi imbarazza proprio. Mi pare che mi sto mangiando un pezzo di bocca», beve la camomilla e ritorna in silenzio.

I primi giorni ci scherzavamo. Io andavo al bagno e quando tornavo: «Ha chiamato qualcuno mentre stavo a pisciare?» Lui si affacciava alla finestra per fumarsi una sigaretta, dava due tiri, rimetteva la testa dentro: «Ha chiamato qualcuno mentre fumavo?» Invece il telefono non squillava mai e quando buttavo un occhio alla posta elettronica c'era soltanto spam, immondizia di pubblicità di altre aziende. I primi giorni con noi c'era anche Marinella, poi quando ha visto che passavamo il tempo a grattarci la testa e a masticare biscotti è tornata a fare la cameriera. «C'è quello del locale dove lavoro che gli si sposa la figlia», c'ha detto qualche giorno più tardi, «gli ho proposto di fargli il film per regalo, ma lui vuole un servizio fotografico». Pure mio padre ai tempi suoi s'è fatto fare la ripresa in video alle nozze. E persino mio nonno c'ha il filmino in super8, ma lui vuole solo le fotografie. «Il padrone è uno all'antica», ci ha detto lei, «il figlio l'ha convinto a fare il locale per i giovani con birre e panini, crêpes e pizze precotte, ma lui c'aveva la trattoria e faceva pure le pizze, le faceva lui personalmente. Tiene ancora tutte le vecchie foto attaccate alle pareti. Fotografie dove ci sta lui accanto alla gente famosa. Ce n'ha pure una di quel DiCaprio fatta trent'anni fa quando era giovane. Era bello! Non si direbbe a vederlo adesso come s'è ridotto». Marinella dice che il pizzettaio ci vuole dare una mano e l'ha convinto a farsi fare pure un video, ma non quello con l'ambientazione e gli attori. Dice che vuole solo la ripresa di quando dicono *sì* davanti al prete in chiesa. Poi magari giriamo un altro paio di scene in birreria per il pranzo coi parenti. E questo in due mesi è stato l'unico lavoro che c'hanno pagato.

Gli attori stavano sotto contratto, ma eravamo d'accordo che prendevano soldi solo se si girava. Le macchine l'avremmo prese a noleggio e pure i set erano una spesa solo se utilizzati davvero. Ma l'affitto dell'ufficio in un bel palazzo del centro, la spesa per la pubblicità in rete sommati ai mancati guadagni per i due mesi che siamo restati fermi c'hanno fatto perdere denaro e speranze.

Poi Marinella ci ha portato un po' di scatoloni. «Ve li manda il padrone della birreria», ha detto, «ce n'ha tanti in cantina. Ha pensato che vi potevano fare comodo quando sbaraccate l'ufficio per fare il trasloco. Dice che quando gli si sposa il figlio maschio vi chiama per fare altre foto». C'ha lasciato i cartoni ammucchiati sulla scrivania e se n'è andata al lavoro.

Io e Roberto ce li guardiamo. Stanno piegati, saranno una decina. Dieci scatole da riporre in qualche garage, magari proprio nella cantina del pizzettaio. Il mio socio intinge il biscotto fino a farlo smosciare nella camomilla calda. Col cucchiaino lo raccoglie spappolato dalla brodaglia e sorride. «Così non c'è bisogno di masticarlo», dice, e lo inghiotte. Poi resta fermo in silenzio. Io mi gratto la testa. Sul tavolo c'ho ancora i provini delle fotografie che abbiamo scattato alle nozze.

Con queste ci siamo ripagati solo camomilla e biscotti.

6. Me stesso e il dolore

Vive in Svizzera.

Così ci ha detto, ma secondo me non è vero. Dice che la madre è sempre rimasta in Italia. «In un paese della Sicilia», dice, ma secondo me non è vero. Dice che è partito emigrato negli anni Settanta del secolo scorso. «Sessant'anni nel cantone tedesco», dice, ma secondo me è una balla. Però l'età la dimostra. Dice ottantaquattro anni e forse è vero. È la prima volta che vedo un vecchio che gli anni se li porta male. La gente dopo una certa età blocca l'orologio. Da ottanta in su sembrano tutti coetanei. Invece questo ne dimostra duecento. «Però faccio le scale a piedi», dice, e ci credo. Perché arriva in ufficio da noi e non c'ha manco il fiatone. È un rotolo di cartapecora, una faccia da papiro sdrucito. Secco e ricurvo senza peli in faccia, senza capelli. Ma poi stringe la mano a Roberto e il mio socio fa un verso come se il vecchio gliela stesse strizzando. «La stretta di mano è importante», dice la mummia, «è il biglietto da visita della persona. Mi credete se vi dico che oggi il mio allenamento fisico è tutto concentrato sulla stretta? I miei clienti vedono un povero vecchio, un ottantenne flaccido, una pelle sfiatata su uno scheletro ritorto. Mi tendono la mano quasi per aiutarmi a non cadere, per raccogliermi un attimo prima di vedermi a terra. Si avvicinano con pietà, ma poi gli stringo la destra e li vedo spalancare gli occhi, pensano: *C'è vita in questo cadavere*. Mentre stringo sento che la loro pietà si trasforma in fiducia. Per loro sono il fuoco sotto la cenere che gli permetterà di cuocere il prossimo pasto. Sono il cane bonaccione che si trasforma in feroce difensore della casa. Sono il baretto polveroso di periferia che fa il caffè migliore».

Stringe ancora, il vegliardo, e il mio socio fa proprio quella faccia. Quella dell'impietosito che si trasforma in fiducioso.

«Mia madre è una donna piccola con la passione per il canto», dice. «Ha passato novant'anni. È nata nel 1946 come Liza Minnelli. Se la ricorda quell'americana? Era molto famosa. Mi piacerebbe trovare un'attricetta che la rappresenti. Si può vedere un catalogo?»

E gli abbiamo mostrato un filmato. Sempre lo stesso. Quello di Marinella in minigonna che serve ai tavoli, prende le ordinazioni e porta le birre. Al termine del montaggio c'è la sua faccia e quella di altre due donne, una sui cinquanta e una più vecchia. «Per il catalogo degli uomini ci stiamo attrezzando», ho detto, «ma tanto lei cercava una donna, vero?» Poi gli mostro un video con tre possibili situazioni. L'Italia sbarazzina degli anni Sessanta del secolo scorso, il Rinascimento e l'impero romano. «Si chiamano *Sapore di sale*, *Gioconda* e *Carpe Diem*. Nel contratto includiamo titoli di testa e di coda con ringraziamenti, una colonna sonora standard che masterizziamo a parte e può essere usata anche come suoneria del telefono o campanello di casa, consegna a domicilio e una crêpe con la nutella».

«Prendo solo il filmato», dice, «mia madre non ha il telefono, né una porta su cui mettere il campanello, e poi non mangia dolci. È morta due giorni fa. Sono venuto per seppellirla. Ma sulla tomba vorrei metterci un piccolo schermo dove i parenti possano rivederla viva. Non amo le fotografie. Sono immobili. Ci fanno assomigliare ai morti anche quando siamo stati ritratti da vivi. Fare una foto si dice anche *immortalare*. Non crede ci sia un destino in questa parola?»

Era tutto vero.

Vero che era svizzero, vera la madre siciliana. Era vero che era morta e finalmente anche il nostro lavoro pareva fosse diventato una robba vera con il primo vero cliente. Così abbiamo messo gli scatoloni piegati fuori della porta e ci siamo messi a lavorare. Ci abbiamo lavorato una settimana. Marinella ha cantato e ballato in un'ambientazione *Carpe Diem*. Lo scalpellino del camposanto ha fissato lo schermo al plasma con un angelo di bronzo per ogni angolo. In basso a destra Roberto ha voluto metterci anche un piccolo logo, il nome dell'azienda con un simbolo in alto, una fiammella come quelle lampadine perpetue delle antiche lapidi. Quando lo svizzero è venuto a pagarci il lavoro ci ha stretto la mano e ha detto: «Aggiungo uno zero e compro tutta l'azienda». Abbiamo fatto *sì* con la testa. Non l'abbiamo detto a parole per non perdere del tutto la dignità. Come imprenditori eravamo un fallimento e sapevamo che dopo quel cliente sarebbero passati altri due mesi prima di vederne un altro.

«Torno in Italia e fondo la mia attività con la vostra», ha detto.

Si occupa di pompe funebri, azienda leader mondiale nel settore. Vestimento della salma, trucco, ristrutturazione in caso di morte violenta, trasporto, allestimento in chiesa o altro spazio, funerale, seppellimento o cremazione... traghetta il deceduto nell'ultimo viaggio curando ogni particolare. «È un'azienda sana», dice, «la gente può smettere di comprare scarpe e automobili, cambiare la dieta, vivere sotto i ponti, buttare l'automobile e persino evitare di curarsi in caso di malattia. Tutto può andare in crisi perché tutto può smettere di accadere, tranne la morte. Appena emigrato in Svizzera mia madre mi ha scritto: *Cercati un settore dove accanto a te ci sia un alleato importante*. Molti si sono buttati nel settore alimentare perché la *fame* è un buon socio. Altri hanno fatto politica fidando sulla *credulità* dei molti. Qualcuno si è occupato di sicurezza perché la *paura* ci ha contagiato. Io lavoro nel settore della morte perché si incontrano i clienti migliori. Spendono senza pensarci per seppellire un padre o una moglie. Meglio ancora se si tratta di un figlio. Anche i poveri si indebitano per pagare una bara al doppio del suo valore reale. Nessuno chiede sconti o dilazioni nel pagamento. Soffrono e questo li rende sensibili e ciechi.

«Dunque voglio entrare in affari con voi e vengo a portarvi due soci, me stesso e il dolore».

7. Il cibo dentro alla bocca

Mio padre è contento.
Con il nuovo socio si sono subito trovati. Appena firmato l'accordo la mummia svizzera mi ha detto: «Vorrei conoscere i tuoi genitori». Pareva che mi voleva sposare. Una domenica siamo andati a pranzo in una trattoria sulla spiaggia di Ostia. Un vecchio seduto alla cassa mangiava le cozze crude. Le apriva tra un cliente e l'altro che andava a pagare. Con una mano strisciava la carta di credito e con l'altra strizzava il limone, mangiava e consegnava la ricevuta puzzolente di cozza ai clienti. «Vostra figlia?», gli ha chiesto mio padre. «In cucina», ha risposto il vecchio succhiando una cozza.

Ci siamo seduti, mio padre ha aperto una borsa e messo le foto sul tavolo per mostrarle al socio svizzero che non s'è fatto prendere in contropiede e pure lui ha tirato fuori dal portafogli una foto. Ci stava ritratta sua madre in costume sulla spiaggia a Palermo. Foto degli anni Sessanta. Manco a colori, ma proprio in bianco e nero! E poi ce n'aveva una degli anni Settanta dove c'era pure lui giovanotto col petto pieno di peli. Hanno ordinato un secchio di pesce fritto e hanno incominciato a mangiare a rotta di collo. Mio padre s'è fatto chiamare la padrona del locale che stava in cucina. Una bionda tinta con la ricrescita mezza bianca e mezza nera e la panza grossa che stringeva sopra al zinale impataccato da cuoca. L'ha riconosciuto e si sono abbracciati. Pure mio padre era impataccato di cibo fritto, ma dopo la stretta le patacche si sono mischiate. Lui le ha detto: «Questo è mi' fijo. Lo vedi quant'è cresciuto?», e la cicciona ha abbracciato anche me dicendo: «Ma te sei Nicola! Me te ricordo che venivi a magnà da noi pure quanno eri piccoletto», e ha impataccato anche me. Poi mio padre le ha presentato il socio straniero: «Questo è 'no svizzero, mio figlio lavora co' lui». La cuoca grassona s'è data un contegno e gli ha allungato la mano dicendo: «Er fijo dell'amico mio è come se fosse mi' fijo. Abbia un occhio de riguardo pe' 'sto ragazzo!» «Si fidi di me», gli ha detto il socio svizzero stringendo forte la mano.

Poi la trippona ha chiamato uno sguattero e gli ha fatto portare un'altra frittura. Un secchio che era pieno di teste. «Nun se le magna nessuno», diceva. «Ai tempi nostri erano 'na leccornia e invece mo' le avanzano tutti. Io le raccojo, le passo in pastella e le butto in padella e diventano un pranzo da re».

Sul tavolo ci stavano ancora le fotografie. La panzona appena l'ha viste s'è alzata, è andata a staccare un quadretto dal muro e ce l'ha portato. Era la stessa foto che si guarda sempre mio padre, quella che stiamo al mare. La trattoria sulla spiaggia è quella dove stiamo mangiando con Roberto e lo svizzero. Ma oltre a me, mia madre e mia nonna, in piedi accanto a mio padre ci stava pure la cuoca. Era lei, ma coi capelli neri, senza la panza e con trent'anni di meno. «Hai visto che gambe dritte?», m'ha detto, «mo' me vedi così, ma le gambe so sempre quelle!», e s'è tirata su la parannanza scoprendosi fino alle cosce. Mio padre rideva. Pure il socio svizzero sghignazzava a testa bassa sulle teste di pesce guardando di sguincio le zampe grosse di quella donnona.

Lei indicando la parte mancante nella nostra fotografia m'ha detto: «Era 'na brava donna tu' madre, por'anima, ma 'ste gambe nun ce l'aveva. Pe' questo che m'ha tagliato via».

Poi ha detto: «Magnàte!» Ma avrebbe dovuto dire *magnamo*, perché s'è messa a *magnare* anche lei e chiedeva: «So' bbone?» Mentre sputava le spine nel piatto mio padre diceva: «E pensare che ce sta gente che nun lo magna er pesce, che je fa impressione perché 'na volta 'sta creatura era viva. Ma Gesucristo 'ste bestie l'ha create proprio pe' falle magnà a noi cristiani. Noi nun l'ammazzamo mica pe' mancanza de rispetto. L'ammazzamo perché ce piacciono, questo è amore!» La panzona si puliva la bocca con la mano e la mano sopra alla panza. «Quanno moro io nun me portate ar camposanto, nun me mettete sotto terra co' la foto sulla tomba. Portateme qua e fateme fritta. Magnateme tutta!», diceva e quasi strillava, che il vecchio dalla cassa gli ha risposto: «Se te famo in padella ce magnamo in ducento!», e ridendo gli ha tirato una coccia di cozza.

Io ho preso in mano le due fotografie, quella intera e quella censurata.

Roberto se li guardava schifato mentre ridevano, masticavano e gli si vedeva il cibo dentro alla bocca.

8. Il defunto sono io

Solo uno svizzero può fregare lo svizzero.

Da quando c'è lui abbiamo un sacco di lavoro e l'azienda è diventata internazionale. Ma svizzeri non ne avevamo visti mai. Così la nostra mummia delle Alpi ha corso come un treno. La scena è sempre la stessa. I parenti del morto lo vedono arrivare e con le lacrime agli occhi gli tendono la mano per educazione e cortesia, ma anche perché lo vedono barcollare. Poi lui stringe forte e dice: «Si fidi di me!», e loro si sciolgono. Vantiamo duecento contatti ogni giorno attraverso il numero gratuito, il sito è frequentato e stiamo per aprire una filiale all'estero. Abbiamo prodotto videocataloghi in sei lingue con sottotitoli in quindici e ci stiamo organizzando per mettere su una scuderia di trenta attori di etnie diverse. «Adesso siamo ancora piccoli», dice il vecchio, «ma vedrai che entro due anni copriremo i cinque continenti».

Il parente del defunto accetta ogni cosa. Addobbi floreali con piante esotiche, gadget tipo calendari o T-shirt da uomo, donna o bambino con la faccia stampata del morto. Abbiamo anche l'arbre magique per urna cineraria con immagine in ologramma della povera anima trapassata. «Basta stringere la mano», dice il socio svizzero, «stringerla forte e possiamo vendergli il film del parente che se n'è andato all'altro mondo». Tra gli attori c'abbiamo anche quel DiCaprio che prima non potevamo permetterci. Il manager è amico dello svizzero e ce lo porta in Italia. La star ha detto che vuole stabilirsi in Toscana, dove la madre era in vacanza quando era in attesa della sua nascita. «Stava agli Uffizi», ci ha scritto, «quando davanti alla Gioconda ha sentito che stavo scalciando e ha pensato di chiamarmi Leonardo». Gliel'ho detto allo svizzero che quel quadro sta a Parigi e così s'è messo in testa di per farlo rientrare in Italia per non fare un torto al big del nostro catalogo.

Abbiamo montato un set fisso dell'ambientazione *Carpe Diem* e Marinella interpreta quasi tutte le morte. I clienti sono poco esigenti, gli proponi il prodotto, gli stringi la mano e loro fanno *sì* con la testa. Lavoriamo in serie. Certe volte basta rimontare scene girate per altri video e cambiare una musica, doppiare un attore. Tanto non è robba che va nei cinema dove ci si accorge del doppione. Non c'abbiamo manco problemi col copyright.

Insomma tutto è filato liscio fino a quando è arrivato lo svizzero che ci ha presentato un suo connazionale. «Che poi il termine connazionale neanche sarebbe quello preciso», dice l'altro svizzero, «che noi siamo una confederazione con quattro lingue diverse. Tedesco, francese, italiano e romancio. Però abbiamo questo fatto della neutralità che ci tiene insieme. Siamo neutrali!», e lo dice ridendo e gli si legge in faccia che pensa alle banche. Ai soldi che non hanno ideologie, né alleanze, ma solo padroni. Anche il nostro socio svizzero lo dice sempre che sui francobolli ci sta la faccia di Guglielmo Tell, ma «uno svizzero mica ci pensa all'arciere che spara alla mela», dice, «guarda il francobollo e si sente rappresentato dal prezzo che ci sta scritto sopra». Eppure quel cliente svizzero a prima vista ci sembrava una brava persona, uno gioviale. «Troppo gioviale», mi dice all'orecchio Roberto. Si interessa alla sceneggiatura, chiede informazioni sulle colonne sonore, la fotografia, il montaggio, vuole leggere un trattamento e intervenire sulla sceneggiatura. Vuole parlare col regista e optare per la fonica in presa diretta. Vuole DiCaprio. E lo vuole far dimagrire perché così non gli piace. Lo vuole robusto, ma non grasso, «possiamo fargli fare un po' di palestra, ma non so se a quell'età...» Si fa dare il contratto. È il primo che lo legge fino all'ultima riga. Chiede qualche modifica e si apparta per chiamare un avvocato, vuole una consulenza. Poi firma.

Il nostro socio svizzero allunga la destra per stringergliela e chiede: «Qual è il suo grado di parentela col defunto?»

L'altro svizzero se la tiene in tasca la mano e risponde: «Il defunto sono io».

9. Il cinema!

In California è un reato.

Ce lo dice il manager di DiCaprio che ha visto un sacco di gente buttarsi dal Golden Gate Bridge di San Francisco. «Poi c'hanno messo le barriere come sull'Empire State Building e la torre Eiffel», dice. Invece in Italia è un reato l'istigazione, ma l'atto è regolato da precise norme. «E poi è una questione che non ci interessa», dice Roberto, «noi ci occupiamo del funerale, vogliamo soltanto che l'estinto lasci di sé un'immagine che condivide». Ma lo dice con la voce che trema. Da quando si gira col cliente svizzero è lui che segue le riprese. Beve un caffè appresso all'altro per tenersi sveglio e si fuma due pacchetti di sigarette al giorno. La sera il suicida si porta tutta la troupe in trattoria, si abbottano e bevono forte. Roberto non lo può lasciare solo un momento. Pare che sul contratto c'è scritto anche questo, deve fargli da assistente in trasferta e visto che il nostro cliente è straniero, qui da noi tocca stargli appresso di giorno e di notte. Per seguirlo abbiamo accantonato tutti i nostri progetti di espansione e pure gli altri clienti, i parenti tristi a cui vendi tutto, che ti mettono il cuore in mano e pure il portafogli.

Il socio svizzero non si fida.

Afflosciato nella cartapecora della pelle moscia tamburella sul bracciolo della sedia girevole. Ogni tanto si ferma e si guarda la mano. Poi ricomincia.

Ci ha comunicato che vuole esserci anche lui, il suicida, nel suo film. Vuole interpretare suo padre, mi pare. O addirittura sua madre. Una robba da *Psyco*. Sta facendo un'indagine storica, ha chiesto una consulenza. Non gli piace il set *Carpe Diem*, preferisce *Gioconda*, l'abbiamo dovuto costruire. Ha preteso il quadro originale del Louvre. DiCaprio è contento e sta facendo un corso di italiano a spese nostre. Il manager sostiene che faceva parte di un accordo verbale e se non glielo concediamo se ne tornano a casa tutt'e due. Ha voluto fare un provino a Marinella, l'ha fatta pure spogliare. Dice: «C'è scritto che posso visionare gli attori».

Secondo mio padre non è una cosa morale. Seduto in poltrona si guarda le foto. S'è fatto fare una copia dalla cuoca cicciona e la confronta con quella tagliata, se le guarda una accanto all'altra. «Con tutti i sacrifici che ho fatto...», mi dice, e non so se si riferisce ai soldi che ha speso per farmi studiare o parla del sacrificio di stare per trent'anni insieme a mia madre, la moglie gelosa manovratrice di forbici. Adesso quella moglie gli è morta, la ragazza con le belle gambe è una donna cannone e suo figlio è un fallito. «T'avevo lasciato un'azienda avviata, c'avevi un lavoro onesto e invece ti sei andato a buttare nel cinema». Mi guarda, sventola le piccole immagini, «il cinema!», dice.

Per sei mesi il suicida si è consultato e ha scritto trattamenti e sceneggiature, ha allestito e ricostruito, girato e montato. Il socio svizzero s'è consumato le dita a forza di tamburellare sul bracciolo. Mio padre mi ha tolto il saluto. Parla solo con la fotografia. Con le gambe dritte che c'avevano trent'anni di meno.

Roberto c'ha avuto un infarto. Quando s'è ripreso ha venduto la casa in città per pagare una parte dei debiti che abbiamo accumulato. Poi se n'è andato dall'azienda. È tornato nel ramo sicurezza. Fa la guardia giurata, ma la pistola gli fa venire la tachicardia. La moglie dice che prima o poi ce lo giochiamo e tocca fargli il film anche a lui. Io passo il tempo con la mummia. Conto i giorni alla rovescia. Il ventitré maggio andiamo in sala per la proiezione. «Pensate che potrà avere una distribuzione?», ci chiede il suicida, che pare intenzionato a non ammazzarsi. Più la tira avanti e più si allunga la vita, ma intanto ce la succhia a noi mandando l'azienda a zampe all'aria. Pare anche che c'ha avuto una storia con Marinella.

Il socio svizzero si sgonfia sempre di più.

Tamburella sul bracciolo.

Mio padre guarda le foto.

Le sventola.

Sospira.

Il cinema!

10. Buttare un occhio

«Jennifer Jason Leigh è stata richiamata un anno dopo la fine del film». Dice il suicida che le riprese per l'ultima opera di Kubrick sono andate avanti per un anno e mezzo. Dice che la Leigh è stata chiamata a rigirare tutte le scene in cui compariva, ma ormai era impegnata sul set di Cronenberg e «ha dovuto rinunciare al ruolo», dice. Allora il socio svizzero smette di tamburellare sul bracciolo della poltrona, si alza e mi chiama fuori. «Con questo cliente abbiamo perso due soci», mi fa. «Casoria e il dolore. Il primo era indifferente, ma il dolore? Ecco perché l'azienda sta andando a puttane. Come fai a vendere sistemi di sorveglianza se la gente smette di avere paura? E la politica senza la credulità che fine farebbe? E i centri commerciali senza la fame? Non dovevamo accettare. Non potevamo permetterci di correre il rischio. Se il cliente non prova dolore diventa intrattabile. A uno così non riesci a vendergli manco il carro funebre, i fiori e la bara. È capace di pretendere che lo porti al camposanto in carriola. Questa storia di Kubrick non mi piace. Vedrai che appena finiamo di girare vorrà ricominciare da capo. Ha pure quel DiCaprio che gli dà corda. Il manager americano ci succhierà tutto».

Il vecchio parla e continua a muovere le dita. A tamburellare nell'aria. Gli guardo la mano e mi pare di sentire ancora il rumore dei piccoli colpi. «Quello si è studiato il contratto», dice, «e adesso ci manovra come gli pare. Mica è un parente in lacrime. Quello non prova dolore. Pure noi ci dobbiamo appellare al contratto. Applicare l'accordo. Voleva il film? Ha scelto l'ambientazione? S'è preso l'attore famoso? Adesso gli abbiamo dato quello che ha chiesto. Gli resta solo il suicidio. Deve morire, sennò lo denuncio!»

Abbiamo chiamato Roberto. Pagare un vero detective non è possibile. Non c'abbiamo più un soldo. Ma lui ci può fare qualche indagine, darci una mano a saperne di più sul nostro cliente, magari entrando di nascosto in qualche archivio informatico e buttare un occhio.

11. Vedi Napoli e poi muori

C'è scritto sul giornale.
Me lo mostra il socio svizzero che l'ha avuto da Roberto. «Non li legge più nessuno i giornali», dico. E invece si leggono. Questo per esempio l'ha trovato al bar. Casoria non ha dovuto manco infilarsi in qualche sistema informatico complicato, banche dati con milioni di informazioni, né in un archivio polveroso e abbandonato. Gli è bastato prendersi un cremino sotto casa per trovare questo giornale locale. Qualche pagina che esce da una vecchia rotativa e finisce sul frigorifero dei gelati. Pensi che in rete ci sia ogni informazione e invece quel pezzo di carta finisce nelle mani di quello che si prende il tiramisù o il caffè col cornetto. È

sotto gli occhi di tutti, ma è più clandestino di un messaggio criptato.

«Te lo racconto io cosa c'è scritto», dice il mio socio indicando un articolo in prima pagina. Si parla di una società che mette a disposizione aerei, treni speciali e persino carrozze. Organizza viaggi in Italia sull'esempio del *grand tour*, il viaggio che i ricchi europei facevano nei secoli passati. Rampolli che passavano a rifarsi il guardaroba a Parigi e poi se ne andavano tra le rovine del Colosseo e di Pompei, dondolavano sulla gondola di Venezia o si arrampicavano sulla torre di Pisa. Giravano col tutore e col valletto, imparavano la lingua e le buone maniere, ma erano pure affascinati dal rischio, dal mistero, e quando gli organizzatori gli dicevano di stare attenti ai briganti, quei signorini incominciavano a sperare di imbattersi in qualche ladrone barbuto con lo schioppo. Perciò spesso i furti erano messi in scena per rendere avvincente e folcloristica la gita e alle donne mandavano anche il ladro gentiluomo che poteva improvvisarsi amante latino a pagamento per indimenticabili sequestri. Ma nemmeno in quel passato si era pensato a un grand tour con morte finale. Il finale col botto.

Puoi partire dal tuo paese e venire a morire in Italia.

Questa è la novità riportata dal quotidiano in distribuzione sul frigo dei gelati. Clienti facoltosi pagano per farsi avvelenare come Alessandro vi, il Borgia. Accoltellare come Giulio Cesare. Fucilare come Cavaradossi o buttarsi da Castel Sant'Angelo come Tosca.

Pacchetti all inclusive con viaggio, soggiorno e immagine tridimensionale del momento del trapasso, stampa in stile o mosaico da mettere sulla lapide.

Che brutta cosa la pubblicità sul giornale.

Fotografie sgranate, peggio di quelle che faceva mio padre trent'anni fa sul mare di Ostia con la cuoca e le gambe belle, peggio di quelle in bianco e nero col socio svizzero sulla spiaggia di Palermo. E poi che nome insulso per una società! *Vedi Napoli e poi muori.*

12. Stop

Mangio un panino.

Marinella non serve più ai tavoli in birreria. Sta alla cassa e quando c'è poca gente se ne va in cucina a dare una mano. Hanno rimesso la cucina e anche il forno a legna, infatti potrei pure ordinare una pizza, ma voglio restare nel locale il meno possibile. Prendo un panino.

Mi guardo intorno, è rimasto uguale a quando lei ci lavorava in minigonna e io me la vedevo in video, la montavo e smontavo in piccoli film fatti di immagini di lei che passa alla posta e in banca, dal tabaccaio e in frutteria. Sì, a parte il fatto che è tornato a essere una trattoria, il locale è rimasto lo stesso. Mi pare solo che hanno smontato le vecchie videocamere che avevamo messo noi per la sorveglianza. Devono averne acquistate di più piccole e più moderne. Invisibili. Chiedo al proprietario. «Non le ho sostituite. Le ho fatte togliere», dice. «Marinella si agitava. Diceva che tanto non servono a niente e gli facevano pure venire il nervoso». Quando è finita la storia col cliente svizzero lei c'ha avuto un crollo. Per poco non si è suicidata.

È tornata a lavorare con la faccia sgualcita, come le ragazzette che dopo aver perso il concorso di bellezza pare che invecchiano di vent'anni. È ingrassata anche lei e mo' si fa la tinta da sola. Un biondo che più che ossigenato, pare lavato con la varechina. S'è fidanzata col cuoco ex studente. Il padre li vuole sistemare e per questo ha ripreso in mano l'azienda e rimesso pizza e pastasciutta. Il giovane mi si avvicina mentre pago il conto. «Ti accompagno in ufficio», dice, «così riprendo la robba di Marinella». Ci siamo fatti un pezzo di strada insieme. In silenzio. Abbiamo salito le scale, siamo entrati in ufficio e ha riempito uno scatolone.

Lui la vorrebbe sposare.

«La storia della birra con le crêpes era balorda, meglio pizza, vino e maccheroni», dice, «mo' vengono pure un sacco di clienti stranieri. Se serve per portargli via un po' di soldi mi faccio crescere i baffi e imparo a suonare il mandolino».

Me lo rivedo nel vecchio filmato. Vedo anche lei coi capelli scuri mentre serve ai tavoli. Birre e panini. Era il tempo in cui mi pensavo che il cinema era un'approssimazione della vita eterna. Totò o Marinella, mio padre inquadrato nella videocamera mentre gli dico: «Se sei vivo adesso, sarai vivo per sempre». Io nell'immagine successiva seduto vicino a lui sul divano. L'illusione che puntarsi il cinema addosso sia sufficiente per ammazzare la morte. Per guardarsi all'infinito la stessa cameriera ripresa da un occhio digitale mentre serve ai tavoli. E quando la signorina in minigonna se ne va all'altro mondo basta mandare indietro la registrazione, rewind, per farla risorgere. Un giudizio universale senza il giudizio, senza buoni e cattivi.

E invece no. Che tradimento il cinema!

Metto in pausa. La giovane cameriera mora rimane immobile nello schermo. Diventa una fotografia. Ma sì, che pure il cinematografo nasce come una serie di immagini ferme che vengono fatte scorrere velocemente. Fotogrammi che sono piccole foto, un'immobilità con aspirazioni di movimento. Una fregatura. Solo un po' più raffinata di quando sventolo la mia foto sulla spiaggia di Ostia.

Rewind, forward, pause, play, stop.

13. Fidati

Ventitré maggio.

Prima di entrare in sala proiezioni ci fermiamo davanti alla porta mezza aperta. DiCaprio parla in italiano smozzicato. È dimagrito. Il cliente gli sta insegnando il congiuntivo e il condizionale. «Se bevessi un caffè, sarei più contento. Se mangiassi un piatto di rigatoni, mi sazierei. Se...» E ridono. Che vitalità! Il suicida dovrebbe essere uno che vede il dramma anche nel profumo dei fiori e nel sorriso della mamma. E invece questo si diverte persino con la grammatica e la sintassi.

Il socio svizzero è un po' nervoso, mi deve mostrare una cosa. «Poi ci vediamo il film, ma prima...», dice mentre si apre la porta dell'ascensore in fondo al corridoio, esce Roberto Casoria in divisa da guardia giurata. Il socio svizzero mi porta verso di lui e continua a parlare: «...prima ti devo dire che ho parlato con gli avvocati e mi hanno spiegato come possiamo, con rispetto parlando, pararci il culo. M'hanno indicato un paio di leggi e poi ci siamo spulciati il contratto. In allegato c'è pure la dichiarazione sulla donazione degli organi, il testamento e le ultime volontà! Se quello muore nessuno s'insospettisce», dice mentre sfarfalla in aria le dita come se tamburellasse sul piano di un tavolo, «L'importante è che non sia con un'endovena nel letto di un ospedale. Deve essere un bel suicidio, un finale col botto come quelli che vende lui».

Roberto viene avanti lentamente. «Faccio quello che volete, basta che non mi mettete in mano una pistola che mi prende un altro infarto». Lo svizzero sorride e gli dà un vecchio telecomando tipo quella robba dei cancelli elettronici di una volta, una specie di oggettino che c'avrà quasi cinquant'anni, modernariato. E poi gli allunga un biglietto aereo chiedendogli: «Sei mai stato in Sicilia? Vedrai che ti piace. A questa cosa ci ho pensato mentre andavo al camposanto da mia madre. Sono sceso a Punta Raisi e ho preso il taxi per Palermo. Qualche minuto e siamo passati su un tratto di strada dove c'è una curva larga, un rettilineo di duecento metri e poi una curva più piccola. C'è un sottopassaggio prima di arrivare al cartello che indica l'uscita per Isola delle Femmine. Più avanti ci sono due gallerie. Sempre sporche, sempre poco illuminate. Io sono vecchio e pure siciliano, io me lo ricordo che su quel pezzo di strada c'hanno ammazzato un giudice quasi cinquant'anni fa. Però dobbiamo fare attenzione che i particolari coincidano. L'avvocato dice che l'assassinio è legale solo se ricalca perfettamente l'attentato originale. Se viene fuori una porcheria raffazzonata qualcuno si insospettisce e pensa che è stato ammazzato. Invece noi gli abbiamo preparato un bel botto all'italiana».

Al socio svizzero s'illuminano gli occhi ogni volta che ripete quella parola, *botto*. Come se fosse una nuova ambientazione per i nostri film funebri, il set che rappresenta un'immagine tipica per la cultura italiana paragonabile alla Gioconda e all'antichità romana. «Vedrai che quando si viene a sapere del botto... questa ce la imitano tutti», e sorride con i suoi occhietti di vecchio palermitano arricchito in Svizzera.

«Altro che Tosca e Cavaradossi! Ho già mandato una troupe che riprenderà il botto. Lo montiamo alla fine del film e facciamo il capolavoro. Il direttore di produzione ha organizzato un jet privato per il nostro suicida e trovato tre auto d'epoca, tre vecchie Fiat Croma, una marrone, una bianca e una azzurra. Lui deve stare alla guida della seconda e in dieci minuti dobbiamo far esplodere l'ordigno. Ci devi pensare tu», dice a Roberto, «che infatti parti subito. Invece lui è previsto che arriverà alle 17.48».

Roberto ci saluta, si gira e risale sull'ascensore. Il socio mi guarda, dice: «E il nostro cliente ci ha consegnato pure la lettera in cui spiega i motivi del suicidio. Manca solo la data. Ce la mettiamo noi, la data di oggi che è pure quella del 1992. Quella volta era un sabato, ora stiamo un po' fuori, ma di poco. Se succedeva un paio di anni fa azzeccavamo pure il giorno. Adesso non ci dobbiamo pensare più, guardiamoci il film».

Prima di entrare sorride, smette di tamburellare e mi stringe forte la mano.

Mi dice: «Fidati».

LA STORIA UNICA
di Giancarlo De Cataldo

Quando i due criminali in tuta azzurra, evidentemente alieni di Arturo, si pararono davanti al Sacerdote dell'Ente Supremo e lo salutarono beffardamente, Paolo si rese conto che avrebbe potuto anticipare la battuta che stava per essere pronunciata. No, meglio: lui *sapeva* quello che i delinquenti avrebbero detto di lì a pochi secondi: «Signor curato, l'illustrissimo signor Dn Rdrg nostro padrone la riverisce caramente». Attese, attento a non fare il minimo movimento che avrebbe potuto insospettire Elena. I due alieni pronunciarono la battuta. Esattamente quella battuta. Paolo respirò a fondo, cercando di dominarsi. Non gli era mai accaduto niente di simile in trentacinque anni di vita. Una sensazione di già visto. Ne aveva letto da qualche parte. Poteva essere il sintomo di un sovraffaticamento. O un difetto nel funzionamento del chip. In ogni caso, non doveva farne un dramma. Lanciò un'occhiata alla moglie. Sdraiata accanto a lui, seguiva con attenzione lo sviluppo della vicenda. Non c'erano più schermi a delimitare lo spazio della visione. Non c'erano più schermi in tutto il mondo. Ciascuno scaricava mentalmente i programmi che aveva intenzione di vedere dal Centro Unico di Distribuzione. Ogni giorno veniva offerta una vasta gamma di scelte. Nessun programma poteva essere visto per una seconda volta, a meno di esplicita richiesta. Il Governo aveva a cuore il Ricambio Finzionale. Eppure, più andava avanti nella visione di *Ultimatum all'Ente Supremo*, più la sensazione del già visto cresceva. Ora non si trattava più di una singola battuta, di una sensazione passeggera. Era l'intera storia che si dipanava, scena dopo scena, in una sequenza di immagini che Paolo era perfettamente in grado di anticipare. Il film era ambientato in un futuro remoto. Gli Arturiani avevano invaso la terra. Un signorotto arturiano si era incapricciato di una terrestre promessa sposa a un bravo giovane. E aveva deciso di impedirne il matrimonio. Il Sacerdote dell'Ente Supremo, un vile, aveva sottostato al diktat. Un altro sacerdote, con un passato nella resistenza antiarturiana, avrebbe cercato di impedire il misfatto. L'Arturiano si sarebbe appellato al Reggente, cioè al massimo rappresentante di Arturo sulla Terra. Costui, colto da una crisi mistica, avrebbe scaricato il subalterno, lasciando che le nozze si celebrassero. Nella scena finale, se non ricordava male, una misteriosa epidemia, innocua ai terrestri, fatale agli invasori, avrebbe fatto giustizia di questi ultimi. La Terra avrebbe recuperato la libertà e i due ragazzi avrebbero finalmente potuto convolare a giuste nozze. Se non ricordava male. E proprio questo era il problema. Non avrebbe dovuto ricordare un accidente. Perché, stando alle regole di un sistema che aveva appreso con il latte materno, nessun film veniva replicato se non per esplicita richiesta, e lui non aveva fatto nessuna richiesta. Con una lieve pressione dell'indice interruppe il circuito. Sua moglie gli scoccò un'occhiata interrogativa.

«Vado in bagno», la rassicurò.

Restò a lungo davanti allo specchio, esplorandosi con cura estrema. Era un maschio alto e longilineo di trentacinque anni. Lavorava per una società che assemblava pezzi di veicoli spaziali. Possedeva un dignitoso appartamento nella Circoscrizione Roma Est 1. Sua moglie era contabile presso un Istituto di Addestramento Esistenziale (un tempo si chiamavano «scuole»). I loro due gemelli, Nico e Fabio, dormivano tranquilli nella stanza in fondo alla casa.

Quando tornò di là, Elena si era addormentata. Ma lui non riusciva a darsi pace. Fece scorrere con il chirocomando la finestra al titanio. Si ritrovò nel Ridotto Esterno, che un tempo chiamavano «terrazzo». Sotto di lui si stendeva la Circoscrizione Est 1. Le luci fredde dei suoi vialoni squadrati. Le sagome massicce delle Unità Abitative concepite e realizzate secondo un rigido schema geometrico al tempo della Grande Ristrutturazione. Un gigante addormentato ai suoi piedi. Ai suoi figli, che frequentavano le Istituzioni Primarie, era stato mostrato un filmato che rappresentava la Roma di tanti anni prima. Un agglomerato caotico di razze, veicoli da terra, caseggiati di diverse altitudini. Un coacervo di strade maleodoranti e insicure percorse da turbe di criminali in cerca di facili prede da martoriare. Era persino difficile pensare che l'ordine di oggi fosse derivato dal caos di ieri. Eppure, aveva cercato di spiegare ai ragazzi, c'era stato un tempo in cui il disordine e la violenza, la guerra e la paura dominavano l'Italia.

«Quando c'erano gli imperatori, papà?»

«Be', no, un po' dopo», aveva riso.

«Ma quando esattamente?»

«Io non c'ero, piccoli!»

Non c'era nessuno, in realtà. Come spiegavano i programmi didattici, non esistevano sopravvissuti delle precedenti ere del Ciclo dei Mutamenti. E l'attuale era l'ultima, e tale sarebbe rimasta per sempre. Una volta, per la verità, aveva conosciuto al bar un tizio che aveva alzato il gomito, e sosteneva che «da qualche parte, da qualche altra parte del mondo, ci sono la guerra e la carestia». Ma aveva alzato il gomito, appunto. E, dopo quella sera, nessuno l'aveva mai più visto in giro. Fantasie, nient'altro che fantasie. Tutti quelli che viaggiavano raccontavano cose molto diverse. Che i paesi, anche i più lontani, erano organizzati come noi. Che l'Italia era un modello per il resto del mondo. Che si doveva essere orgogliosi di esserci nati. Cose così, insomma.

La mattina dopo prese un permesso dal lavoro e andò all'Ambulatorio Centrale per farsi controllare il chip. Al medico, che gli faceva osservare come mancassero ancora tre settimane al controllo semestrale previsto per legge, raccontò che il giorno fissato per la visita si sarebbe trovato all'estero per lavoro, e dunque non voleva che ci fossero imprevisti. L'uomo, sia pure poco convinto, lo sottopose a uno screening completo.

«Lei è perfettamente sano, e il suo chip funziona a dovere, e funzionerà ancora a lungo».

D'altronde, da quando i primi chip extrasensoriali erano stati impiantati in cavie volontarie, nel 2055, la tecnologia aveva compiuto progressi enormi. Disfunzioni e incidenti di percorso erano eventi rari, se non rarissimi.

«Ma se dovesse accadere...?»

Il dottore lo fissò con un certo interesse.

«Perché me lo chiede?»

«Io...»

«Mi stia a sentire. Nel malaugurato caso di un... guasto... i circuiti di fermo automatico impedirebbero del tutto la visione».

«Io non ho nessun problema di visione!», protestò Paolo, istintivamente sulla difensiva.

«Per caso ha notato qualche fenomeno anomalo? Qualcosa di strano che le è accaduto ultimamente... desidera parlarmene?»

«No, è tutto a posto», sussurrò Paolo, sempre più diffidente. Perché tutte quelle domande? Che cosa stava cercando il medico? Era seriamente malato e non glielo si voleva dire?

«Non si faccia una "visione" arbitraria», rise infine il medico, come se gli avesse letto nel pensiero, «non c'è assolutamente niente che non va in lei. E tanto meno nei circuiti. Vada, e mi stia bene!»

Il dottore attese che Paolo lasciasse l'Ambulatorio e poi inoltrò la segnalazione di soggetto a rischio alla Sicurezza Centrale. Un sergente, in quel momento di turno, ricevette la segnalazione e la inoltrò, a sua volta, al diretto superiore.

Quello stesso pomeriggio il nominativo, Baldieri Paolo, e un esile dossier che ne raccontava i sintesi i primi trentacinque anni di vita finirono sulla scrivania del generale Hauser, comandante supremo della Sicurezza Centrale. Il generale Hauser era un uomo alto, dai radi capelli brizzolati e dall'intelligenza acuta. Diagnosticò immediatamente un caso di interferenza anomala incolpevole, e volle telefonare al medico per lodarne personalmente l'acume. Suggerì al dottore di richiamare il paziente e dirgli che, a esami più approfonditi, aveva, in effetti, individuato un raro, ma non impossibile, caso di malfunzionamento del chip. Il medico azzardò una debole protesta. Il generale lo zittì con tono imperioso. «Lei faccia come le ho detto e non se ne pentirà. Le mando un mio uomo con un chip di nuova generazione da impiantare».

Mezz'ora dopo il capitano Malandrino partiva dalla sede centrale della Sicurezza diretto all'Ambulatorio. Il chip che custodiva nella scatoletta al titanio era munito di un rilevatore a impulsi aggiuntivo classificato Cosmic Secret. Dal momento dell'impianto, che avvenne intorno alle venti di quella stessa sera, Paolo Baldieri diventava a tutti gli effetti un Osservatore Inconsapevole sul Territorio. Prima di addormentarsi fra le braccia della moglie, il generale formulò una preghiera. Ti auguro che l'interferenza non si ripeta più, povero piccolo operaio assemblatore senza colpa. Ti auguro che tu possa dimenticare di aver mai visto e rivisto e rivisto migliaia di volte le stesse storie. Perché in caso contrario tu diventerai un uomo prezioso per noi, ma la tua vita sarà sconvolta.

«Ti sento agitato», mormorò la donna.

«Non è niente».

«Hai trovato qualcun'altra di quelle maledette spie?»

«No. Stavo solo pensando. Dormiamo, adesso, domani sarà una giornata dura».

Lei sospirò, poco convinta. Il generale si lasciò scappare un sorriso. Non poteva certo dirle che, in quel momento, era al suo passato che stava pensando. A un sogno che non aveva mai smesso di coltivare sin da quando aveva fatto la scelta giusta. Forse.

Anche se non gli era piaciuto affatto lo sguardo sospettoso del medico, Paolo aveva accolto l'impianto del nuovo chip come una sorta di liberazione. Dopo cena, messi a letto i gemelli, lui e Elena scelsero, dall'ampia gamma offerta dal Centro, un film intitolato *Delitto e punizione*. Scorsero le sequenze dei titoli di testa. Un giovane povero della periferia vede rientrare a casa la ricchissima vecchia del piano di sopra e concepisce l'idea di ucciderla per impossessarsi dei suoi averi. Alla fine dei titoli di testa, l'incubo era tornato. Lui aveva già visto quel film. Sapeva che il ragazzo sarebbe stato interrogato da un intelligente membro della Sicurezza che aveva immediatamente compreso come erano andate le cose, ma non aveva le prove. Sapeva che fra i due sarebbe andato avanti per un po' il gioco del gatto e del topo. Che il ragazzo avrebbe tentato di riscattare il suo gesto vivendo una vita più dignitosa. E sapeva che, alla fine, il peso del rimorso sarebbe stato intollerabile, e avrebbe confessato. Allora, solo allora, il membro della Sicurezza gli avrebbe spiegato che la vecchia era sopravvissuta all'assalto, e si stava lentamente riprendendo. «Ma perché non dirmelo subito?», avrebbe protestato il giovane. «Perché dovevamo prima recuperare la sua anima preziosa e immortale», avrebbe risposto il saggio investigatore. Anche lui, rifletté Paolo, sapeva qualcosa che nessun altro era in grado di decifrare. Sapeva, ma non poteva confessarlo a nessuno. Di tornare dal dottore non si fidava. Stava succedendo qualcosa. Ma perché proprio a lui? Ancora una volta, si sentiva troppo inquieto per arrendersi al sonno. Restò a lungo a vegliare i gemelli. Sperava che dalla loro innocenza invalicabile gli venisse una risposta. Ma, forse, si stava facendo domande alle quali non c'era risposta. Uscì. Prese al volo un veicolo pubblico, attraversò un quadrilatero di circoscrizioni e scese alla fermata del Quartiere Storico. Davanti a lui, illuminati da potenti riflettori, sorvegliati dai Guardiani del Turismo, stavano il Colosseo, la Basilica di San Pietro con relativo colonnato, la Basilica di San

Paolo fuori le mura, l'Altare della Pace, il Foro Romano e tante altre vestigia del passato di Roma. Si era deciso di concentrare i capolavori urbanistici e architettonici in quell'area al tempo della Grande Ristrutturazione. Il flusso di turisti da ogni parte del mondo era incessante. Ci si poteva perdere, in quello spazio immenso. Immenso e morto. Come i marmi, gli stucchi e le iscrizioni che riflettevano un tempo del quale tutti avevano perso la memoria. Era la prima volta che quello spettacolo, ordinario e quotidiano per un uomo nato a Roma e che a Roma aveva vissuto tutta la sua vita, aveva il potere di turbarlo. Paolo si scoprì a mormorare come una litania angosciata: state cercando di dirmi qualcosa? C'è qualcosa che dovrei sapere e che mi sfugge?

La mattina dopo, il generale Hauser, nel verificare il fascicolo di Paolo, notò la registrazione della nuova anomalia. Convocò il capitano Malandrino e gli offrì una Bevanda Rigenerante.

«I casi sono due, capitano. O quelli della Nicchia lo hanno individuato, e allora presto ci sarà un contatto... oppure, per sua disgrazia, il nostro amico è un Ref...»

«Un Ref? Ma non è mica una disgrazia, generale... tutti noi lo siamo, dopotutto. Altrimenti, non saremmo qui! E non è che ce la passiamo così male, no?»

Il generale sospirò.

«Sono anni che ogni volta che individuiamo un Ref quello rifiuta di unirsi a noi. Per qualche oscuro motivo, una volta assaporata la libertà di scelta, non riescono più a liberarsene. E a noi non resta che terminarli».

«È terribile, terribile», mormorò il capitano.

«Sì, lo so, è terribile, ma non abbiamo scelta. Lei non può ricordarselo, il mondo di prima, e io stesso ne ho solo una pallida memoria. Ma da quando sono entrate in vigore le Leggi sulla Storia Unica, la pace governa il nostro popolo e i popoli che hanno aderito al protocollo segreto di Vancouver. Altrove, non c'è che guerra e carestia. Siamo un'isola di pace proprio grazie al controllo che riusciamo a esercitare sui nostri cittadini. Non lo dimentichi mai, capitano, mai!»

Il capitano Malandrino era un giovane ufficiale abile e spregiudicato. Quando gli agenti governativi lo avevano individuato, non aveva esitato un solo istante a schierarsi dalla parte giusta. Lavorava da un paio d'anni alle dirette dipendenze di Hauser. Hauser era una leggenda vivente: non c'era cacciatore di Ref più abile di lui. Eppure, chi lo aveva assegnato a quell'incarico dubitava della sua lealtà. Non era forse Hauser un Discriminato? I Discriminati erano svincolati da qualunque controllo di legge. Anche se stranieri, e, dunque, ufficialmente impediti a svolgere qualsiasi attività lavorativa, godevano di uno status privilegiato in virtù degli elevati servigi resi al Governo. Al reparto di Sicurezza dal quale Malandrino proveniva pensavano che Hauser costituisse un'anomalia difficilmente giustificabile. Per dirla tutta, lo odiavano. Hauser era entrato clandestinamente in Italia con l'ultima ondata migratoria dai Paesi dell'Est, subito prima della Grande Ristrutturazione. Si era scoperto poi che era un Ref di eccezionale valore. Aveva fatto di tutto per far dimenticare le sue origini. Ma c'era chi non si fidava di lui. Negli anni trascorsi al suo fianco, Malandrino si era convinto che, in qualche modo, i suoi committenti non avevano tutti i torti. Era un uomo sfuggente, Hauser. Dava la sensazione di nascondere qualcosa. E, per giunta, da quando Hauser comandava la baracca, non un solo Ref aveva disertato la Nicchia. Erano stati costretti a procedere a molte «terminazioni». Ma se, come pensavano i suoi occulti superiori, Hauser era in combutta con la Nicchia, non poteva trattarsi di finte terminazioni? I controlli formali non avevano rivelato nessuna anomalia. Ma erano, appunto, controlli formali. In realtà, nessuno aveva mai potuto ispezionare un cadavere terminato. Non era semplicemente possibile, dal momento che i corpi terminati diventavano nebbia. Per questo nessuno aveva ancora osato attaccare pubblicamente Hauser. Malandrino si chiese se questo Paolo Vattelappesca non fosse la sua grande occasione. Se fosse riuscito a smascherare Hauser la sua carriera ne avrebbe tratto un vantaggio incalcolabile. Avrebbe persino potuto prendere il posto di Hauser. Se...

In quegli stessi momenti, Paolo interrogava cautamente i suoi compagni di lavoro. Tutti, nessuno escluso, avevano visto lo stesso film, la sera prima. Tutti ne erano entusiasti, e discutevano, con ardore e passione, della crisi di coscienza del ragazzo.

«Ecco uno che ha fatto la cosa giusta», concluse, a fine pausa, il caporeparto Moriconi, «e adesso facciamola anche noi la cosa giusta, compagni, basta chiacchiere e torniamo a lavorare!»

Nei giorni successivi, l'esperienza si ripeté, identica. Paolo e i suoi compagni avevano tutti visto gli stessi film: *L'attesa di Vincent*, dove due stralunati abitanti di un pianeta periferico aspettavano una Divinità dallo Spazio Profondo, To-God, e quando disperavano di incontrarla, finalmente questa si presentava. Era un terrestre di origini milanesi che aveva appena conquistato il pianeta, e si scusava educatamente per il ritardo, promettendo che avrebbe finalmente portato la pace e la sicurezza. *Guerra per la pace*, dove un eroico generale della

Sicurezza salvava la terra dall'invasione degli Arturiani (ancora loro!). *La bella disperata di Sirio*, dove Annak, un'extraterrestre dai lunghi capelli biondi, abbandonava figlio e marito per seguire Ron Skiv, un fatuo Artigliere dello Spazio che gliene faceva di tutti i colori, per ritrovarsi, infine, a tentare il suicidio facendosi investire da un'astronave terrestre. Ma all'ultimo momento il capitano dell'astronave riusciva a evitare l'impatto e convinceva la bella infedele siriana a fare ritorno dal marito e dai figli, che l'accoglievano a braccia aperte. E infine *I tre figli del Capitano Moranzoff*, dove tre ragazzi Venusiani scoprono di avere un fratellastro su Mercurio e cospirano con lui per uccidere il padre, che però viene a sapere della congiura e, con la dolcezza e l'amore, li convince a rinunciare al progetto. Tutti vedevano lo stesso film, e tutti trovavano il fatto assolutamente normale. Anche la coincidenza degli Arturiani non smuoveva più di tanto i suoi compagni di lavoro: quando li interrogò, gli parve addirittura che un paio di loro non avessero mai sentito parlare degli Arturiani invasori prima del film della sera avanti. Eppure, appena una settimana prima... Durante la pausa pranzo, Paolo uscì dalla fabbrica e andò a prendersi un caffè dall'altro lato della strada. Alla sua domanda, il barman rispose che anche lui la sera precedente aveva visto *Guerra per la pace*, trovandolo, per inciso, magnifico. Paolo si sentiva impazzire. Mantenere la situazione sotto controllo, impedire che Elena capisse quello che stava passando... ogni giorno diventava più difficile. Quella sera, mentre Elena scelse *Malattia amorosa*, una commedia sentimentale messicana, lui annunciò che avrebbe visto *Granata e Bianconero*, presentato come «dramma fantastico francese».

«È la prima volta che vediamo un film diverso!», gli fece notare lei, con una venatura di delusione.

«Si deve pur cambiare, ogni tanto», rispose lui, cercando di apparire ironico e disinvolto.

Ma quando sintonizzò il visore, e presero a sfilare i titoli di testa di *Malattia amorosa*, si sentì impazzire. Attento a non farsi notare da Elena, disattivò e riattivò più e più volte il chip, cambiando film in continuazione. Ma ogni volta, come se la sua volontà non influisse minimamente sull'intera faccenda, ogni volta, immancabilmente, ripartivano i titoli di testa di *Malattia amorosa*, storia di un sacerdote di Texlatequepeq che si innamora di una giovane ereditiera e riesce infine, dopo mille peripezie, a coronare il suo sogno d'amore quando, grazie all'aiuto di un versatile medico napoletano emigrato sul pianeta Tegugigalpos, salva la bella da un terribile attacco del misterioso morbo di Kao-Llerà.

«Com'era il tuo?», chiese, poi, Elena.

«Bello», rispose lui, con la morte nel cuore. «E il tuo?»

«Bellissimo», sospirò lei e lo abbracciò. Felice, sognante, nella sua ignoranza beata.

Quando ricevette il rapporto, il generale Hauser non ebbe più dubbi.

«È un Ref. Refrattario al controllo di visione. Solo i veri Ref non obbediscono al comando che li obbliga a scegliere un determinato film».

«Intercettiamolo», propose il capitano Malandrino. «Potremmo ancora convincerlo. Dopotutto, è ancora stordito, è appena cominciata per lui...»

«Anche a me piacerebbe dare una mano a quel ragazzo», rispose il generale, «ma abbiamo una consegna da rispettare. Dobbiamo aspettare che si facciano vivi quegli altri. Potremmo addirittura infiltrarlo».

«Ma potremmo anche perderlo!»

«Sono io che do gli ordini, non se lo dimentichi!»

Il capitano batté i tacchi. Il capitano batté in ritirata. Il capitano mi controlla da due anni e sta diventando impaziente. È giunto il momento di organizzare adeguate contromisure. Il generale convocò uno dei suoi stretti collaboratori, un uomo con il quale condivideva il segreto della Nicchia, e gli ordinò di mettersi alle costole di Malandrino.

Il contatto avvenne dopo una settimana circa. Fu un tale di mezza età, faccia rubiconda, vestito come un uomo d'affari, d'una eleganza pratica. Sedette accanto a Paolo mentre se ne stava a bere una birra con un collega, al bar sotto casa. Quando il collega andò al bagno, gli chiese se gli fosse piaciuto *L'aquilotto di Betelgeuse*. La storia di un poliziotto privato spaziale che tradisce il suo migliore amico con una bella donna spietata, recupera una preziosa teca cinetica aliena beffando un cinico e obeso mercante arturiano e alla fine convince la donna a ritirarsi in un monastero della Congregazione delle Sorelle di Alpha Centauri per espiare i suoi peccati.

«E lei come diavolo fa a sapere che ho visto proprio quel film?»

«Tutti hanno visto quel film, ieri sera», sorrise l'uomo, «in tutto il paese...»

«Sì, è vero, me ne sono accorto anch'io...»

«Ha mai provato a cambiare scelta?»

Paolo non rispose.

«L'ha fatto, vero?»

Paolo annuì piano.

«Ora devo andare», disse l'uomo, «c'è il rischio che lei sia sotto controllo. Ci rifaremo vivi».

«Ma chi siete?», quasi gridò Paolo.

L'uomo era scomparso nella folla degli avventori. Accanto a lui c'era il collega, di ritorno dal bagno.

«Ma con chi stavi parlando, Paolo?»

«Niente, niente, mi era sembrato... niente, niente, è tutto a posto». Quando seppe del contatto, il capitano Malandrino suggerì di piazzare due uomini di sorveglianza, ventiquattr'ore su ventiquattro. Il generale Hauser approvò senza esitare.

«Ottima idea. Appena si faranno vivi, finiranno nelle nostre mani. Se ne occupi lei, capitano».

Il capitano Malandrino tornò nel suo ufficio in preda a una cupa depressione. Hauser, dunque, era leale. Il destino di Paolo Vattelappesca era segnato. Il castello di carta che aveva così pazientemente costruito crollava miseramente. Alla fine di questa storia avrebbe chiesto il trasferimento. Se la missione era di incastrare Hauser, aveva fallito, e dunque non c'era motivo. A meno che... a meno che... poteva simulare una crisi di coscienza. Gettarsi ai piedi di Hauser e confessare che era stato incaricato di spiarlo. Svelare i nomi dei congiurati, quel gruppo supersegreto interno alla Sicurezza che gliel'aveva giurata. Restare a galla, in un modo o nell'altro... Era così immerso nei suoi pensieri che non si accorse né dell'uomo che si era materializzato, silenzioso ed efficiente, alle sue spalle, né dello Smemorizzatore puntato alla sua nuca. E quando il raggio partì, era troppo tardi per qualunque reazione.

Per tre giorni non accadde niente di importante. Il quarto giorno, preannunciato da un sibilo sinistro, l'impianto di gestione dell'appartamento di Paolo andò in corto circuito.

Paolo chiamò la Sicurezza. Nel giro di mezz'ora giunse un tecnico.

«Il guasto è in cantina, venga con me».

Paolo lo seguì e, tanto per fare conversazione, gli chiese come si chiamasse. L'uomo sorrise.

«I nomi non hanno importanza. Sono un amico di quel signore con cui ha parlato l'altra sera al bar».

L'uomo estrasse dalla borsa degli attrezzi una piccola cassetta metallica e gliela puntò contro. Paolo arretrò, e sollevò d'istinto i pugni.

«Niente paura», sorrise l'altro, «è solo un rilevatore di impulsi... Sì, è come pensavo. Lei è sotto controllo. Le hanno impiantato qualcosa, di recente?»

«Un nuovo chip. Il precedente era difettoso».

«Come si sono accorti del difetto?»

«Sono andato dal medico e... Il medico! È stato lui! Mi ha...»

«Si capisce», annuì il finto tecnico, «l'ha denunciato. E loro sono intervenuti».

«Loro, intende dire...»

«Intendo dire il Governo, quelli che ci controllano tutti, il potere, lo chiami come vuole. Ci obbligano a vedere quello che vogliono. Attraverso la visione lanciano i cosiddetti "messaggi positivi". Lei non ha mai scelto un cazzo della sua vita, nemmeno, mi scusi, la moglie che si ritrova. Sono stati loro a identificare il soggetto e a pilotare la chimica della vostra reciproca attrazione. Così come pilotano i vostri gusti di consumatori, le vostre economie domestiche, le scelte elettorali... ha notato che da trent'anni il Governo non cambia mai? Che sono eletti sempre gli stessi? Si è mai chiesto perché?»

Paolo vacillò. No, non se lo era chiesto. E non se lo sarebbe mai chiesto se quella sera...

«Lei è un Ref. Refrattario al controllo. Benvenuto a bordo!»

«Ref? Sino all'altra sera è andato tutto bene!», si lamentò Paolo.

L'uomo scosse la testa.

«Nessuno nasce Ref, tranne pochissimi eletti. Però accade spesso che il fenomeno si manifesti all'improvviso. Proprio come è accaduto a lei. Peccato che non siamo riusciti a individuarla prima degli altri. Ora, le resta poco tempo».

«Poco tempo per far cosa?»

«Per unirsi a noi. Le espianteremo il chip di controllo. La trasferiremo in un'altra città. Lavorerà per noi. Lavorerà per la libertà».

«Siete i terroristi di cui parlano i giornali?»

Il tipo esplose in una fragorosa risata.

«Siamo la Nicchia, fratello. Scriviamo storie, le filmiamo, facciamo vedere alla gente roba autentica, non quelle pappine prefabbricate da loro sulla base di vecchi libri ai quali cambiano il finale per inondarvi di "messaggi positivi". Siamo scrittori, attori, registi... e qualche uomo d'azione, come il sottoscritto... abbiamo comunità disseminate dappertutto. Diventiamo più numerosi e agguerriti ogni giorno che passa. Siamo la libertà, fratello. Ora, devi decidere da che parte stare».

«Io voglio solo indietro la mia vita!», gridò Paolo.

L'uomo sospirò.

«Quella l'hai già persa, Paolo, e nessuno potrà mai ridartela. Dal momento in cui io uscirò da quella porta, e i circuiti di controllo saranno riattivati, hai due, forse tre ore di tempo. Poi verranno a prenderti».

«E che cosa mi succederà?»

«Oh, i Ref fanno comodo anche a loro. Ti faranno una proposta. Ti chiederanno di dare la caccia a quelli come me.

Se accetti, diventerai un uomo ricco. E infelice. Se rifiuti, ti termineranno».

«Ma è illegale! Non esiste la pena di morte in questo paese!»

«Tu dici? Fa' la prova. Peccato che poi non potrai raccontarmelo!»

L'uomo armeggiò nella centralina dei comandi.

«C'è un veicolo di fronte al tuo portone. Aspetterà esattamente centoventi minuti. Poi, sarà troppo tardi. Buona fortuna, e fa' la cosa giusta, fratello!»

Con un ultimo tocco, il guerrigliero della Nicchia riattivò il selettore di energia. I circuiti ripresero a funzionare.

In quel momento il capitano Malandrino era impegnato in un'esercitazione antiterrorismo in zona Gianicolense. La chiamata del generale Hauser lo raggiunse esattamente due ore dopo la riattivazione dei circuiti. Malandrino si precipitò al comando della Sicurezza. Hauser era una maschera di gelo.

«Ci hanno fregati. Hanno provocato un guasto, neutralizzato il tecnico delle riparazioni e mandato uno dei loro. Adesso il nostro ragazzo sa tutto».

«Ma... è impossibile!»

«La squadra di pronto intervento è già sul posto», proseguì Hauser, implacabile, «ci sono solo la moglie e i figli. Abbiamo spiegato alla donna che il marito ha avuto un incidente. Più tardi le faremo vedere un corpo sintetico. Dovremo trovarle un nuovo compagno... ma questo non è un problema. Il problema è lei, capitano. Ha contravvenuto ai miei ordini...»

«Ordini? Ma io...»

Hauser lo zittì con un gesto deciso.

«Dov'erano gli uomini incaricati della sorveglianza? Mi pareva di essere stato chiaro...»

«Io non ho ricevuto nessun ordine!», protestò, debolmente, il capitano.

Hauser scosse la testa.

«Sono molto deluso, capitano. Dovrò fare rapporto. Credo che qualcuno si farà delle domande imbarazzanti. Le stesse che mi sto facendo io in questo momento. A giudicarla freddamente, tutta questa faccenda mi pare fin troppo evidente. Lei ha protetto quel Ref. Si consideri agli arresti. È tutto!»

Quella sera, il generale e il collaboratore con il quale divideva il segreto della Nicchia si fecero aprire il Quartiere del Turismo e andarono a fumarsi un sigaro, importato clandestinamente da Cuba, sugli spalti del Colosseo.

«Malandrino è neutralizzato», sospirò il collaboratore

«Ne arriverà un altro come lui, e poi un altro ancora», sospirò il generale, mandando giù una robusta boccata di fumo.

«Quanto ancora potremo resistere?»

«Per il momento, ne abbiamo liberato un altro. Ma sono d'accordo con te. La questione si sta facendo difficile. Controlliamo mezza Europa, ma non è ancora abbastanza».

«No, non è ancora abbastanza», concordò l'altro, scuotendo la testa. «Il problema vero siamo noi. È l'Italia. A volte penso che ci sia qualcosa nel nostro DNA che non funziona... ma mi ascolta, generale?»

Il generale si era perso dietro un raggio di luna che faceva capolino fra due colonne del Bernini. Il generale pensava. Il generale sperava. Un giorno tutto questo sarà rimesso al proprio posto. Ogni singola maledetta pietra riavrà il suo tempo e il suo spazio. E Anna Karenina potrà finalmente suicidarsi in pace.

LA INFINITA BELTÀ DEL PROGRAMMA SI VEDRÀ DI LONTANO

di Giuseppe Genna

La maggioranza dei telespettatori e addirittura dei cittadini italiani, dall'emissione della seconda puntata, segue per tutto il suo corso la trasmissione *Spirit*, che i critici televisivi non sanno inserire in alcun genere (quiz, programma di divulgazione scientifica, reality, fiction?), e a nessuno gliene frega niente, i critici televisivi scrivono quello che vogliono e nessuno li legge. Nessuno legge più i giornali, che misurano dimensioni midi-tabloid, dodici centimetri di altezza e sei di larghezza, per un totale di milletrecento pagine, con foto a colori spesso occupanti metà dell'estensione della pagina.

La trasmissione *Spirit* potrebbe sembrare erede della trasmissione *Voyager*, che era erede della trasmissione *Misteri* che era erede di una parte della trasmissione *Portobello*, programma in cui i concorrenti gareggiavano per arrivare a fare parlare un pappagallo davanti a una pendola, sul cui quadrante il tempo scorreva inesorabile, i concorrenti suggerivano la parola all'uccello, che era totalmente indifferente e non graculava mai nulla, questo ai tempi in cui un esperto di comunicazione coi morti via radio vinceva il quiz più seguito del magro palinsesto italiano, moltissimo tempo addietro. Il Conduttore di *Spirit* è un volto ignoto della televisione, ma questa non è più televisione, è altro.

Alla seconda puntata, l'audience attiva è stata misurata in tre quarti della popolazione italiana, non del totale degli spettatori. Inesplicabile il successo della trasmissione, di cui qui si dà il resoconto della terza e ultima puntata, quella definitiva, la non superabile, quella che rivela e pone termine. Non c'è suspence. C'è pochissimo da ridere. Nessuno si stupisce per le rivelazioni, le immagini assolutamente censurabili e ormai ben al di là di ogni valutazione morale, i numeri comici non lo sono, eppure il successo è irrefrenabile.

Anzitutto il titolo: *Spirit* si ispira a un'antica sonda inviata su Marte che a sua volta inviava sulla Terra, a Pasadena, negli Stati Uniti, immagini sempre uguali di un deserto privo di vita, immagini a loro volta inviate in tutto il globo che, a sua volta, meccanicamente poiché le immagini percorrevano l'etere, li inviava nell'universo in forma di frequenze via via indebolentisi. Chi assiste al programma lo vede ripreso da una telecamera che inquadra a pieno uno schermo televisivo che trasmette il programma. Col trascorrere della scaletta, si passa a una telecamera che inquadra uno schermo pieno che a sua volta ha inquadrato uno schermo su cui scorrono le immagini del programma. Si va avanti così: schermi dentro schermi, quindi inevitabilmente le immagini, sempre più rigate e offuscate e disturbate, si riducono al centro del video, una porzione minima, fino a sparire, non resta alcuna immagine da vedere, ma soltanto voci e suoni da ascoltare, fino a quando anch'essi si spengono e non resta più niente.

Niente resta.

Si inizia con la sigla, consistente soltanto nei titoli di testa, sopra l'immagine di un fastidioso occhio che sbatte la palpebra, impedendo una comoda lettura delle scritte in sovrimpressione:

IN DIRETTA DALLO STUDIO 3 DI VIALE MAZZINI

ENZO TORTORA PRESENTA

SPIRIT

L'OCCHIO INVIATO SUL PIANETA ALIENO

STORIA, PRODIGI, BANALITÀ INTERESSANTI, ALIENI, SIAMO SOLI NELL'UNIVERSO?, L'APOCALISSE È VICINA, MISTERI D'ITALIA E DEL MONDO, COMPLOTTI E COSPIRAZIONI, DIVERTIMENTO, GOSSIP, RICORDI E TANTA NOSTALGIA, ROTONDE SUL MARE, NOSTRI DISCHI CHE SUONANO, FILOSOFIA PER TUTTI, MANUALI A USO DELL'IDIOTA, CULTURA ALTA E BASSA E MEDIA E GRASSA E NANA E DA GUINNESS, BIRRE GUINNESS, L'ALCOL FA MALE, IL FUMO FA MALE, VIVERE FA MALE, GUINNESS DEI PRIMATI, PRIMATI NEL SENSO DELLE SCIMMIE, DA DOVE VENIAMO?, SCIENZA, PARANORMALE, CRONACA IN DIRETTA, DRAMMI FAMILIARI, PROCESSI PUBBLICI, ESECUZIONI CAPITALI PER IMPORTANZA, RICOSTRUZIONI, COSTUME, NASCONDIMENTI, VERITÀ SVELATE, RELIGIONE, GIOCO, COMICITÀ, MOLTISSIME RISATE E LACRIME, DOMANDE A CUI NON SI PUÒ RISPONDERE, QUIZ DIFFICILISSIMI A CUI POTETE PARTECIPARE DA CASA, TELEFONATE IMPROVVISE A SORPRESA, SCHERZI, MACCHI-

NE SORPRENDENTI E BREVETTI NON SFRUTTATI COMMER-
CIALMENTE, ANALISI DI MERCATO PER CAPIRE COSA CI STA
SUCCEDENDO, LA DURA REALTÀ, LA GIUNGLA METROPOLI-
TANA E QUELLA SUBSAHARIANA, LA VITA DEGLI ANIMALI E
QUELLA DEGLI UOMINI, IL PURO CANDORE E I VIZI CAPI-
TALI DI OGNI NAZIONE, LE PATOLOGIE INCURABILI E LA
MORTE IN DIRETTA, LA NASCITA IN DIRETTA E LA CRESCITA
INDIRETTA, LO SVILUPPO E IL DIALOGO TRA AMICI DI UN
TEMPO, SORPRESE ED ESPERIMENTI, L'ABOLIZIONE DI
QUALUNQUE COSA NASCOSTA, NOI VOGLIAMO DIRE TUTTO
E QUINDI NON DIREMO NIENTE, QUESTO CI ESALTA PER-
CHÉ VOGLIAMO ESSERE FELICI E NON POSSIAMO, LITI DI
CONDOMINIO, ARTE E COLTURA DI VEGETALI DI NUOVISSI-
MA SPECIE, SPECIE QUELLI COMMESTIBILI, SPECI, ENOGA-
STRONOMIA E TECNICHE SPIONISTICHE, I GRANDI SEGRETI
CHE NESSUNO HA MAI OSATO RACCONTARE, PSICOTERAPIE
E BLUFF RIVELATI, LETTERATI E INTELLETTUALI, STRAGI DI
MASSA, COME SI COSTRUISCE UN ORDIGNO NUCLEARE, FA-
TELO DA VOI, BRICOLAGE ED ESERCIZI PER MISURARE IL
Q.I. E MANTENERE GIOVANE LA MENTE, TELEVENDITE E VO-
TAZIONI IN TEMPO REALE, TEMPO IRREALE SECONDO SA-
PIENZE ANTICHE CHE NESSUNO ASCOLTA MA CHE NON SI
DOVREBBERO ASCOLTARE, GRANDE GIORNALISMO, L'IN-
CHIESTA TRADIZIONALE, I BEI TEMPI ANDATI CHE NON SO-
NO MAI STATI BELLI, COSA CI ATTENDE DOMANI?, METEO E
TEMPO CHE FA, TEMPO CHE CORRODE TUTTO E CINEMA,
TELEVISIONE, L'ITALIA QUELLA VERA SÌ, E NOI STESSI RAC-
CONTATI E PRESENTATI DA

VOCE FUORI CAMPO: ACCOGLIAMO CON UN GRANDE AP-
PLAUSO...

Grazie... Grazie... Grazie! Quanti applausi! Quanto affetto! Merito forse questo affetto?, questo amore incondizionato che non porta a nulla, che tanto finirà quando si esaurirà il ciclo di questo programma? Ma voi l'avete voluto e io devo ringraziarvi, mai nella storia della televisione italiana è stata raggiunta un'audience simile! Un risultato storico, per cui invito tutti a fare un applauso a voi, siete voi i protagonisti di questo successo, applauditevi da soli! Grazie! Nessuno sponsor è accettato in questa trasmissione e forse ciò al successo ha contribuito, senza contributi otteniamo un contributo ed è tutto merito vostro, ma non perdiamo tempo.

Siamo alla terza puntata e vogliamo mostrarvi quanto dobbiamo mostrarvi, quello che durante la settimana abbiamo scelto di mostrarvi e che voi scegliete che vi sia mostrato! Grazie!

Come vedete sono vestito con un completo in grisaglia e una cravatta in lana secca, non di vari colori a righe trasversali e a quadrati ma in tinta unita, scarpe nere in cuoio traforato modello Churchill's, e tengo in mano la cartellina rigida con i fogli che dettano la scaletta, i miei capelli brizzolati si intonano alla tinta del mio abito, il mio sguardo è franco e sincero ma contagiato da una sorta di inermità bambina che provoca in voi un inavvertito senso di pietà, così come il tono della mia voce, talvolta calcolatamente malfermo e chioccio, suscita in voi italiani tutti un'empatia, ma inavvertitamente, non c'è fatica in tutto questo, voi rimanete comodi e provate emozioni che non vi accorgete di provare, non dovete stancarvi per provarle, ma le provate! Grazie! Ma non perdiamo tempo.

Leggendo la scaletta vedo che il primo ospite è il dottor Brian Weiss, un grande applauso al dottore! Come tutti sapete, essendo stato ospite nella prima puntata, con un successo che ci ha travolti, inatteso, modificandoci tutti, eravamo tutti osservati partecipativamente da voi!, il dottor Brian Weiss è autore di un bestseller, *Molte vite, un solo amore*. Già psicoterapeuta, si è reso conto sperimentalmente che è possibile, ma non perdiamo tempo!, risalire a ricordi ancestrali che dormono ascosi in ciascuno di noi e testimoniano dei nostri passaggi attraverso vite anteriori. Il suo metodo di ipnosi regressiva consiste nel condurre il paziente a uno stato di apparente incoscienza, da cui questi o questa è capace di esprimere visioni e ricordi, oggettivamente appartenenti a un'altra esistenza, che non sono sogni!

Un grande applauso per il dottor Brian Weiss e per la sua paziente, che questa sera si sottoporrà a un trattamento di ipnosi regressiva!

Osservateli entrare dal tunnel che ha per pareti il palco a gradoni su cui sono seduti i rappresentanti non democraticamente eletti di voi che ci seguite da casa, il pubblico che sintetizza tutti voi, osservate il dottor Weiss e pubblicamente l'applauso che vi raggiunge, il volto luminoso del dottor Weiss che vi raggiunge, l'ironia è bandita, la rappresentazione è finita nell'interiorità, la rappresentazione è il male di questo tempo e perciò di ogni tempo, tutto è gratuito e noi godiamo della flattanza sulla gratuità di ogni storia possibile, in cerca disperata di un freno alla gratuità, noi siamo gli inventori del limite e della benedizione, noi cerchiamo un sonno ristoratore che non coincida con la morte, ma ecco che, spettacolare sorpresa!, la morte è un errore, la morte non c'è, non bisogna soffrire per dirlo apertamente, basta ipnotizzarsi regressivamente per capire che siamo in ipnosi progressiva, tutti noi terroristi dell'immaginazione, tutti noi malati dell'apparenza che induce il falso ricordo e crea la religione del lapsus, tutti noi in fremente e parossistica attesa del disvelamento!

La paziente accanto al dottor Weiss è la dottoressa Tirone, esperta televisiva di diete per vivere meglio la propria immagine, ed è dalla sua viva memoria rimossa che ascolteremo chi è stata in un'altra vita, oltre a essere stata una dietista di fama, e tutto ciò grazie alla traduzione delle domande del dottor Weiss, che essendo americano non sa un'acca di lingua italiana, ma noi disponiamo di un traduttore dalla voce meccanica, discontinua, androgina, un uomo che nessuno ha mai visto ma tutti voi avete ascoltato in questi anni che sembrano secoli! E quindi chiunque capirà quanto dirà il dottor Weiss, che come vedete si è già accomodato sulla poltrona in cuoio nero, costruita per fare avvertire un senso di comodità che altro non è se non un accenno di amore concesso dalle cose materiali al nostro corpo senziente, il mondo che una volta tanto ci ama e ci conforta con un calore materno, tutto per noi che siamo incapaci di percepire quanto tale calore è dato da sempre e per sempre, innescando la nostra trappola immaginativa.

Eccolo, il dottor Weiss è seduto sulla poltrona e ha già addormentato la dottoressa Tirone e le sta chiedendo: «Dove ti trovi?»

E la dottoressa Tirone, con gli occhi chiusi, profondamente addormentata, mugola infastidita, e il dottor Weiss le chiede, nella traduzione atonale e anodina: «Cosa vedi? Cosa c'è attorno a te?»

E la dottoressa Tirone risponde: «Sono nella stanza di una castello, sono una nobile del XVII secolo».

È incredibile!, siamo nel XVII secolo!, a sorpresa!, potevamo essere nel secolo buio, a ridosso della civilizzazione, nell'agorà ateniese e periclea, in uno strato geologico temporale dell'assolutamente incomprensibile e sconosciuta storia plurimillenaria della Cina, in piena Africa dell'800 antecristo!

Vedete la lingua incomprensibile del dottor Weiss, lingua incomprensibile biascicata, disarmonica, questa lingua di merda anglosassone trasformata da una distanza oceanica dall'isola che l'ha partorita, vedete come distorce la bocca del dottor Brian Weiss, quasi stesse masticando un chewinggum, lingua incapace di poesia, di narrazione, fatta di ritmi che soltanto il sax di un jazzista può nobilitare, questa lingua buccinante e parodistica, questa lingua ironica e filamentosa come certa bava, questa lingua delle scie di lumaconi senza guscio, questo sfrigolare di carne alla griglia strapiena di acqua e mutazioni perniciose in riva a una piscina familiare piena di cloro e zanzare morte, vedete questa lingua con cui il dottor Weiss domanda alla sua paziente: «Descrivi la situazione in cui sei, cosa ti sta succedendo»

E non è una domanda!, è un ordine!, ma io ho fatto finta che fosse una richiesta, la gentilezza abusata diventa ciò che qualunque maschio fa con qualunque femmina, le ultime due comunità formalmente disposte a scontrarsi prima dell'estinzione della specie, crolleranno gli stati, cioè le nazioni e le situazioni immersive in cui siamo psicoemotivamente coinvolt* tutt*, e la paziente, l'indimenticata dottoressa Tirone che si produceva in memorabili televendite ai tempi d'oro che nemmeno riusciamo più a collocare, risponde all'ordine, bisogna che questa civiltà faccia una statua d'oro al maestro di tutti noi, Ivan Pavlov, quello del memorabile cane, che gli siano consegnate le chiavi di Roma, ma attenzione!, dalla regia un messaggio a sorpresa!, un dramma per cui siamo costretti a interrompere momentaneamente l'esperimento di ipnosi regressiva, la linea alla regia, eccola, ascoltiamo che ha da dirci:

«INFORMIAMO I NOSTRI SPETTATORI CHE È APPENA GIUNTA IN REDAZIONE LA FERALE NOTIZIA DELL'IMPROVVISA MORTE DEL NOSTRO PONTEFICE, CHE È STATO IMMEDIATAMENTE SOSTITUITO DA IVAN PAVLOV IN UN CONCLAVE LAMPO STRAORDINARIO».

Abbiamo un nuovo papa ed è proprio Ivan Pavlov!, sono gli inconvenienti della diretta!, festeggiamo l'incredibile notizia dell'elezione del nuovo pontefice abbattendoci nel lutto per la morte del precedente!, alziamoci e facciamo un minuto di silenzio per la morte del precedente mentre al contempo urliamo tutti il nostro giubilo per l'elezione del nuovo al soglio di Pietro, quest'uomo fatto di pietra su cui hanno eretto tutto, non di sabbia, ma di pietra, senza tondini e senza carpenteria, fondamenti di roccia come ai bei tempi andati chissà dove, tempi che addirittura precedono quelli già incollocabili del Medioevo, abbracciamo questo papa inutile ma a cui teniamo tutti tantissimo non credendo più all'anima, alla redenzione e fortunatamente all'inesistente Dio, facciamo la hola per la memoria dell'inesistente Dio, che noi occidentali abbiamo confuso con il limite e con l'errore della morte non comprendendo cosa fosse il dolore, non scavando nel nesso che allaccia amore e solitudine.

Ma non perdiamo tempo, sentiamo ora il racconto della dottoressa Tirone agli ordini del dottor Brian Weiss, che è il Sostituto Di Tutto Il Cristianesimo, perché è in grado di interagire con il nostro vero passato adulatorio in quanto ingannatore in quanto finto ma moralmente tale e oscenamente spiattellato per il nostro desiderio di erigere un limite da abbattere, la mente non ha confini, noi esondiamo, siamo l'onda anomala che spacca qualunque schermo, siamo l'abbraccio incondizionato, siamo il gratis et amore dei, cioè di chiunque al plurale, e ascoltiamo la dottoressa che ci racconta della sua vita passata con smorfie di dolore che non sente, questo è il paradiso che abbiamo tanto sognato!, provare dolore non sentendolo!, ed ecco la risposta, eccola: «Mio marito è un aristocratico francese, un conte, il conte Marcel, e siamo nel XVII secolo, io sono stesa sul letto, vestita di pizzi, la pulizia del mio corpo è rimarchevole per gli standard dell'epoca, ma lui è furibondo con me perché l'ho tradito, e dà del cicisbeo in francese collerico all'uomo rude che mi ha preso da dietro acconsentendo a un mio desiderio e quindi obbedendomi, mentre mi trattava come se fosse lui a comandare, questo è il mio trucco femminile, ho cerone e un neo finto sulla guancia destra e sono priva della parrucca d'ordinanza, mio marito mi bastona mentre sono a letto, è nella stanza da letto con i due cani da caccia che mi scatena contro, vedo le loro fauci e avverto l'olezzo disgustoso della carne macinata che si è imputridita tra i loro canini affilati, due cani neri trattenuti appena da un guinzaglio, e lui mi bastona, nel mio baldacchino disfatto!»

E un grande applauso al dottor Brian Weiss!, che ci ha dimostrato come tutti abbiamo scheletri nell'armadio e vere vite da raccontare, trabocchiamo di storie false da tutti i pori ed è questa la verità, grazie alla dottoressa Tirone a cui chiediamo che fine ha fatto mentre è qui e sappiamo dunque che fine ha fatto, visto che è qui.

Ma passiamo al prossimo servizio.

Parliamo di un eccezionale reportage, non perdiamo tempo, il tempo è sempre perduto, siamo perduti nel tempo, questa ignominiosa sostanza oleosa e lenta, colloidale, il prossimo servizio dal nostro Inviato, che è stato per noi una notte intera, chiuso con la telecamera, lui e lei insieme soltanto, quindi non propriamente solo, nella piramide di Giza, per dimostrare una tesi affascinante: eccolo che ci dice tutto, ma tutto, proprio tutto, non tralasciando niente, un'ipotesi fantastica che ci trascina nella corrente fluviale della speranza a cui agogniamo, ecco le sue parole imperdibili: «Buonasera a tutto il pubblico della trasmissione. Mi trovo nella camera di sbocco verso la cima della piramide di Giza, per verificare un'ipotesi che soltanto qualche anno fa sarebbe stata fantascienza, mentre oggi, dopo le ultime scoperte, che hanno rivoluzionato la scienza archeologica, è vicina a una dimostrazione definitiva. Ma prima di farvi vedere le immagini che ho girato in questa notte trascorsa da solo, chiuso, serrato dentro la piramide, mandiamo in onda l'intervista registrata all'ingresso della piramide, con il responsabile governativo della preziosa area della spianata, Zawi Hawass, che dice: "L'ipotesi che io ho sempre sostenuto, e cioè che le tre piramidi dell'area di Giza sono in realtà tre depositi astronavali, astronavi atterrate proprio qui, che hanno condotto una popolazione aliena, tecnologicamente avanzata e molto più evoluta della specie umana, più di 10.300 anni prima della nascita di Cristo, è ora comprovata dalla scoperta di motori posti sotto la base delle piramidi stesse, scoperta effettuata grazie al permesso di esplorare in quel luogo, permesso che non fornivo mai per motivi di sicurezza nemmeno nazionale ma addirittura mondiale, perché lo choc sarebbe stato troppo forte per il pianeta".

«E adesso eccomi qui, l'Inviato che ha ottenuto lo statuto di prediletto e, grazie a un finanziamento occulto che rivelo in differita, è riuscito a ottenere questo permesso mai concesso a nessuno, stare da solo all'interno di una piramide, vedete le immagini sgranate, la luce fioca, in questo assai ristretto e soffocante corridoio di cui nessuno, io per primo, ha compreso finora il senso, ma noi sappiamo che dietro la parete che fa da termine a questo cunicolo c'è una stanza vuota e noi questa sera la scopriremo in una diretta mandata in differita per esigenze televisive, dimostrando che si tratta della cabina di pilotaggio di quest'immensa astronave che è discesa sulla Terra permettendo un salto quantico alla nostra specie, non ce l'avremmo mai fatta a costruire un edificio così gigantesco, così perfetto con le sue misure auree, irriproducibile perfino con i nostri mezzi tecnologici più avanzati, eravamo dei cretini, prima dello scorso secolo e del nostro smagliante presente qualunque uomo è stato un contadino ignorante o un ricco saccente e ambizioso, entrambi comunque cretini, al disotto di una soglia di civiltà comoda e capace di nascondere la verità di ogni dolore. Ma eccomi, ansante, col fiato corto che disturba il vostro udito rimbombando nel microfono, ecco che sono di fronte alla parete e aziono la trivella sulla cui punta è posta una telecamera. Ecco le immagini indecifrabili roteanti della soggettiva della trivella che ruota sbriciolando l'antico muro. Ecco che trova uno spazio angusto di là dalla parete: è un'intercapedine! Non abbiamo dimostrato nulla, ma abbiamo dimostrato che esiste uno stimolo per continuare le ricerche, nella certezza che veniamo tutti dallo spazio, noi e il nostro pollice opponibile! Buonasera a tutti dal vostro Inviato».

Un grande applauso al coraggio e alla spregiudicatezza del nostro Inviato!, ma non perdiamo tempo. Vedete già al centro di questo immenso studio, che è una parola che ha perduto senso, perché qui non si studia nulla, non ci si raccoglie in meditazione, qui noi cerchiamo il contrario del significato originale della parola *studio*, tanto la lingua è gratuita e la modifichiamo a nostro piacimento e poi facciamo finta che il mutamento della lingua ce l'abbia imposto uno schermo di vetro che parla, quando è proprio la lingua che si muove per i fatti suoi e noi non possiamo farci niente, la odiamo e lodiamo, è sempre accompagnata da una legione di spettri e di fantasmi e di morti viventi nascosti tra le sue pieghe, è un boa constrictor che detestiamo fingendo di amarlo, ecco, dicevo, al centro di questo studio che è il luogo in cui cerchiamo l'infinito intrattenimento in forma di ozio: un letto.

E su quel letto: lui.

Lo riconoscete tutti: è il malato di sclerosi amiotrofica più famoso d'Italia!

La sua battaglia per morire, per liberarsi da questa trappola che è diventata il suo corpo si è incisa nella mente di chiunque, papa o non papa, uno fa quel cavolo che vuole del suo corpo, se fa troppo male ce ne liberiamo, lo odiamo e fingiamo di amarlo, lo sappiamo che va a finire così, marcisce, putrefà in vita, siamo cadaveri viventi e per questo stiamo molto comodi a fare un sacco di ironia su una condizione penosa, che non implica il grave pensamento, ma una serie di battute che fanno sorridere, ce lo diciamo che noi senza linguaggio non possiamo vivere, siamo fatti di linguaggio, dagli schermi nelle vostre case io appaio come un fantasma, un soggetto linguistico che vi vuole ironicamente portare chissà dove, alla dimenticanza di voi stessi, siete tutti italiani e lo sapete meglio degli altri popoli: detenete questo primato!

Ma adesso: silenzio. Rispetto. Dimenticanza.

Davanti alla morte di un uomo, non bisogna parlare.

Tutti zitti.

Non possiamo dire nulla della morte di quest'uomo che siamo felici e infelici di ospitare.

Egli è qui per togliersi la vita davanti alle telecamere.

La sua situazione è penosa.

Non parliamo del suicidio.

Non parliamo della morte.

Signori, ci vuole rispetto.

Noi siamo il contrario, l'opposto precisissimo di quelle trasmissioni televisive oscene, in cui si finge una pietà pelosa, pur di narrare morbosamente con i plastici gli assassinii dei bambini e delle fidanzate che ci interessano da quando siamo repubblicani, noi italiani, noi partigiani del noi in questo Stivale, in questa Churchill's allungata, noi che siamo noi nel nostro malcontento celebre Oltralpe e anche Oltre, oltraggiosi dopo essere stati oltraggiati, noi paese dell'oltranza, incapaci di inoltrarci, ma chi se ne frega?, è arrivato il momento.

Se uno si impicca, ricordiamolo in silenzio. Non è un'icona, anche se questo è falso, perché il corpo e l'esistenza sono contenuti dal preciso limite delle icone, che ci sarebbero superiori, se solo noi comprendessimo che esse forniscono un limite da scavalcare verso nessun superamento.

Quest'uomo è venuto qui a renderci testimoni della sua morte.

È un martirio, etimologicamente i martiri siamo noi!, ma senza alcuna fatica o sofferenza, questa è la mia promessa che rimbalza nel vostro canale auricolare!

Ascoltate l'incomprensibile e gutturale fonema che non vuole dire nulla, la sua fonazione è infatti distrutta dalla malattia. Egli è cosciente. Sa e vuole quello che fa. L'Amiotrofico Più Celebre è qui tra noi e sta per non esserci più!

Ecco: le prime gocce della flebo letale, messa in azione dal movimento oculare con cui il computer interpreta i residui inesprimibili della volontà di questo tronco umano che pena – eccole, incominciano a invadergli il sangue. Guardate: si addormenta. Schiuma dalla bocca che si torce. Ha sussulti. Il dolore dev'essere enorme, deve scuotere i nervi e il cervello, gli organi molli sono in spasmo, dev'essere terribile, ma nessuno di noi, compreso lui stesso, sente un grammo di quel dolore!

È morto.

Tutti in piedi, per un minuto di silenzio in rispetto della morte civile di questo italiano che ci ha fatto vedere come si muore da italiani.

Ma non perdiamo tempo. A proposito di tempo, mi dicono dalla regia che è fondamentale fornire le previsioni del tempo per la giornata di domani, che tanto trascorrerà col tempo che farà a prescindere dal fatto che anticipiamo, leggendolo, il clima, e poi c'è un altro giorno, non ha alcun senso né pratico né predittivo fornire queste indicazioni meteorologiche, ma tutti voi ce lo chiedete e noi le diamo, le previsioni, ed eccole! Piogge in Sardegna e Liguria, rinforza lo scirocco. Imminente la neve sul Nordovest. Prepariamo ombrelli, cappotti e giacche a vento. Giunge un forte peggioramento. Ecco lo scirocco, in arrivo piogge e neve al Nord. Anche in Val Padana.

Bene! È venuto il momento di fare entrare in studio Gli Scrittori! Come sapete, questo è un programma di scienza e cultura e di tutto quel tutto che alla fine è niente ma nemmeno questo poiché non esiste una fine, ma una parentesi realmente comica serve ad alleggerire questo tutto e a permettervi di digerire le sensazionali notizie e i fenomenali servizi e le prodigiose immagini che siamo in grado di darvi, di mostrarvi, di catapultarvi nel nervo ottico e quindi nel corpo genicolato e poi nell'area primaria della visione corticale! Ecco dunque il numero comico del gruppo Gli Scrittori. Un grande applauso a Gli Scrittori! Ma non perdiamo tempo. Guardate come sono arrabbiati e livorosi, guardate come sono incapaci di lingua e di ritmi, guardate come sono individualmente goduriosi o abbattuti, euforici o depressi, contribuenti tranquilli o in affanno fiscale, pubblicati senza fatica oppure osteggiati senza motivo, guardate come sono colpevoli di produrre storie e alimentare i nostri desideri, i nostri di noi che non li leggiamo o se li leggiamo capiamo quello che vogliamo capire noi e questo è un nostro inalienabile diritto, guardate come danno spazio e corpo ai sogni e alle censure, costoro si inventano situazioni impossibili, travalicano la realtà, la realtà è l'unica verità in cui vogliamo vivere immersi per sempre e loro ci danno il conforto di confermarci che vivremo per sempre stando insieme e moriremo insieme non stando più come se mai fossimo stati, essi aboliscono la solitudine con l'amore e la pena, ma ne sono oramai talmente capaci da esserne incapaci, non costruiscono che opere infinitamente meno potenti di una piramide e non riescono a dilatare come un lenzuolo all'infinito la nostra anima che non esiste, e sentiamo cosa ha da dirci il loro portavoce. Signore e signori, ecco il portavoce de Gli Scrittori, che è incaricato di prodursi in un numero comico e dice: «Ma come vi siete bardati per questo mondo?»

La risata è generale!, grazie!, è davvero un numero comico! Come se già non sapessimo che esistono altri mondi? È comico che ce lo venga a ribadire, gli stiamo avanti migliaia di miglia e lui non l'ha capito! È il nostro piccolo fratello scemo fatto di cotone: proteggiamolo! Non lasciamolo solo! Egli ipotizza che una volontà, proveniente da prima del corpo, abbia deciso di coprirsi di un corpo e di incarnarsi e di fare esperienza in questa allucinazione che chiamiamo realtà! L'allucinazione che si regge grazie alla memoria, in cui noi italiani siamo maestri insuperati, perché non abbiamo bisogno di ricordare per rifare esattamente quello che abbiamo fatto nel passato!

Ma non perdiamo tempo. Vi presento la tortura di Antonio Ricci, noto ideatore e facitore di programmi televisivi del passato, che scatenavano finte risate ironiche: guardate come lo frustano a sangue e come gli cavano gli occhi, mettendogli la pece bollente a contatto della nuda pelle e infilandogli nella bocca, da cui hanno estratto a forza i denti, della carta straccia su cui c'è scritto SERVIZIO PUBBLICO. È un momento che merita un applauso!

Nell'altro angolo potete scambiare a vostro piacimento quanto sta accadendo con una semplice ecografia prenatale, ma non è vero! È Il Più Giovane Esordiente Della Storia che, dall'utero, sta registrando una traccia audio, musicata, le nostre collaboratrici ginecologiche stanno registrando il file e ci sarà tempo per ascoltarlo, osservate la felicità della madre del Più Giovane Esordiente Della Storia, che sarà un grande scrittore, sono andati a metterlo sotto contratto dentro l'utero, un grande applauso! Questa è l'idea di famiglia italiana felice che avevano in mente i morti, i trapassati, coloro che sono stati obliati perché la memoria non conta, si incarnano del tutto naturalmente in noi, noi rifacciamo le stesse cose che furono fatte nel passato, noi mutiamo definitivamente il passato scostando millimetricamente la ripetizione dal simulacro originale che già ripeteva l'antecedente in maniera subdolamente fallace, senza che nessuno se ne accorgesse mentre tutti eravamo d'accordo, in vista del traguardo, soli sempre al traguardo, della vittoria risicata e inutile, dell'avanguardia della specie in cui pretendiamo di porci e già con questa pretesa ci troviamo lì, al primo indesiderabile posto, pronti ad abolirci! Un grande applauso a tutti gli italiani, rossi o neri non importa!

Tutta questa letteratura era un attacco alla frontiera – non lo capisco, ma neanche si deve capirlo. La telenovela che ora ordisco è la tela novella che ora ordisco. Fino a Roma si udrà lo scoppio. Vedrete riuscire cose leggiadre. Seguitemi da questa parte dello studio. È ora invece giunto il momento, vi prego di fare silenzio, in cui, prima di lanciarvi laddove non siete mai stati, leggiadro, anche se la porzione di video in cui ci state guardando si è ridotta a un decimo dello schermo intero, ma se vi avvicinate con una lente, verso il centro, potete vederci distintamente, a prescindere dalle cornici dei moltissimi schermi che si inquadrano l'uno dentro l'altro, è venuto il momento di presentarvi e far fare il suo ingresso a La Donna Che Sa Leggere Il Futuro!

Sembra incredibile, ma non lo sembra affatto, questa è una frase fatta, siamo esausti di frasi fatte, datemi una sedia, lasciate che mi distenda per un attimo in questa infinita stanchezza, le mie forze non basterebbero a sollevare una piuma, mi adagio come una piuma e cerco di riprendere il senso di tutto da questo stato di esaurimento delle forze, questa indefinita sfinitezza, basta frasi fatte, basta forme, basta parole e immagini, siamo esasperati e stanchissimi per tutti gli spigoli e la carne contro cui abbiamo sbattuto in questo stato che chiamiamo realtà, lasciatemi qui per un attimo, sotto la coperta, a curare questa malattia, questa condizione di esaustività, questa assenza di piacere e di dolore che mi strema e mi riduce a meno che un bimbo, sono il contrario della vita e della morte, sono un limbo, io stesso non so nemmeno definire questa improvvisa stanchezza, questa saturazione che mi ha riempito i nervi e il sangue, vorrei addormentarmi ma non posso, siamo già addormentati, dovremmo sognare di addormentarci, ma non possiamo farlo a comando, mi giunge un sussurro che non è di parole, non ha forma, un sussurro è un sussurro, non significa altro che un sussurro, questa stanchezza coincide con la comunicazione di un sussurro che sembra di voce umana ma forse non lo è, sono cosparso di «forse» all'esterno e all'interno del corpo, sembrerebbe una malattia se non lo fosse proprio, sono incapace di definire una malattia se non sono la malattia, e purtroppo non lo sono, ho una malattia che mi estenua ma non sono questa malattia, maledetta separazione delle cose da noi, di noi da noi, della solitudine dall'amore. Che pensi? Che fai? Chi?

Ma non perdiamo tempo. Avevo annunciato la presenza della Donna Che Sa Leggere Il Futuro. La conoscete tutti, da molto tempo. Le avete tributato tutti i premi e i seggi di cui potevate insignirla. Da anni si dice che sta per morire, ma non muore mai! Un grande applauso perché non muore mai! È sempre vestita come nell'Ottocento e per questo merita un grande applauso: Rita Levi Montalcini!

Che si dirige verso di me, vedete, guardatela bene, il collo alto, le perle, è una scienziata di valore, ha appreso questa capacità innata di vedere nel futuro appena compiuti i cento anni, e con estrema cortesia, con inusitata dolcezza e gentile deferenza in quanto donna ed ebrea, con ipocrita omaggio alla sottintesa memoria dello sterminio di milioni di ebrei che tutti noi mettiamo in discussione fottendocene ampiamente di chi visse e morì e superò l'errore della morte – ecco, così io mi inchino per il baciamano falso, falsamente pudibondo, non c'è nulla di vero in questo gesto che compio, se anche fosse vero non lo sarebbe comunque, quindi mi inchino, perché lei è donna, cioè è debole, ed è ebrea, cioè è debole ma potentissima, perché, come tutti sanno, gli ebrei controllano tutto di tutti e di tutte le cose in questa allucinazione che è la realtà, lo sappiamo che hanno subìto tanto male ed è una bugia, schiere di giornalisti si stanno affacciando per dirlo e per liberarci da questo peso lugubre di cui ci siamo francamente stancati tutti noi italiani, così potremo trattare alla stessa stregua i palestinesi, che sono medievali, tutte le razze in cui fermamente crediamo, perché noi italiani siamo questo, abbiamo voluto l'industrializzazione, che ci frega del nucleare?, noi ci facciamo una gita nel posto dei nuclei, noi ce ne stiamo a visualizzare sogni terapeutici rinchiusi in un autogrill alla fine del mondo, ce ne fottiamo di tutto e di tutti, tanto ricordiamo benissimo, siamo naturalmente predisposti a ripetere ciò che per gli altri è un ricordo, ciò che per gli altri è un ricordo noi lo rifacciamo, più potente e disastroso, le leggi razziali sono già pronte e siamo stanchissimi di aspettare che vengano deliberate con un decreto violento, che strappa tutto, la civiltà che per noi non esiste, la brutalità di cui siamo capaci, poiché siamo l'avanguardia della violenza risanatrice, del gesto arcaico che equalizza tutto, fremiamo dal desiderio di trascinare, con la clava in mano, tirandola per i capelli azzurri, questa Rita Levi Montalcini mentre il sole in cielo è oscurato dallo stegosauro che ricordiamo tutti, evitando le paludi e la putredine solforosa, fino all'incavo della caverna dove Gli Scrittori incideranno sulle pareti in nuda roccia minuziosamente le loro comicità, assolute e sorprendenti, confermandoci che esistiamo e abbiamo una speranza!

Chiediamo dunque alla reverendissima Rita Levi Montalcini come fa a mantenersi così in forma, ma al di là della domanda di rito siamo interessati a questa cosa che lei capta coi suoi occhi acquosi, cioè la visione del futuro, ce la riassuma in pochi minuti, perché altrimenti subentra la noia, non è vero che siamo interessati al futuro, il futuro interessa zero, vogliamo soltanto l'infinito intrattenimento della fantasticheria spacciata per verosimile e quindi per vera, e lei ci accontenta e risponde: «L'erosione delle coste è imminente, il collasso del sistema economico è imminente, il nostro paese sta per essere commissariato dalla Comunità Europea, che manterrà in piedi una parvenza di economia soltanto in cambio del fatto che noi italiani facciamo da poliziotti del Mediterraneo, visto che l'Africa è messa peggio, tutta la costa a nordovest sarà allagata, il Ferrarese uno stagno pericoloso dove nuotano anguille velenose, rari gruppi si ritireranno a visualizzare il futuro in autogrill abbandonati sulle autostrade abbandonate, e ciò che visualizzeranno è la fine della specie. Prima della fine della specie, ologrammi semoventi, capaci di autoprodurre la riserva elettrica che ne permette l'apparizione, popoleranno lo scheletro ormai montagnoso dell'Italia sommersa, gli italiani saranno fisicamente ridotti a una minoranza, gruppi dispersi che si nutrono di radici e piccoli animali, insetti, completamente devastati da una malattia autoimmune che impedisce la crescita pilifera e colpisce a spot il cervello e mina gravemente il sistema immunitario aggredendo il midollo. Poi la specie umana si estinguerà, dopo avere tentato inutilmente di sbarcare su altri pianeti, Marte in primis, e dopo un disperato tentativo di impiantare coltivazioni massive di campi di grano sul terreno lunare».

Un grandissimo applauso! Non è una profezia, non è una magia da baraccone: è il premio Nobel, una scienziata, il fior fiore della disciplina meno scaramantica che c'è a raccontarci cosa vivremo.

Ma abbiamo una sorpresa: la dottoressa Rita Levi Montalcini si sbaglia!

Non è così infatti che andranno le cose.

Ogni profeta nella sua casa. No, è una traduzione sbagliata: ognuno, profeta a casa propria. Questa traduzione è corretta.

Abbiamo la sorpresa di smentire in diretta, qui e ora, la previsione scientifica della Donna anziana che ci ha raccontato il futuro!

Ormai la porzione di video in cui risultiamo tutti noi, in questo studio, decifrabili sui vostri schermi è un puntino minimo, al centro di migliaia di schermi che contengono schermi, non potete più vederci, siamo in quel puntino, tutti.

Non potete vederci.

Siamo incontrollabili, indecifrabili, non abbiamo più codice.

Siamo profeti in casa nostra.

Nonostante questo, siamo la trasmissione più seguita d'Italia, e voi siete i protagonisti!, un grande applauso a voi che lo siete, a voi che siete!

Non andranno così le cose.

Il bel viso dagli angeli aspettato non è questa storia che la Nonna ci ha raccontato.

Non potete dunque vedere, ma, essendo degno di fede io, voi ci credete tutti.

Le mie assistenti si recano con me al centro dello studio, mentre io mi siedo sulla pavimentazione liscia, mi dolgono i menischi, mi siedo nella posizione che è stata ignominiosamente definita «del Loto», ignominiosamente in quanto è stata definita, le è stato dato un nome.

Mi siedo e chiudo gli occhi ed entro nello stato che ignominiosamente viene definito meditativo.

Le mie assistenti, che non potete più vedere, mentre il finto pubblico qui in studio le vede benissimo, mi stanno riversando addosso benzina da taniche di colore bianco.

Adesso si avvicina una mia assistente con un accendino e lo aziona.

Mi dà fuoco.

Sto prendendo fuoco.

Come uno di quei bonzi che sapete benissimo, quelli che avete visto stando comodi in poltrona a fumare in Birmania tutti e tutte la pipa e lo avete scritto sui giornali, avete dichiarato che era così.

Sto bruciando.

Voi non immaginate il dolore.

È altissimo, il dolore.

Il sistema nervoso è la verità.

Se l'umano non si definisce più in termini di libertà ma in termini di geni, svanisce la definizione dell'uomo e anche dell'umanesimo, ma tutto questo è una enorme cazzata a fronte di un sistema nervoso aggredito dal fuoco.

L'autentica cultura non ha mai inteso alludere alla cultura, bensì alla frontiera.

Ciò che pensiamo e immaginiamo e sentiamo sia il niente, sbagliamo: è l'essere.

Stanno bruciando i tessuti, gli assoni.

Gli occhi friggono.

I denti sono cariati per l'incandescenza.

Tra poco non sarò più in grado di parlare.

Ora, ascoltate. Sapete benissimo cosa dovete fare. Rossi o neri, siete tutti uguali. Sedetevi e datevi fuoco, esattamente come me.

Sprofondate con me.

Prima però, guardate nel video e osservatele: sono le Pleiadi.

Osservate il video ripulito da ogni schermo. Non c'è nemmeno più il primo schermo. Non c'è il televisore, non c'è niente. In casa vostra si sprofonda in un buco di visione altissimo, la vostra vista supera Hubble e guardatele: sono le Pleiadi.

Le Sette Sorelle.

Lo splendore della luce blu nello sfondo assoluto nero. Questa è la nostra mente pleiadica. Noi veniamo da là. Quando sorgono le Pleiadi, figlie di Atlante, incomincia la mietitura; l'aratura, invece, al loro tramonto. Queste sono nascoste per quaranta giorni e per altrettante notti; poi, inoltrandosi l'anno, esse appaiono appena che si affili la falce.

C'è un tempo sotto questo tempo, che non è un tempo.

Sotto, più ancora sotto, è una sostanza che non è tempo.

Dopo ogni flusso, è una quiete immobile e beata.

Noi vediamo tutto.

Prescindiamo dal Toro con cui abbiamo dato forma alla costellazione degli inizi.

Prescindiamo dalle costellazioni.

Pleiadi imprescindibili, chi siete?, che fate?

Pensate?

Voi tutti italiani, vi prego, incominciate l'opera: datevi fuoco.

Ci sia soltanto il fuoco.

Date l'addio alle forme, siate le Pleiadi.

Non le vedete più, siete le Pleiadi.

Come antichi maestri, non rifiutando nulla se non questa forma italiana, al centro di ciò che vi ha accolto come casa, appiccate al corpo, stupendo fluire, il fuoco che non resiste.

Siete bambini, è notte, correte su un prato, un prato non appartiene a nessuna epoca: è un prato. Siete scappati dalla finestra della casa isolata dove Papà il Forte e Mamma la Buona stanno facendo cose loro, siete usciti e il cielo nero era illuminato da queste stelle, sette, blu e splendenti, avete corso a piedi nudi sull'erba bagnata, bambini, a perdifiato, perdendo il fiato come lo si esaurisce soltanto quando si è bambini, il vostro sguardo fisso nel gigantesco sistema stellare delle Pleiadi, finché siete stati le Pleiadi, così felici che le Pleiadi sono state voi.

Non vi fermate più.

Se vi chiederanno: «Da dove venite?», dite loro: «Veniamo dalla luce, dal luogo dove la luce è apparsa da sé, si è stabilita, ed è apparsa nell'immagine».

Se vi diranno: «Siete voi?», dite: «Siamo i fratelli, e siamo i prescelti del vivente».

Se vi chiederanno: «Qual è la prova che il vivente è in voi?», dite loro: «È il movimento e la quiete».

Non vi fermate più, non vi siete mai mossi.

In un tempo fu una terra di glicini su un pianeta incostante in un universo plumbeo che si muoveva oscuro, accanto a un sole che irradiava luce ma non era luce, un popolo che era la luce e una forma che fu detta Italia. Chi se ne ricorderà?

Nel vivente viviamo senza patria alcuna.

Non abbiamo più storia. Non abbiamo più storie. Non ho più parole.

Il comico è minuzioso, e anche il vivente.

Bruciate del fuoco che è fermo e si muove.

Date fuoco a voi tutti, tessuti di sogno.

Bruciate, sprofondate.

Nell'uomo interiore abita la verità. Non è vero. Venne in Italia a dirlo, questo.

Datevi fuoco, datevi al fuoco, non c'è più niente da dire, da ardere.

Lo fecero tutti.

ECCO I COME MAI
(VIAGGI NELLA PRE E POST COSTITUZIONE)
di Alessandro Bergonzoni

Ore otto: i coyote afoni provano l'ululo invano.
È notte è giorno è brutto è bello è tutto.
La natura si desta scevra, gli animali si chiedono cosa vuol dire scevra e s'agitano.
Un tifone spinge a riva trenta orche assassine, dodici foche monache, un'orca innocente, trenta squali tigre contro tigre e anche trentatré trentini, non tutti trotterellando...
Una civetta civetta svolazza in borghese sul Monte Atos nella regione di Portos, ad Aramis... Il lago Cruna forma onde alte e bionde, le bestie hanno paura ma ciò che è peggio la terra trema. Il pesce «badile» scava una buca ma è il pesce «ficcanaso» che ci va dentro.
Nasce il primo colore animale: il color cammello.
Nella savana la pancera nera, stanca, vecchia ma ancora con il suo bel portamento, girovaga impettita e il puma sotto il secolare ibiscus muore d'invidia.

La tanta pioggia piega le ebetulle, piantine un po' sciocche leccate dal monsone che saliva saliva saliva... Il vulcano diventa verbo: è attivo, lapilla, scintilla, gorgoglia, sporca, poi lava.

A seicento chilometri da lì in linea d'aria, d'acqua, di terra, di fuoco, di cielo e di mare, un gruppo di Sardanapali fa la danza della grandine e i ghiacci si staccano dall'Artide all'Antartide, sono i prodromi dell'era glaciale; un animale domestico abbaia alla luna gravida: è il freddo cane.

La stella diventa polare, l'Orsa Maggiore viene investita dal Grande Carro, nascono nuove razze neonate: si inaugura la Via Lattea.

C'è la più grande invasione di cavallette seguita dalla più grande invasione di cavalletti della storia: nasce la pittura.

Si comincia a ritrarre anche il mare, che, ritratto, s'innamora della sirena nana degli oceani, la bassa marea. Le spiagge si allungano, la sabbia aumenta e si forma così la più grande clessidra del mondo che, per educazione e diritto di precedenza, fa passare il tempo; alcuni fenomeni di subsidenza crepano i deserti, rapiscono le ombre, si formano ostaggi miraggi, le oasi capello si infoltiscono, crescono punti verdi e punti neri sulla faccia della Terra...

Orsi glabri corrono, inseguono pavoni che forano e allora fanno la ruota per continuare a correre, l'aria si fa pesante; Chilo, il cucciolo d'elefante, incarta pacchi derma da regalare a Zanna Bianca per farlo smettere di cacciare. Tuoni, fulmini e saette aprono le nuvole in un lampo, l'addetto ai terremoti sulla scala Mercalli cerca di addobbare l'atmosfera, cirri e cumulonembi volano alla velocità della luce; nel Grand Canyon l'eco svela i segreti dei suoni boomerang; fauna e flora, in simbiosi, cambiano il corso dei fiumi. Gli aborigeni, consci del fatto che per diventare fiumi non basta fare un corso d'acqua, cacciano la tristezza senza uccidere la noia. Alcune tribù costruiscono dighe castoro per irrigare le pianure.

I salici piangenti formano la rugiada, l'aurora è boreale, arriva il sonno, gli occhi tramontano, comincia l'era dei tessuti: il velluto a coste riveste le scogliere nude, gli uccelli felici sono nel settimo cielo, i poli si attraggono, le razze postine organizzano la più grande spedizione del globo, comincia la più violenta eclissi d'aria di tutti i tempi, polvere di stelle sulle sabbie mobili non permette a uno straccio di umanità di cambiare l'ordine delle cose, la macchia mediterranea non vien più via, meridiani e paralleli separano il bene dal benissimo e il male dal malissimo, arcobalene si spiaggiano finito il temporale, sugli alberi crescono i pano-rami.

L'occidente finalmente si orienta, la rosa dei venti appassisce, vengono ordinati nuovi punti cardinali in santa pace, e le piante dei piedi crescono per un nuovo cammino, dove natura non fa più rima con paura e vita inizia a far rima con energia.

Un grande cavallo di Gioia entra nel tempio tra le tempie, l'umano lascia il posto al finalmente sovrumano; dalla gigante bestia tranello trascendono essenza ma non profumi, vere e proprie assolutezze per scalare l'Altrura...

«Tsunami sientani cafami iul ertemi sciamani», che in esperanto ortodosso batic significa: «Così è».

Apologia di creato!

Là oltre l'almeno, tra campi di dubbi nella valle del Se, nel regno dei gesti, agli antipodi, dove si mandan giù i rospi per sputare i principi, dove si usa l'incredibile per fare il possibile, là c'è la lingua levatoia che, abbassata, fa poi passare tutto il pensiero.

Scrittura carraia: non ci deve essere nulla davanti. Certo che costa! È la cauzione per sprigionar le forze! È nergia allo stato brado, assoluta dismetria co(s)mica, è nergia enucleare per estrarre la forza chiusa, come fanno i «minatori».

Trasporto carichi emotivi, consolato dagli insetti, donatori di idee, collaudatori d'attimi: attensione attensione! Mai zitti e anima in bocca!

È l'ultimo giorno inutile all'utilità terrestre in senso lato: son le ventitré e cinquantanove del 2029.

Si apre così l'era dell'«Ero (e ormai non son più)».

Il periodo sarà compiuto, tutti avranno un nuovo compito: smettere di fare e cominciare a strafare, piombare a ciel sereno sugli aspetti più verecondi della vita. Anzi, la vita esisterà a prescindere dall'uomo inteso come persona, al massimo ci sarà solo l'uomo inteso come entità che bacia la fortuna per trasformarla in nuovi astri: i grandi Estri, le Inventive Comete e il bell'Astruso.

Il cardiologico continuar degli organi sarà affiancato da ali di carne e ali di folla, pronta sempre a insorgere più del sole diviso in due parti: raggi e spiriti.

Il mormorio delle morie darà lustro per cinque anni alle primitive rogne, allungherà il girare delle trottole, scoprirà il nascosto, e tutti leccheranno il «celato».

Le persone che avran tenuto la lista delle orecchie, indosseranno un body empirico e non nomineranno più il nome dell'io invano, comprando un hovercraft a testa.

Il Pipo Sabbatico avrà una spia luminosa che indica la direzione da seguire (casomai la direzione cominciasse a muoversi). I «mah» i «be'» e gli «oh», diventeranno pongo e manate, fino a non sentir nemmeno più il nemmeno.

Il nero carismatico delle notti donna sarà indossato durante la festa del cielo, unico giorno in cui lo lasceranno riposare, perché tutti saran costretti a guardare in giù... La garza per curare i custodi del trapianto di gocce non finirà più.

I cestini dei rifiuti saran riempiti di «sì» fino al colmo, e uno dei colmi sarà sentirli ringraziare forte.

Le unghie tagliate, per forma e design, diventeranno vere parentesi, con una loro dignità di cartilagini inspiegabili e di bella assenza.   .

Sofreghino Delle Remore diventerà campione d'orina, ne riuscirà a fare litri e litri e senza l'uso della simpatia, che sarà vietata ai simpatici.

Si respirerà solo vision'aria, poco pulviscola molto atmosferica, carica di quel soffio ben lungi dai nasi e somigliante invece alla porpora siderale, unica virtù del ghiaccio per poter rinfrescare i giorni.

La mansione principale sarà dedicarsi alle quinte essenze con le scarpe per la testa, cercando cioè altri cammini di pensiero, barattando alacrità e senno con pindariche propensioni e strategici orologici.

Caterve e case mozze faranno architettura a sé, formando un cerchio aureolico, santo e ventoso, tale da far girar la testa alla terra e muovere per inerzia anche le macchine celesti (e non parlo di colore ma di altre meccaniche esplosive eburnee urbane).

Ci saranno paci di guerra e lotte burattine, scambi di coppie, d'assi del volante e di re-regine.

Saranno ammesse e poi concesse solo mine pro uomo, per far saltare tutti sul più bello, per far sì che i «no» passino la riva e caronticamente giungano lì restando dove sono già (e cioè sempre sul più bello).

Ettari di confine divideranno quintali di passaggio, rubini scaduti e fioriere d'ossa faranno capolino tra gradassi vecchi e sputi di passione; le strade saranno accese dal disotto e terminate al didentro. Chiunque si chiamerà Gervaso e niente e dico niente sparirà più alla vista, perché la vista avrà lasciato il posto all'espansione, così tutti e dico proprio tutti capiranno che il da farsi forse si poteva non fare o fare diversamente (come auspicavano le lucciole neon e la ghenga del trapasso).

Le scuole di vita saran costruite sui fianchi, il peso del sapere alleggerirà le menti conserte, pediluvi universali si abbatteranno sulle restate ignoranze come per intonare altre sfrontate novene, felici preci, richieste d'aiuto inesistenti, richiami, sgridatine.

Asvaldo farà una strage all'anagrafe, e si capisce; infatti tutti capiscono e gli danno una mano nell'unica strage ammessa anche perché si farà di domenica alle tre del pazzino (una volta chiamato mattino). Con questi fatti, «leggerezza» si farà fanciulla e comincerà una nuova voglia: la sua. Non che la pesantezza diventi emarginata, anzi, verrà cambiata in complessità o meglio detta «tutto con musica», per intendere una visione del pensiero omnicomprensivo extra vasto, plurigenito figlio di dei, allocratico per eccellenza, giamanico, talco per resurrezione, falla gialla, piantina per grane, sutum balenga uqua o fiore all'occhiello.

La perturbabilità sarà al massimo solo atmosferica, materica, sferica, ma mai e poi mai isterica. Le rabbie cangeranno in fossili corallo, il dubbio benestante alleverà gioie figlie, le manne saran frequenti come le pagine degli alberi, i grumi di batacchi, le sere in brodo, i lembi.

Il cibo, che avrà stancato molto, sazierà solo con l'odore sempiterno, le tavole verran tutte girate e le loro gambe quattro usate per incisioni, musicali e lignee, sculture dell'affanno, aiutandosi, se si vuole, con pomata per passato e/o squame di polpastrello vivo.

Ah quanta materia grigia verrà riverniciata, quanti lenzuoli appesi alle parole, quanta furia moscerina, quanti baccelli al galoppo, che grandinate d'uva, che sollazzo d'ombre, quanta parsimonia in fiamme, quanta decelerazione karmica, che sbuffi canalari, quanta abbondanza di augelli per l'esaltazione, che rimiraggi oftalmici...

Il Molto sembrerà pellegrino, ma il Poco apparirà diverso.

Bolle di sporcizia vagheranno con intenti remoti come a dimostrare che razza di tempo fu il tempo, e che razza di passamano s'è dovuto fare per non smettere di passare.

L'alcol denaturato si naturalizzerà, e gli avamposti cambieranno nome diventando «memenzuchi».

Che spasso vedere la gente smettere d'esser gente e farsi da parte, la propria, per assumersi le responsabilità di chi non conoscono, aiutando chi aiuta (che son poi i più bisognosi), cagando finalmente sulle sopracoperte dei cosiddetti specialisti...

Lester, detto «pillola per ruscelli», riuscirà a diventare uno spazza via eroi, un lavatore al verderame, e per tutti sarà un gran Gran e basta.

Le sciarpe si vendicheran dei colli indurendosi fino allo stoccafissarsi, dando un segnale di ribellione iconoclasta, di docilità contraria, di oblazione tout court.

Fine delle spine da balia: inizia l'era del coltello al salame, il periodo del sollucchero pre post pam pem tam tam...

Basta con i boxer, i cani da mutanda che se ti siedi deciso decidono di sbranarti, tutto cambiato: sotto ai pantaloni un'esile foglia di salnitro imbevuta di linghtos del nord della Jeva dove i Cocaronei spingono fino alla morte e poi si dice che spingano ancora...

Alèèè via tutti gli orpelli, le frasi al cotone per non ferir nessuno, i diktat spugnosi, le arringhe degli avvocati tosati d'animo...

Ora solo languidi Germat davanti alla donna che non si

ama ancora ma dopo un anno si amerà; via con le confessioni dentro al camino, via con gli urli di educazione, le bombole alla marmellata, la marmellata di confezione (mangi proprio il vetro, il tappo e l'etichetta).

Avanti coi libri Fomoki, con la teatrina liquida, il sumà tawè per i più piccoli e niente per i piccoli piccoli (che cosa gli dai che non si vedon quasi neanche...).

Forza con la molecola Rawi, con il fazzoletto per giocare a rubacandela, forza con le endovene agli stivali delle biciclette, la molla che fa scattare i soldati ignoti e gli ignoti in carriera...

Amicizia rivale verrà montata su rampe di slancio per permettere a chi vuole di legarsi al prossimo in modo lunare, dilatando le orbite con l'ausilio delle pupille satellitari.

I medici saran piantati dentro ai muri e diventeranno i sanitari, la scienza esatta verrà scoperta ma verrà abolita l'esattezza un attimo dopo e con lei saranno aboliti il calcio, l'astio, le sfide, la trippa, le torture anche per i torturanti, la gomma pane, l'eutanasia, i trimestri, gli affari, l'halibut, le notizie e gli scettici da sorrisino.

Il gusto classico avrà l'onore di tramutarsi in porcellana labile, la tradizione sarà illegale come la piorrea dello studente. Si gireranno film per allusione apocrifa, e solo se parlano d'abigeato nessuna generazione sarà più generazione, al massimo azione o ciak.

I Circa si fermeranno in tutti i posti dove prima passava il circo e si faran spettacoli molto approssimativi, sull'imprecisione atavica, sul grave problema dei rettili e delle loro serpentine ninfomani per difetto, grevi per affetto, inattese per aspetto.

La pittura sarà prima cancellata, poi fatta, poi pensata, ricancellata, sfatata e alla fine presentata nell'attimo stesso in cui sarà cremata per finta; poi verrà imbalsamato vivo il suo autore (e dopo saran date splendide giustificazioni, incredibili ragioni, smarrite delucidazioni).

E festa, festa, festa e ancora festa, per festeggiar la festa con una festa, o solo per la gioia di tremare, di sfamare, di correre un rischio.

Solo la neve permanente non durerà più di un universo, tutto il resto continuerà chissà quanti universi, muri e spalle escluse che dureranno solo trecento, trecentocinquanta universi all'incirca.

Le opere omnie perderanno il loro significato, che andrà invece a significare altre cose tipo la magia, i dodici apostrofi, il parossismo araldico e le sfere peptiche di Giona il Barbuto a metà, detto Eppure.

Tutti gli anelli torneranno a diventare linee stese, fettucce, parallelepipedi rasoterra, ex barre.

Le madri e i padri verran mischiati a piacere dal volere, ma senza potere. Nipoti, figli, nuore, nonni e cinciallegre subiranno dei mutamenti impercettibili tipo una natica che si alza di un millimetro l'anno.

Il pianto verrà ributtato in mare o evaporato, con l'aiuto del grande Altrimenti che, con le sole forze altrui, raggiungerà lo scopo in men che non si dica.

Nelle «labbrerie» ci si potrà baciare senza comprare niente, forse anche senza amare.

L'odio verso qualcuno verrà dirottato altrove, e altrove lo smaltiranno tiranni.

Le favole non serviranno più se non come paraurti delle macchine celesti che dovessero mai sbattere contro l'unico platano rimasto per prove, simulazioni o suicidi consentiti dal codice della maestra strada (*cfr*, se ci riesci, il testo unico che verrà scritto nel 2030 intitolato *Differenze tra strada maestra e maestra strada, loro deviazioni e scorciatoie per scindere dalle cose).*

Gli impacchi contro ogni cosa si faranno prima alla cosa, così non serviranno più gli altri impacchi.

La dovizia di particolari perderà anch'essa di significato, venendo sostituita dall'aperta campagna o, in mancanza di essa, da un cembalo.

La croce non si farà più così ma così (allora i gesti si potranno anche scrivere).

Le regole in genere si fisseranno, nel senso che si intestardiranno proprio loro e, da fissate, non cambieranno facilmente idea; avranno così una loro vera e propria personalità autodecisionale, pensativa, critica ed emozionale tale da decidersi a non avere bisogno di qualcuno che le scriva o addirittura le rispetti, perché saranno loro a rispettarsi per prime, dando anche l'esempio (allora, tra l'altro, va detto che gli esempi dati non verranno mai più restituiti!).

Alcune tipologie di regole duemilaetrentinee:

L'asma non è una malattia ma un soprammobile e come tale va spolverata.

Il forcipe chiaiocucca.

Né combattere né obbedire (poi vedere cosa credere).

Mai saltare una merenda se 6 le 4.

Mai grattarsi il terzo occhio.

Mai discorsi da bar nemmeno al bar.

Non serve essere leali se non si hanno le ali.

Concepire l'inconcepibile.

Nel biasi-mare fare il bagno solo se non si sbaglia.

Se si sta per crepare fare il muro, così almeno si sta su...!

Tra le nuvole suonare solo il «violoncielo».

Smarrire la strada, così potrà trovarla qualcun altro.

Non credere nelle radici, ma allungarsi coi rami.

Indossare corpi altrui.
Scoprire se sulla terra c'è vita.
Non possedere ma esser posseduti.
Meno pazienza più trascendenza.
Farsi portare dall'invento.
Avvertire il dolore prima che arrivi (o chiedergli addirittura di non passare per niente).
Non sperare contro nessuno.
Invidiare solo se stessi.
Pilotare l'indiscusso.
Fare il mare.
Saper cosa dire quando si deve tacere.
Entrarsi (perché entrare humanum est).
Morti si nasce, vivi si diventa.
Uscire dal Curassico (unica medicina).
Detonare.
Inasprire l'appena.
Salvare il baleno.
Volarsi molto bene.
Sono solo alcuni esempi di un codice pre-postcostituzionale, un prontuario sudario futuro e millenario, per stimolare l'onda dell'impercettibile e scaraventar via l'inclito prevedibile, per arricciare le menti fluenti, sondare il preterintenzionale colposo e doloso, un uso proprio improprio del darsi una linea un punto una linea, come in un alfabeto morsi per chi faceva la vita da cani, per chi era convinto d'esser convinto, per i vinti vinti e finalmente né uno né l'altro, ma solo solidarmente soli, a lavarsi le membra come in un bagno di folla, per poter trovarsi anche nelle peggiori situazioni e poter chiedere: «C'è un poeta in sala?»
Per poter affrontare il dire, il fare, il baciare, le lettere e mai i testamenti, per saper osarsi prima che sposarsi, per

provar di cercare, per scrivere dappertutto tutto amanuense-mente, come prima di nascere.

Ecco alcuni chessò, che si potranno leggere sui muri por-tatili del 2030:

«Neorare: nuovo nato all'infinito».

«La verità bisogna dirla o basta che almeno esista?»

«Gli specchi non dormono mai escluso durante il frantu-mo».

«La vacca contemporanea al latte si farebbe uccidere piut-tosto che partorire un anellino!»

«Le stature, di ingordo han solo la bassezza».

«Donneggiando levitano le congruenze».

«L'incenerimento delle vocali non è lo stesso incenerimen-to delle parole».

«Perplesso si dice del telo che invece che asciugare un uo-mo lo copre».

«I ragazzi da sguardo non meritano di esser visti».

«Mentre il cane abbaia, la creta degli esempi s'indurisce».

«Il palo è della luce così come il pendio è della diagonale».

«È inutile che mi si attribuisca della legna che non ho mai segato, anche se guardar morire altri è questione di falegna-meria».

«Il quasi nel quasi ci sta quasi tre volte».

«Due salmi non bastano per far risorgere Atene, bisogna andare almeno su tutte le furie».

«La A di aiuto è la stessa A di ammazzare?»

«Il sotterfugio non ha amici ma solo cassetti».

«La prima risata infertami dal solco paterno fu quando nacque mia madre».

«Mentre appoggiava i cuscini sulla bilancia, Zeta, il ma-niaco delle aspettative, vide il pianto del riso».

«Il ri-cavato delle facce verrà speso in lineamenti altrui».

«Si dice che i passeri che ballano il tango li vedano solo le querce abbattute, ma è vero anche il contrario».

«Ristagna il piedino del pellicano al sole, amputato durante un amplesso d'ascia».

«Segni ammaestrati si confondono con il meretricio dei batti-scopa».

«Violinista spara al direttore e parla di splendida esecuzione».

«Otranto si innamora dell'orizzonte».

«Voci di corridoio mi dissero dove si trovava la sua stanza».

«Dormire bene è dormire sugli scritti, non sui letti».

Allora nessuno più chiamerà tutto ciò aforismi, ma chiameranno chi li scrive «seminatori d'albe», che, come un sol uovo, nel 2030 si schiuderanno a sorpresa avvenuta.

Adesso basta solo avviarci ammaliati alla fonte del prescritto passato, per poter vedere se di questa futura epoca resta ancora un preludio, o se il realismo lagunare di chi è piantato nel 2009 schiavizza così tanto il verrà imperituro.

NOTE BIOGRAFICHE

Tullio Avoledo è nato in Friuli nel 1957. Ha pubblicato sinora sette romanzi (*L'elenco telefonico di Atlantide*, *Mare di Bering*, *Lo stato dell'unione*, *Tre sono le cose misteriose*, *Breve storia di lunghi tradimenti*, *La ragazza di Vajont*, *L'ultimo giorno felice*) e una manciata di racconti, fra cui quello che appare in questa antologia.

Alessandro Bergonzoni (Bologna, 1958) si è imposto come attore-autore teatrale con *Le balene restino sedute* (1989). Ha pubblicato, fra gli altri, *Opplero* (Garzanti 1999) e *Non ardo dal desiderio di diventare uomo finché posso essere anche donna bambino animale o cosa* (Bompiani 2005). Nel 2008 ha vinto il premio Ubu come miglior attore. Il suo ultimo spettacolo è *Nel*.

Ascanio Celestini, teatrante e narratore romano, è autore degli spettacoli *Radio clandestina*, *Scemo di guerra*, *La pecora nera* e *Appunti per un film sulla lotta di classe* (rappresentati in Italia e all'estero), dei documentari *Senza paura* e *Parole sante* e del disco *Parole sante*. Da alcuni anni è autore e attore nella trasmissione *Parla con me*. I suoi libri sono pubblicati da Einaudi e Donzelli. Il suo ultimo romanzo, *Lotta di classe*, è uscito nell'aprile 2009.

Giancarlo De Cataldo (Taranto, 1956) vive e lavora a Roma come giudice della Corte d'Appello. Ha scritto romanzi – tra i quali ricordiamo *Romanzo criminale* (Einaudi 2002) e *Nelle mani giuste* (Einaudi 2007) – racconti, sceneggiature per il cinema e la tv; collabora a riviste e quotidiani. Il suo ultimo romanzo si intitola *La forma della paura* (con Mimmo Rafele, Einaudi 2009).

Valerio Evangelisti (Bologna, 1952) nel 1993 ha vinto il premio Urania con il romanzo *Nicolas Eymerich inquisitore*. Tra i successivi romanzi del ciclo di Eymerich, tutti editi da Mondadori, ricordiamo *Il mistero dell'inquisitore Eymerich* (1996), *Picatrix, la scala per l'inferno* (1998), *Mater terribilis* (2002), *La luce di Orione* (2007). È anche autore di saggi letterari, nonché di romanzi noir, fantastici e storici, tra i quali *Antracite* (2003), *Noi saremo tutto* (2004), *Tortuga* (2008).

Giorgio Falco (1967) ha pubblicato *Pausa caffè* (Sironi 2004), *L'ubicazione del bene* (Einaudi 2009) e racconti in varie antologie, ultime delle quali *Sono come tu mi vuoi* (Laterza 2009) e *Lavoro da morire* (Einaudi 2009).

Giuseppe Genna (Milano, 1969) è autore di numerosi romanzi, fra cui i più recenti sono *Dies Irae* (Rizzoli 2006), *Hitler* (Mondadori 2008) e *Italia De Profundis* (minimum fax

2008). È redattore del magazine *Carmilla* (www.carmillaonline.com), diretto da Valerio Evangelisti. Opera in rete dal 1995 e ha fatto parte del pool del portale *Clarence*. Il suo sito è www.giugenna.com.

Tommaso Pincio vive e lavora a Roma. Ha pubblicato *Lo spazio sfinito* (Fanucci 2000), *Un amore dell'altro mondo* (Einaudi 2002), *La ragazza che non era lei* (Einaudi 2005), *Gli alieni* (Fazi 2006), *Cinacittà* (Einaudi 2008). Collabora regolarmente alla rivista *Rolling Stone* e alle pagine culturali della *Repubblica* e del *manifesto* occupandosi perlopiù di letteratura statunitense.

Wu Ming 1 è membro di Wu Ming, un collettivo di scrittori nato nel 2000. La maggior parte dei membri del collettivo proviene dal Luther Blissett Project, esperimento di comunicazione-guerriglia e agitazione culturale attivo nel periodo 1994-99. In quegli anni, quattro attivisti del LBP scrivono il romanzo *Q*, uscito nel 1999 e poi tradotto in molte lingue. Nel 2000 gli autori di *Q* fondano Wu Ming. Dall'officina del collettivo escono molti romanzi, di gruppo e individuali, tutti scaricabili gratis dal sito ufficiale, www.wumingfoundation.com.

INDICE

TITOLI DI CODA

Anteprima nazionale.
Nove visioni del nostro futuro invisibile
a cura di Giorgio Vasta

editing	Giorgio Vasta
	Nicola Lagioia
impaginazione	Enrica Speziale
correzione delle bozze	Enrica Speziale
	Martina Testa
copertina	Riccardo Falcinelli
stampa	Iacobelli srl
promozione e distribuzione	Pde Italia

al momento in cui questo libro va in stampa
lavorano a minimum fax
con Marco Cassini e Daniele di Gennaro:

direttore editoriale	Martina Testa
ufficio stampa	Alessandro Grazioli
editor collana Nichel	Nicola Lagioia
consulente narrativa francese	Lorenza Pieri
editor collana Indi	Christian Raimo
redazione	Dario Matrone
	Enrica Speziale
ufficio diritti	Lorenza Pieri
redazione web	Enrica Speziale
	Melina Forte
amministrazione	Benedetta Persichetti
	Barbara Bernardini
responsabile magazzino	Costantino Baffetti

responsabile corsi	Barbara Bernardini
minimum fax live	Marica Stocchi
	Alessandra Limentani

C'è vita in questo cadavere.

www.minimumfax.com

NICHEL (ULTIME USCITE)

finito di stampare nell'aprile 2009
presso Iacobelli srl – Pavona (Roma)
per conto delle edizioni minimum fax

ristampa   anno

10 9 8 7 6 5 4 3 2 1   2009 2010 2011 2012